決断の刻《とき》

堂場瞬一

あるコン　　　　　　　男性社員が死体となって発見さ　　　同社では一人の女性社員が行方不明となっていた。時を同じくして同社の海外贈賄事件を調べていた所轄署の刑事が姿を消した。同署の刑事課長と同社社長は、かつてある事件で刑事とネタ元として信頼関係を築いていた。しかも、二人にはラグビーという固い絆もあった。しかし今、刑事課長は署長への道を模索、社長は本社役員の座を狙っている。二人それぞれの正義とは？　人生後半の男たちに決断の刻が迫る。警察小説＋スポーツ小説＋企業小説、堂場ワールドの集大成とも言うべき傑作。

登場人物

原俊哉……………品川中央署刑事課課長
橋田………………同署署長
東…………………同署副署長
木村綾子…………同署刑事課刑事
沢村………………同右
真壁………………同署刑事課強行犯係係長
高塚………………同署刑事課知能犯捜査係係長
吉岡礼司…………同署刑事課知能犯捜査係巡査部長
今宮………………警視庁捜査二課係長
今川直樹…………日兼コンサルタント社長
浜本………………同社常務
辛島………………同社総務部長

安西寛人……同社総務課長
安西加奈子……その妻
恩田……同社秘書室長
水野……同社広報課長
畠山……同社元役員、故人
岩城奈緒美……同社社員、秘書室勤務
花沢康二……同社社員、今川の部下
城島康……同社システム部社員
沢居玲子……同右
田岡吾郎……同社シンクタンク部門フェロー
柏木……日兼物産副社長
荒川……同社専務
大木……同社元社長
秋間……同社元常務

決断の刻《とき》

堂場瞬一

創元推理文庫

MOMENT OF TRUTH

by

Shunichi Doba

2019, 2022

目次

決断の刻《とき》

原俊哉《はらとしや》は、腕時計をちらりと見た。続いて電光掲示板……試合は既に後半四十分を経過し、ロスタイムに入っている。ずっと雨が降っていた割にハンドリングミスの少ない締まった試合で、中断もほとんどなかったから、ロスタイムは一分もないだろう。

「追いつけないわね」隣の席に座る恋人の木村菜穂子《きむらなおこ》がぽつりと言って、寒そうに肩をすくめた。

そう、追いつけない。高校の三年間ラグビーをやっていただけで経験の浅い原にも、それぐらいは読めた。そして、敗北の予感が寒さを強く意識させる。十一月なのに、既に年末、あるいは正月――真冬の気温なのだ。二人は前の方の席に陣取っていたが、その辺りには屋根がない。ビニールの雨合羽を通して、雨の冷たさがじわじわと沁《し》みてきた。

城南大《じょうなんだい》は、敵陣深く攻め入っていた。東体大《とうたい》のノックオンから城南大ボールのスクラム。チャンスだが、今日の城南大フォワードは完全に力負けしている。もともと、フォワードの平均体重差が五キロ以上あるところへもってきて、今年の東体大フォワードは「史上最強」と評されているのだ。組んでよし、走ってよし、当たってよし――全《すべ》てにおいて城南大フォワードを上回り、圧倒していた。城南大はバックスにタレントを揃えているものの、ここまでフォワード戦で苦しむと、満足にボールが供給されず、持ち味を出せない。結果、ここまで東体大に2点差をつけられていた。

城南大フォワードが一気に押しこまれ、スクラムが潰《つぶ》れる。スクラムアゲイン。二度目は何とか組めたが、ボールを入れた瞬間に左に大きく回ってしまう。このままではボールが出せない――出しても、スクラムハーフが東体大フランカーの餌食《えじき》になってしまう。

原は、視界の片隅で小さな動きを捉えた。城南大バックスの若き司令塔、今川直樹《いまがわなおき》がするすると飛び出す。ボールが出た瞬間にスクラムハーフに近づいて、短いパスを受けた。すかさず東体大のフランカーが迫ったが、今川は体を上手く回転させてタックルを外した。しかしまだ、二十二メートルラインの外側――このままボールをキープできればいいが、摑まってプレーが途切れたら、その瞬間に試合終了だ。

今川が右へ走る。釣られて東体大のバックスラインが流れた。中央付近から、タッチライン方向へ五メートル――そこで今川がボールを落とした。雨で手が滑ったか？　違う。ドロップゴールだ。原は思わず立ち上がった。今川は、相手ディフェンスの出足がわずかに遅れた隙《すき》を狙ったのだ。距離的には問題ない。角度も難しくはない。しかし水を吸ったボールは重くなり、しかもノーサイドのホイッスル間際というプレッシャーのかかった状況である。いくらキックの名手でも、ここでのドロップゴールは大胆過ぎる選択だ。

スタンドでは悲鳴が上がった。まさか、まさか……ルーキーながら名門・城南大のスタンドオフを任された今川は、シーズン中これまで、数々の独創性溢れるプレーを見せてきた。しかしこれはあまりにも——奇策だ。

今川のキックが、雨天を切り裂くように飛んだ。高く上がらず、野球のライナーのように低い弾道で……しかしボールは、計ったようにクロスバーの真上を越えた。

ホイッスル。

一瞬、秩父宮《ちちぶのみや》全体が沈黙した。次の瞬間には、爆発するような歓声と悲鳴が上がる。やりやがった！　原は、へなへなと座りこんでしまった。

東体大の選手たちが、グラウンドに膝をつく。一方城南大の選手たちは飛び上がり、抱き合って勝利の喜びを味わっていた。リーグ戦優勝の行方に大きな影響を持つこの試合の幕切れは、敗者にとってはあまりにも残酷で、勝者にとっては至上の歓びだった。

そんな中、他の二十九人の選手とはまったく関係ない動きを見せる一人の男がいた——今川。腰のところで両手を揃え、ジョギングのスピードでハーフウェイラインに戻っていく。まるで今の大胆なプレーも、彼の中では大したことがないとでもいうように。

伝説の本当の始まりだった。

第一章　特捜本部

1

攻めこむ——美浜《みはま》大フォワードは、途切れなくボールをつないだ。しかも密集からの展開が速い。城南大のディフェンスラインが整わないうちに、次々と攻撃をしかける。これで何回連続だ……原は思わず両手を握り締めた。掌《てのひら》は汗ばんでいる。

右へ振り、ラックのすぐ横から正面を突き、今度はバックスに展開。突っこんだスタンドオフが摑まったところへフォワードが殺到し、すぐにボールを出す。スクラムハーフがサイドをつき、フォローしてきた美浜大のナンバーエイトに、ふわりとしたパスを渡す。その直後、小柄なスクラムハーフはタックルでなぎ倒され、長いホイッスルが鳴った。

レイトタックル。ゴールポストのほぼ正面、三十メートルほどの位置でのペナルティ。

原は溜息をついて、握り締めていた両手を開いた。

「今の、連続何回だった？」ソファの隣に座る妻の菜穂子に訊《たず》ねる。

「八回」菜穂子が冷静に答えた。

「つないだねえ」原は思わず唸《うな》った。

美浜大はゴールキックを選択した。あのスタンドオフなら、絶対に外さない位置と距離である。

「でも、最近のラグビーは点数が入り過ぎて面白くないわね」菜穂子が愚痴《ぐち》をこぼした。

「そうだな」原も同意した。ラグビーのルール、それに戦術は時代とともに変化してきたが、最近は「攻撃偏重」が基本だ。昔のように、両チーム合わせて20点などというロースコアの試合はめっきり少なくなった。昔なら、密集ができてボールが出なくなり、スクラムで再開というのが一つのパターンだったが、最近はスクラムを避けるためにとにかく速くボールを出して、どんどん展開していく攻撃が主流になっている。スクラムこそ、ラグビーの象徴であり醍醐味《だいごみ》でもあるのだが……高校時代にラグビーを経験した原は、その痛みと苦しみを身を以《もっ》て知っている。フォワード第二列のロックだったから、スクラムの最前線で頑張るプロップほど大変ではなかったのだが、それでも前後から押される苦しみは散々《さんざん》経験している。

「美浜大、今日はこのままいけそうね」菜穂子がつぶやく。

「いけそうねって、君は昼間、生で観てたんじゃないのか?」

今、原がテレビで観戦しているのは、昼間の試合の録画である。出かけていて生で観られなかったので、寝る前の一時《ひととき》をビデオでの観戦に充《あ》てていた。

「観てないわよ。一人で観てもつまらないし」

「ああ……しかし、この試合に負けたら、城南の優勝は危なくなるな」

城南大は今年、リーグ戦五連覇《れんぱ》をかけて戦っていた。四年で選手が完全に入れ替わる大学では、四連覇も至難の業《わざ》で、五連覇となると記録にも記憶にも残る。城南大は、去年のチームが「史上最強」と言われていたが、そこから有力選手がごそっと抜けたので、シーズン当初から苦戦が予想されていた。今日負けると、実質優勝はなくなると見ていいだろう。がっくりくる——原はOBではないのだが、昔から城南大は贔屓《ひいき》チームだった。

「でも、城南大も変わったわよね。フォワードが大きくなっちゃって……今、平均体重九十五キロぐらいあるでしょう?」

「だろうな。俺たちが学生の頃は、九十キロあったら大型フォワードだったのに」

「昔話をするようじゃ、私たちも歳を取った証拠よね」菜穂子が溜息をつく。

確かに……今川がロスタイムに東体大を逆転で破るドロップゴールを観たのは、もう三十年以上も前である——正確には三十六年前だ。自分と同世代にあれだけ凄い選手がいるのかと呆気にとられたのを、今でもはっきり覚えている。そう、あれから三十六年……あの時一緒に試合を観ていた菜穂子と結婚し、二人の子どもは既に巣立って夫婦二人だけの暮らしが戻り、人生のサイクルがぐるりと一回転した感じだ。

美浜大のスタンドオフが、ペナルティゴールをやすやすと決める。長いホイッスルの音に、原のスマートフォンの呼び出し音が重なった。

まずいな……原は舌打ちし、立ち上がった。反射的に壁の時計を見ると、午後十一時。こんな時間に電話をかけてくるのは、署の人間しかいない。ということは、事件だ。せっかくの土曜の夜なのに。菜穂子は慣れたもので、何も言わずに画面に集中している。夜中の呼び出しは、新婚時代から日常茶飯事だったのだ。

「はい」

「課長、真壁《まかべ》です」品川中央《しながわちゅうおう》署刑事課強行犯係の係長。原の直属の部下である。

「何があった？」

「殺しのようです」

「そうか……現場は？」

「南品川一丁目です」

「うちの足元じゃないか」原は思わず舌打ちした。品川中央署の住所は品川区東品川——現場はほとんど隣町と言っていい。

原は簡単に情報を確認した。現場は、戸建ての家の建築現場。そこに遺体が放置されているのを、近所の人が発見したのだという。可哀想《かわいそう》になあ、と原は思わず施主に同情した。このまま家が完成しても、そこに住む気になれるだろうか。

「すぐ行く」

「そちらへパトを出しますが」

「まだ電車が動いているから、その方が早い。本部に連絡は？」

「終えました。機捜《きそう》がもう現場に入っています」

「分かった。すぐに行く」

電話を切って、原は振り向いた。菜穂子が、クリーニングから戻ってきたワイシャツのビニール包みを破いている。察しがいいことだ……。

「どこ？」

「署のすぐ近くだ」

「この分だと……」菜穂子が壁の時計を見上げる。「今日は帰れないわね？」

「そうなりそうだな。念の為、着替えも持っていくよ」

「明日、どうする？」

「明日？」

「忘れちゃったの？」菜穂子の眉根《まゆね》が寄る。「明日、真司《しんじ》が希《のぞみ》さんを連れて来るって……」

「別に、俺がいないとまずいわけじゃないだろう」少しむっとして原は言った。「だいたい、そんな真剣な話じゃないだろうし」

「どうかしら」

「まさか、いきなり結婚の報告じゃないだろうな」原は少しだけ焦《あせ》った。家を出て一人暮らしをしている長男の真司は、今年二十五歳。就職して三年目で仕事にも慣れ、今年になって恋人もできた。その彼女、希はこれまでにも家に遊びに来たことがあるのだが、今回はわざわざ「両親揃って」と真司から注文がついている。結婚の報告だとしたら、原としては抵抗感がある。二十五歳——希は一歳年上の二十六歳だ——で結婚というのは、今時はかなり早い方だろう。定年まであと五年、現職時代に孫ができたりしたら、と考えると落ち着かない。まだまだ頑張るつもりではいるが、「おじいちゃん」になったら、さすがに自分の年齢を意識させられるだろう。

「とにかく、明日は無理だと思う」

「連絡しておくわ」

「頼む」

原はトレーナーを脱いでワイシャツに袖を通した。十一月……今日は昼間もかなり冷えこんでいたから、コートが必要だろう。

土曜の夜に殺人事件。所轄《しょかつ》にいる限り、突発事案は避け得ないが、こういうことも次第にきつく感じるようになってきた。

歳、ということだな。

これで孫でもできたら、一気に年老いてしまいそうだ。


この家の持ち主には、本当に気の毒としか言いようがない。

現場に着くと、原はまず、制服警官の前で泣いている女性と、彼女を慰める男の姿を見つけた。おそらく、現場になった家の施主だろう。見たところ、二人ともまだ三十代前半。ケチのついた家に住みたくはないだろうが、かといって、諦《あきら》めるのも難しいはずだ。いわゆる「事故物件」になって買い手もつきにくいだろう。まるで被害者が増えた感じ……もっとも、この二人が事件にかかわっている可能性もあるから、同情心だけで接するのは危ない。

制服姿の真壁がすっと近づいて来た。今日は当直か……自分より一歳下で、基本的には頼りになる右腕なのだが、少し慌て気味なところがある。事件となると、刑事課内で一番騒ぎ立てるのがこの男なのだ。

「お疲れ様です」

「身元は?」

「まだですね……いや、分かりそうなんですが、確認は取れていません」

「身分証明書は?」

「運転免許証がありました」

「それなら問題ないだろう。あとは家族に確認してくれ」原はうなずいた。「取り敢えず、現場を見てみよう」

うなずき、真壁が先に立って案内した。規制線で封鎖されているのは、ごく普通の住宅街の一角。周辺は戸建てばかりで、街道筋からも外れているので、普段なら静かな街だろう。事件には縁遠い場所、という感じだ。もちろん、事件はどこでも起きるから、警察としては油断できないのだが。

「ここです」

現場にはブルーシートがかけられており、工事の進捗《しんちょく》状況は分からない。原はブルーシートの内側に入った。中では投光器が煌々とした光を放ち、現場を照らし出している。家は七分通り完成していたのだと分かった。壁もほぼできており、何となく家らしい雰囲気になっている。

一部、まだ壁ができていないところから、鑑識の係員たちが盛んに出入りしていた。

「遺体は？」

「署に搬送済みです」真壁が答えた。

「だったら、ここの様子だけ見るか」

鑑識の邪魔をしないように、少し離れたところから現場を観察する。ここは、完成したらリビングルームにでもなるのだろうか……柱や壁がない、十二畳ほどの部屋。右側にあるカウンターが、台所との境目のようだ。

遺体があった場所には、小さな黒い三角コーンが置かれている。番号「1」。遺体の場所に「1」を置くのは鑑識の慣例だ。ここがリビングルームだとすれば、かなり奥に入った方……原は、床に細い血の跡を見た。複数の足跡も確認できる。これで靴が特定できれば、犯人にはすぐにたどり着ける――いや、そこは甘く見てはいけない。

殺害現場はここではないかもしれない、と原は推測した。遺体を引きずって、工事現場の中に放置したのではないだろうか。しかし、こんな住宅地に遺体を運んで遺棄する意味が分からない。住宅密集地で遺体を運んだり遺棄したりすれば、誰かに見られる可能性が高まるのだ。というより、見られていないわけがない。最近は、一般の家庭にすら防犯カメラが設置されており、犯行の様子――犯人が映っている可能性も期待できる。

「で、被害者は？」

「運転免許のデータでは……」真壁が手帳を開いた。「目黒《めぐろ》区在住の安西寛人《あんざいひろと》氏です。年齢は四十五歳」

「遺体は確認したか？」

「ええ。見た感じでは、普通の勤め人でした」

「土曜なのにスーツを着ていたとか？」

「いや、ノーネクタイでジャケット姿ですけど、サラリーマンは雰囲気で分かるでしょう？」

「勤務先は？」

「まだ分かりません。今、持ち物を精査しています」

「荷物は？」

「小さなバッグを持っていました。ボディバッグというんですか？　肩から斜めがけするやつ」真壁が、右肩から左の腰に向けて手を動かした。

「中年サラリーマンの休日スタイルだな」ジャケットを着てボディバッグを斜めがけしていたら、あまり格好いいものではないが。

「免許証の他にも何か、身元につながるようなものは出てくると思いますよ」真壁は楽観的だった。身元確認が捜査の第一歩になる。

「分かった。この家の持ち主から事情聴取は？」

「先ほど来たばかりなので、これからです。ただ、かなり大変でしょうね」真壁が渋い表情を浮かべる。

「ああ、さっき見かけた。確かに難儀しそうだな。二人は被害者のようなものだから、今夜はてみるか」

木村《きむら》に任せて簡単に事情を聴くだけにして、明日改めて調書を作ろう……それは取り敢えず、

木村綾子《あやこ》は、刑事課最年少の女性刑事だ。若い割には人の扱いが上手く、特に被害者や被害者家族に接するテクニックはベテラン並みである。おそらく、一見したところでは高校生にしか見えない幼いルックスも功を奏しているのだろう。これから大事に育てていきたい貴重な人材だ。

「そうですね、木村なら大丈夫でしょう。じゃあ、今晩声をかけて、明日の朝イチで出てくるように指示します」

「そうしてくれ。俺は署で遺体と対面してくるよ。ここは任せたぞ」

しかし、すぐには署に行けなかった。初動捜査を担当する機動捜査隊の小隊長に捕まってしまったのだ。

「上手くないですね。現場の聞き込みをしていますが、今のところは何も出てきませんね」

「こんな住宅地の中なのに?」とうに目撃者ぐらい割り出していると思ったのだが。

「都会ですから、隣近所には無関心なのが普通ですよ。それにあの家の施主も、まだ近所づき合いがあるわけではない」

「そうだな……取り敢えず、今晩はよろしく頼む」

「とにかく、初動ではあまり期待しないで下さいよ」小隊長が念を押した――原には白旗を掲げたようにしか思えなかった。「嫌な予感がしますね」

「口に出すと、本当に面倒な事件になるもんだぜ」

「失礼しました」

小隊長と少し打ち合わせをした後で、原はようやく署へ向かった。近い――車に乗るほどの距離ではないので、冷たい風が吹く中、一人歩く。

小隊長の言う通りで、これは厄介な事件になりそうだ。おそらく被害者は、この辺の住人とは何の関係もないだろう。たまたま歩いていて、通り魔事件の被害に遭ったとも考えられない。誰かに呼び出されたか……それとも最初の印象通り、どこかで殺されてあの現場に遺棄されたか。その場合、本人の交友関係を調べる捜査が必須だ。じりじりと犯人を絞りこんでいく作業になるが、被害者と犯人に面識がない通り魔殺人の捜査よりはましである。ただし、手間がかかるのは間違いなく、犯人逮捕まで時間もかかるだろう。品川中央署の刑事課を束ねる立場としては、部下の勤務時間もしっかり管理していかねばならないから、頭が痛いところだ。もっとも、この件は本部の捜査一課が主導して捜査するので、こちらは言われるがままに動くしかない。

遺体に対面する。傷を確認した瞬間、殺害現場は相当荒れたはずだと確信した。解剖してみないと死因は分からないが、首にはっきりと圧迫痕が残っている。おそらく細いもの――ロープなどで首を絞められ、殺害されたのだ。それ以外にも、顔がひどく傷ついている。間違いなく、殺される前に暴行を受けていた証拠だ。手酷《てひど》く殴られ気を失い――喧嘩というより一方的に殴られた印象だ――最後は首を絞められて殺された、というシナリオが原の頭の中でき上がった。あまり走り過ぎて先入観に囚《とら》われるのは危険だが、それほど外れてはいないだろう。その根拠の一つが、被害者の手である。拳《こぶし》には傷がなく、爪にも何も挟まっていない。殴り合いになれば、殴った方の拳にも傷が残るものだし、首を絞められると、必死に逃れようとして相手の手を引っ掻き、爪の間に皮膚片が残る。そこから犯人に結びつくこともあるのだが……そういう抵抗の跡は見えなかった。

可哀想なことだったな、と原は遺体に手を合わせた。四十五歳といえば働き盛り。家族もいるだろうし、一刻も早く犯人を見つけて無念を晴らしてやらないと。

明日の朝からは本部の捜査一課が入り、捜査は本格化する。原は当直の警務課員に特捜本部設置の準備を指示し、急遽出てきた署長、副署長と明日以降の対策を練った。

「今晩中にできることは?」署長の橋田《はしだ》が鋭い視線を飛ばす。来年の春に定年退職だから、この事件は積み残したくないだろう。事件が解決しなくても署長のせいにはならないが、嫌な気分で退職すると、後々引きずるものだ。そうやって警察生活を暗い気分で終えた先輩を、原は何人も見てきた。

「取り敢えず、遺体の身元確認です」原は腕時計を見た。既に午前一時……街は眠りにつく時間だ。しかし被害者の家族は、土曜日だというのに真夜中になっても帰って来ない主人《あるじ》を心配して、眠れぬ夜を過ごしているかもしれない。

「計画的な犯行とは思えないな」捜査一課暮らしが長かった橋田が推測を漏らす。「それだったらまず、被害者の身元が分からないようにするために、手荷物ぐらいは持ち去ろうとするはずだ」

「ええ……しかし、携帯だけが見つかっていません」

「携帯を持っていないということか？」

「今時、その可能性は低いと思います。犯人が慌てて、携帯だけを持ち去ったと考える方がいいでしょう」

署長室のドアが激しくノックされた。「入れ！」と橋田が怒鳴ると、ドアが細く開き、当直の若い警官が恐る恐る顔を覗《のぞ》かせる。

「副署長、マスコミの方が……」

「しょうがねえな」副署長の東《あずま》が面倒臭そうに立ち上がる。所轄でのマスコミ対応は、副署長の役目である。「もう情報が流れてるのか？　広報も、少し抑えてくれてもいいのに」

「最低限で応対してくれ。身元についても『確認中』で」橋田が釘を刺した。

「署長、広報に少し文句を言っておいてくれませんか？　こんな時間からマスコミ連中に騒がれたら、いい迷惑ですよ」東が愚痴をこぼす。

「いいから、適当にあしらっておけ」

橋田が苛《いら》ついた口調で言った。東が出て行くと、小声で「まったく、あいつは……」と吐き捨てる。原は思わず苦笑してしまった。東は普段から何かと愚痴が多い男で、マスコミ受けも悪い。橋田がそれを快く思っていないのは明らかだった。

「で？　お前の判断は？」

「まだ何とも言えません。取り敢えずは、身元の確認を終えてからですね」

「推理ぐらいはできるだろうが」

「それは……現段階では避けたいです」

「捜査二課出身者は、慎重過ぎて困る」橋田が皮肉っぽく言った。

まあ、確かに……原は、長い警察官生活のほとんどを捜査二課畑で過ごしてきた。捜査対象は、詐欺や金融犯罪などの知能犯。起きてしまった事件に即時対応するのではなく、地下で進行する事件を発掘し、内偵捜査を進めていくのが仕事だ。その代表的なものが公務員の汚職事件である。しかし捜査一課畑を歩き、派手な殺人事件ばかりを扱ってきた橋田からすると、自分たちの仕事はいかにも地味で実りがないように見えるだろう。実際、情報をキャッチして立件できる確率は五割になるかどうか。

「まあ、本部の捜査一課も入りますし、こちらとしては足手まといにならないように気をつけますよ」

「所轄の刑事が先に犯人にたどり着くような場面も見せて欲しいね」

「尽力します」

一礼して、原は署長室を出た。記者が二人——いや、三人、東に食いついて質問をぶつけている。まったくご苦労なことだ。この時間だと、明日の朝刊にはもう記事は入らないだろうし、明日は日曜日で夕刊もない。月曜の朝刊締め切りまでにはまだたっぷり時間があるのに……いや、最近は新聞を印刷する前にウェブに記事を載せてしまう社がほとんどである。かえって、時間帯に関係なく締め切りに追われるわけだ。

顔を伏せ、こそこそと副署長席の背後を通って階段へ向かう。マスコミ対応は一階にいる副署長に一任されていて、記者は二階から上に上がるのも禁止になっている。上階にいる自分たちは、普段記者と接触する機会などないのだ。おかげで取材攻勢に煩《わずら》わされることもなく、顔も知られていないはずだが、用心に越したことはない。

さて、とにかく身元の確認からだ。

そう言えば美浜大と城南大の試合はどうなっただろう。ウェブで確認すればすぐに分かるのだが、そうする気にはなれなかった。時間がないからではなく、そこまでして知りたいとも思わない……自分の人生の大きな部分を占めていたラグビーは、いつの間にか片隅に追いやられてしまった。

2

深夜、署で待機していた原に「身元確認」の連絡が入った。

安西は、妻と高校生の長男との三人暮らし。普段から何かと忙しく、日付が変わる頃に帰ることも珍しくないので、妻の加奈子《かなこ》は特に心配していなかったのだが、夜中の電話で叩き起こされてからは、さすがにパニック状態に陥った。その後署員が目黒の自宅に迎えに行き、署で遺体を確認……加奈子は失神してしまい、そのまま病院に搬送された。病院には長男がつき添っている。

勤務先は、日兼《にっけん》コンサルタント。原は、その会社名に衝撃を受けた。まさか……かつての憧《あこが》れのラグビー選手、そして二十年前には原にとって大事なネタ元になった今川が社長を務める会社ではないか。彼はラグビーを引退してから、総合商社である日兼物産で働いていたのだが、順調に出世を続け、去年、子会社である日兼コンサルタントの社長に就任していた。本社の役員を兼務しているので、まだまだ出世の目はありそうだ。

しかし……まさか、こんなところで名前が出てくるとは。

土曜の深夜——既に日曜になっているので、会社に電話をかけても誰も出ない。当たり前か。原は少し迷った末、自分のスマートフォンを取り上げた。今川に確かめれば、連絡すべき相手が分かる……刑事課長自らが連絡先を割り出したら、部下は不審に思うかもしれないが、ネタ元は伏せておけばいい。今は一刻も早く関係者を捕まえて、話を聴かなければならない。

原は刑事課の部屋を抜け出して、廊下から今川に電話をかけた。平日の昼間と違って、誰かに聞かれる恐れは少ないのだが、今川の存在は部下にも秘密にしておきたい。

「……今川です」

さすがにぼやけた声だった。寝ていたのを叩き起こしてしまったのかと、申し訳なくなる。今川は基本的に早寝早起きで、十一時にはベッドに入っているはずだ——本人がそう言っていたのだから間違いないだろう。

「変な時間にすまない」

「原?」

今川の声が急にはっきりした。人はこんなに急激に目が覚めるものかと原は驚いた。昼夜の別もないような仕事を三十年以上も続けていると、こんなふうになるのだろうか。

「夜中に申し訳ないんだが……」

「二時半だぞ? 間違い電話じゃないのか?」

「いや、違う。あんたに用事があるんだ」

「勘弁してくれ。警察にかかわるような用事はないよ」

二十年前には用事があったのだが……当時、日兼物産で起きた粉飾決算事件の捜査で、今川は貴重なネタ元になってくれた。あの件で、「憧れの選手とただのファン」の関係は「ネタ元と刑事」になり、捜査が一段落した後は「ラグビー好きな友人同士」に変化した。

「それが、用事ができたんだ」

「どういうことだ?」

原は一瞬、息を呑んだ。今川の家族が殺されたわけではないが、被害者は彼にとっても大事な部下だろう。ショックを与えず話がしたかった。

「安西寛人という人間を知っているか?」

「うちの人間だが……総務課長だ」今川が即座に答えた。日兼コンサルタントも小さな会社ではない。社員の名前がすぐに出てくるのは、今川が社員を大事にしている証拠ではないだろうか。

「仕事は？」

「総務課長がどういう仕事をしているかは、お前にも想像できるだろう。会社の屋台骨《やたいぼね》……雑務全般だ。安西がどうした？」

「亡くなった――殺された」

「何だって？」ひときわ大きな声を発した後、今川が黙りこんだ。しばらく沈黙が続く。やがて、「間違いないのか？」と小声で確認する。

「家族が身元を確認した」

「どうしてまた……殺された？　何があったんだ？　安西は面倒に巻きこまれるような人間じゃないぞ」今川がまくしたてる。

「詳しいことはまだ分からない。それで、取り敢えず会社の人にもいろいろ聴きたいことがあるんだ……とはいえ、週末に入っているから、捕まえるのは難しい」

「分かった。五分くれないか？」

言うなり、今川が電話を切ってしまった。原はスマートフォンを持ったまま、廊下の壁に背中を預けた。冷たい窓が目の前……道路を挟んだ向かいは保育園、マンションで、この時間だと当然真っ暗だ。唯一、近くにあるコンビニエンスストアだけが、街に灯《あか》りを投げかけている。

五分も経《た》たずに電話がかかってきた。

「うちの総務部長――安西の上司に話を通した。今後、警察との窓口にするから、そいつに連絡してくれ」

今川が告げる電話番号と名前を、原はメモした。

「悪いな」

「いや——しかし、どういうことなんだ？」今川はまだ衝撃から抜け出せていないようで、声に落ち着きがない。

「それはまだまったく分からない。何か、仕事で揉《も》めているようなことはなかったのか？」

「あいつは総務課長だぞ？　そんなに深刻なトラブルを抱えこむようなことはない」

「社内の問題とか……」

「うちの社員同士が殺し合ったとでも言うのか？」今川が憤然とした口調で抗議した。

「いやいや、そういう意味じゃない……でも、働いていればいろいろあるじゃないか」

「すまん」今川がいきなり謝った。「安西とは、仕事では毎日のように顔を合わせる。しかし、正直言ってどういう人間かは知らないんだ」

「今はそういうのが普通だろうな」いつの間にか、プライベートな生活を大事にする人間が増えた。昔は——それこそ原が警察官になった頃は、家族よりも同僚と一緒にいる時間の方が長かったのだが。最近の若い警察官は、仕事が終わるとさっさと帰ってしまい、呑み会の誘いにも乗ってこない。急いで家に帰るような大事な用が本当にあるのだろうか、と原はいつも訝《いぶか》っている。自分など、溜まっているラグビーの試合の録画を観るぐらいしかやることがない。

「どうする？　総務部長にはお前から連絡してくれるか？」

「うちの若いのに電話を入れさせる。申し訳なかったな、夜遅くに」

「いや……何か分かったら教えてくれないか？　こういう状況だから、明日はたぶん俺も会社に出る」

「分かった。しかし、社長が出社しなくちゃいけないようなことなのか？」

「大事《おおごと》じゃないか。社員が殺されたんだぞ」今川が気色《けしき》ばんで言った。「マスコミの取材が殺到するかもしれないし、対策を練らないと」

「そうだな。しかし、とんだ災難だ」

「災難なのは安西だ」

「……まったくだな」

「とにかく、一刻も早く犯人を捕まえてくれ。いや、俺が余計なことを言わなくても、お前ならちゃんとやってくれるとは思うが」

「それは任せておいてくれ」

「しかし、参ったよ。まさか社員がこんな目に遭うとは」

「誰だって、事件の被害者になる可能性はあるさ」そう言ってはみたものの、慰めにならないことは自分でも分かっていた。

もう一度礼を言って電話を切り、刑事課に戻る。日兼コンサルタント総務部長の名前と携帯電話の番号をメモに書き殴り、近くにいた若い刑事・沢村《さわむら》に渡す。こいつも災難なことだ……たまたま署のすぐ近くに住んでいるので、急遽呼び出されたのだろう。無精髭《ぶしょうひげ》が目立つので、朝に髭を剃《そ》るタイプだと分かる。もっとも、週末はそもそも髭を剃らないのかもしれない。

「課長、この人は……」沢村が怪訝《けげん》そうな表情を浮かべる。

「日兼コンサルタントの総務部長だ。すぐ連絡を取って、事情聴取して、そこから輪を広げていけ」

「どうして課長が、そんな人の名前をご存じなんですか？」

「お前、何歳だ？」

「……二十六ですが」

「俺はお前より三十年近く長く人間をやってる。伊達《だて》に歳を取ってるわけじゃないんだ。いろいろなところに伝手《つて》がある」

納得した様子ではなかったが、沢村が自席について受話器を取り上げた。相手はすぐに電話に出たようで、話し始める。てきぱきとした口調で、低く落ち着きのある声もいい。「最近の若い奴は」などとすぐに馬鹿にするベテランもいるのだが、なかなかどうして、しっかりした話しぶりではないか。結局は個人の才覚ということだろう。刑事の仕事に年齢は関係ない。

それからしばらくは混乱が続いた。原はあちこちからかかってくる電話をさばき、指示を出し、忙《せわ》しない時間を過ごした。煙草を吸っている暇もない……これを機に禁煙しようか、と思ったぐらいだった。

午前三時、日兼コンサルタントの総務部長、辛島《からしま》が署に到着した。自宅は東京メトロ東西線の西葛西《にしかさい》駅近くで、慌ててタクシーを拾ってきたのだという。五十絡《がら》みの男で、自分で走ってきたわけでもないのに額《ひたい》に汗を浮かべていた。それだけ一大事ということだ……急いでいた証拠に、ワイシャツのボタンを一つかけ違えている。指摘しようかと思ったが、そんな場合でもない。

原は遺体に面会させるべきかどうか迷ったが、結局やめにした。家族が確認しているし、二次的に自宅から採取するDNA型とも照合することにしている。身元確認はそれで十分——なにも、多くの人を遺体と対面させて、ショックを受けさせる必要はない。

ところが辛島の方で、安西の遺体を確かめたいと言いだした。

「遺体を見たご経験は?」原は思わず確認した。

「それは……葬式には何度も出ていますから」

「今回はそういう遺体——普通に亡くなった遺体ではないですよ」原は忠告した。

「そんなにひどいんですか?」辛島の顔から血の気が引いた。

「何をもってひどいと言うかは分かりませんが、病気などで亡くなった人とは状態が違います」

辛島が喉仏を上下させたが、それでも遺体は確認する、と言い張った。

「社長に厳しく言われていまして」

「そうなんですか?」

「会社としても、責任を持って対処しなければならない、と」

「なかなか律儀というか、社員思いの社長さんなんですね」原は今川との関係を隠して言った。彼ならいかにもそんなふうに言いそうだが……できることなら、自分で確認したいと思っているぐらいではないだろうか。

「それはもう……社長にも報告しないといけませんので、会わせてもらえませんか？」

「分かりました……沢村！」

自席にいた沢村がすぐに飛んで来た。原たちの会話を聞いていたのだろう、すぐに「ご案内します」と言った。

「ああ。終わったら、こちらに戻って来てくれ」

「了解です」

二人が出て行くのと入れ違いに、係長の真壁が戻って来た。さすがに疲労の色が濃い。当直の時は、交代制で仮眠を取ることになっているのだが、今日はそれが吹っ飛んでしまったのだろう。まったく、この男も運がない。当直の時には何か事件に引っかかることが多い、と以前に愚痴をこぼしていた。

「戻りました」課長席の前に立ち、「休め」の姿勢を取る。

「どうだ？」

「まだ何とも言えませんね」

「お前の見立ては？」

「いくつか仮定が考えられます。どこかで殺して遺体だけをあそこに運んできた場合……もう一つは、気絶させて、あそこで首を絞めて殺した可能性です」

「いずれにせよ、あんな住宅街の中に――建設途中の家に遺体を放置するのはおかしい。犯人はよほど焦っていたんだろうな」あるいは、あの家に遺体を遺棄する意味があったのか……施主に対する事情聴取も徹底しなければ。

「目撃者は出ないんですか？」

「機捜の聞き込みは不発だ。防犯ビデオの解析はこれからだな……明日以降、うちはそれに人手を割《さ》くことになると思う」

「あれ、疲れるんですよね」真壁が目を瞬《しばたた》かせる。

「押収できてるのか？」

「何軒かは。まだ周辺を潰しきれていないので、それは明日以降の課題です」

「分かった——お前、一休みしてこい」

「課長は？」

「被害者の会社の上司が来てるから、少し話を聴こうと思う。本格的な事情聴取は明日以降だが、事前にある程度は状況を知っておきたい」

「分かりました。それじゃあ、少し寝ておきます」

おい、と呼び止めようとしたが、真壁はさっさと刑事課を出て行ってしまった。つい苦笑してしまう。真壁は自分より一歳年下だが、体力的にはずっと年寄り——動きも鈍いし、疲れやすいようだ。とはいえ、もう少しやる気を見せてもらいたい。

すぐに、沢村が辛島を連れて戻って来た。辛島の顔面は蒼白で、今にも吐きそうだったが、足取りはしっかりしている。ショックは受けたが、家族と違ってそのまま倒れこんでしまうようなことはないだろう。話は聴ける、と原は判断した。

原はペットボトルの水を一本渡して、刑事課の一角にあるソファに座るよう、辛島を促した。本当は熱いコーヒーかお茶でも出したいところだが、その手間が惜しい。

「大丈夫ですか?」まず確認した。

「ええ、何とか……あの、ご家族は?」

「連絡済みで、ご遺体は確認してもらいました。奥さんが体調を崩されて、今息子さんと病院におられます」

「ああ……うちから誰か人を出して、面倒を見ます」辛島がスマートフォンを取り出した。

「連絡はちょっと待って下さい。お話を伺いたいので。それからで……お願いできますか?それと、これはあくまで予備的な事情聴取です。夜が明けたら、改めてきちんとお話を伺って、調書に落とすことになりますので、よろしくお願いします。何度もお手間をかけさせて申し訳ないですが」

「大丈夫です」辛島が気丈《きじょう》に言って、背広のポケットにスマートフォンを落としこんだ。

「今日ですが……安西さんは仕事でしたか?」原は確認した。

「基本、土日は総務部は休みです。実際に会社に行っていなかったかどうかは、出勤記録を確認しないと分かりませんが」

「それは、会社で確かめられるんですね?」

「ええ、電子的に記録が残っていますから」

「それは明日、改めてお願いします。現場はこの署のすぐ近くなんですが、安西さんの自宅は目黒です。何か、この辺りに用事でもあるんでしょうか」

「それは分かりません……少なくとも、仕事では関係ないと思います。総務なので、外で仕事をすることはまずありませんから」

「なるほど。何か、仕事上で問題はありませんでしたか？」

「まさか」辛島の顔から一気に血の気が引いた。「そんなに大きな問題が起きるはずがありません」

「本当に断言できますか？」

「私は毎日彼と顔を合わせているんですよ？　問題があればすぐに分かります。社内のセクハラやパワハラを想像されておられるかもしれませんが、そういうことは一切ありません」

「そうですか……安西さんはどういう人なんですか？」

「うちの会社のことはご存じですか？」

「ええ。日兼物産の子会社で、各種コンサルタント業務を行なっている——海外での仕事も多いそうですね」

「簡単に言えばそういう感じです。よくご存じですね」

「管内にある会社については、業態や規模は確認しています」会社でトラブルが起きることは少ないのだが、万が一ということもある。「御社は、コンサルタント会社としては大きい方ですよね？」

「そうですね。業界の中では……大手と言っていいと思います」

「安西さんのキャリアを教えて下さい」

「元々は、通常のコンサルタント業務をやっていました。主に国内で、専門は中小企業の再生ですね」

「ああ、中小企業の新しいビジネスなどを応援する感じですか。最初からそういうお仕事を?」

「いえ、元々はメガバンク出身なんです。そこで中小企業向けのビジネス支援をしていて、その経験を生かして、十五年前にうちに転職してきました」

「しかし、どうして総務課長に?」

「ああ、これが……」辛島が渋い表情で、盃《さかずき》を口元に持っていく真似をした。

「酒で失敗でもしたんですか?」

「いや、肝臓をやられたんです。つき合う相手は、中小企業の社長さんたちが多いんですけどね、ああいう人たちは、とにかくよく呑むでしょう? その相手をしていると、どうしても……元々あまり呑めないのに、無理したんですね。四十過ぎて、肝臓がかなり危ないことになって、内勤の総務に異動したんです。以来、ずっと総務課にいます。リハビリのようなものですよ」

「なるほど……本当に、何かトラブルは抱えていませんでしたか?」

「私は把握していません。だけど、ないと思いますよ。基本的には真面目な男ですから」

真面目な人間なら絶対にトラブルに巻きこまれない——そんなことがあるはずがないのは自明の理なのだが、原は一応うなずいた。

「ご家族はどうです？　家庭内に問題を抱えていたということはないですか」

「それは……それもないとは思いますが、何とも言えません。正直に言えば、私は把握していません」

「今は、社員の家族のことまでは把握しにくいですよね」原はうなずいた。そもそも、先ほどの妻の様子を見ると、彼女が——あるいは息子が殺したとはとても思えない。あれで自ら夫に手をかけたとすれば、大した役者だ。

「犯人は……」辛島が遠慮がちに訊ねた。

「現段階では何とも言えません。今後も捜査にはご協力をいただくことになりますので、よろしくお願いします。辛島さんが会社側の窓口、ということでよろしいですね？」原は念押しした。

「ええ……しかし、こんなことがあるんですね」辛島が溜息をついた。

「誠に残念ですが、事件というのはこういうふうに突然起きるものです。とにかく警察としては解決に全力を尽くしますので、ご協力、よろしくお願いします」

「分かりました」

辛島を一時解放し、原はようやく駐車場の一角にある喫煙所——吸い殻入れが二つ置いてあるだけだが——へ行った。普段は愛煙家たちが集まって、煙草の値上がりを嘆く場所なのだが、さすがにこの時間は無人……ゆっくり煙草を吸いながら、スマートフォンを取り出し、今日——既に昨日だ——の大学ラグビーの試合結果を確認した。やはり城南大が敗れ、リーグ五連覇は厳しい状況になっている。そう言えば去年、今川と二人で、城南大が四連覇を決めた試合を秩父宮で観戦したのだ、と思い出した。母校の優勝を笑顔で祝いながらも、彼は突然暗い表情を浮かべ、「来年は無理だな」とぽつりとつぶやいた。去年の三年生以下のメンバーの戦力を分析して、連覇は途切れると予想をしていたのだろう。

あくまで冷静な男。その彼にして、今回の事件は経験したことのないものだろう。部下が殺される——たとえ会社に関係ないとしても、その衝撃は長く尾を引くものだ。

彼も苦労する。この一件が、今川の出世街道の障害物にならないといいのだが、と原は祈った。

3

日曜の朝五時半、今川は青山にある自宅マンションを出た。辛島から断続的に何度か電話が入り、とてもそのまま寝ていられなくなってしまったのだ。結局ベッドを抜け出し、会社で対策を取ることに決めた。電話でのやり取りから、何か起きたと察した妻の里江《さとえ》は心配したが、このまま家にいても、電話が鳴りっぱなしになるだけだ。会社で報告を受け、善後策を練った方が効率がいい。

「大丈夫? このところずっと忙しかったし、週末ぐらい……」

「問題ないよ。体は大丈夫だ」

「無理しないでね。歳なんだから」

「それは余計だな」少しむっとして今川は言い返した。五十五歳にしては体調は万全——毎年の人間ドックでも、一度も再検査に引っかからない。人間ドックで「オールA」の結果が出る人は、全体の六パーセントほどしかいないと聞いて、今川は密《ひそ》かに胸を張ったものだ。贅肉《ぜいにく》もついていないし、まだまだ頑張れる——最近、帰宅が遅くなる日が続き、少し疲れているのは事実だが、こんなのは、親会社の日兼物産で世界各地を飛び回っていた頃に比べれば、何ということもない。

普段は社長用の送迎車が来るのだが、今日は呼びつけるわけにはいかない。タクシー会社に電話をかけて一台回してもらう間に着替え、出社の準備を整える。その間、里江がサンドウィッチを用意してくれた。

「ちゃんと食べてね」サンドウィッチの包みを渡しながら里江が言った。

「朝飯ぐらい、コンビニでも買えるよ」

「社長がコンビニで朝ごはんっていうわけにもいかないでしょう」

「そんなに偉いものじゃないけどな……助かるよ」今川はサンドウィッチの包みを目の高さに掲げて礼を言った。

念の為、ウールのコートを着こんだ。今日はひときわ冷えるはず——今川は天気を異常に気にする男だった。これは、数度にわたる海外生活で身についた習慣である。日本とは違う陽気で体調を崩さないように、天気予報をマメにチェックする癖がついたのだ。

マンションの外には、既にタクシーが待機していた。外気に触れるわずかな時間の間に、十二月並みの寒さを痛感する。今年は暖冬ということだったが、確実に冬は近づいているのだ。

車に乗りこむ前に、振り返ってマンションを見上げる。青山に住んでいるといっても、マンション自体は築三十年、部屋も六十平米を少し上回るぐらいの地味な2LDKだ。しかし子どもがおらず、夫婦二人の生活だから、これぐらいがちょうどいい。そもそも海外での生活が長かったから、この家をローンで買ったのも、十年前のことである。海外勤務や単身赴任が多い商社マンは、いつも家のことで悩む。現役時代は賃貸《ちんたい》と決めて、退職と同時に家を購入する人間もいる。

家からJR品川駅の近くにある会社までは、日曜早朝ということの時間だと十五分もかからない。一週間のうちで東京が一番静かな時間だな……ふと、バイクに乗っていた短い時期のことを思い出す。大学卒業と同時にラグビーからも引退して仕事一筋の人生になったのだが、就職した直後の一時期だけ、中型免許を取ってバイクに乗っていたことがある。昔から憧れだったのだが、現役中は怪我を恐れて避けていたのだ。長年の憧れを実現できたのに、実際には仕事が忙しくて乗る時間はほとんどなく、ツーリングなどにも行けなかった。結果、日曜日の早朝、まだ街が目覚めていない時間に、がらがらの首都高環状線を何周も回るだけの日々……あれはまったく無意味だったと思う。単なるガソリンの無駄遣いだ。

本社へ着くと、既に総務部、それに秘書室に数人の社員が出社していた。すっかり疲れ切っている者もいる。おそらく昨夜のうちに呼び出されて、慌てて出社したのだろう。彼らも災難だ。会社が事件を起こしたわけではないのに……メディア対策は必要だと思うが、それは多くの人がかかわらなくても何とかなる。人が多いとかえって混乱するだけだろう。

社長室に入るには、隣の秘書室を通って行かねばならない。パソコンに向かっている中堅のスタッフに「辛島部長は？」と声をかけた。

「まだ警察から戻っていません」

「連絡は取れるか？」

「大丈夫だと思いますが……電話しますか？」

「いや、私が自分でかける」

今川は社長室に入ったが、秘書室に通じるドアは開け放しておいた。席に着き、スマートフォンを取り出す。電話がつながる前に、一瞬、社長室の中を見回した。

サラリーマン生活三十二年。身を粉《こ》にして働いた結果手に入れた自分の城だ。単なるサラリーマン社長ではあるのだが、ようやく一国一城の主《あるじ》になった感慨はある。もちろんこれで満足することなく、さらに大きな城を目指していかねばならない。

ここへ来て一年半、個人の好みでインテリアを変えさせるようなことはしなかったのに、いつの間にか自分の部屋として馴染んできた感じがする。空間は、そこにいる人によって変わるものなのだろう。

一つ深呼吸して、スマートフォンを取り上げた。辛島は、呼び出し音二回で反応した。

「社長」

「辛島部長、お疲れ様……どんな様子だ？」

「まだ何とも……警察の方でも、特に手がかりは掴んでいないようです。社の方にどんな影響が出るかは、まったく分かりません」

「そうか。しばらくそこに釘づけか？」

「そうなりますね。必要に応じて、うちの社員を警察に呼んだり、警察がそちらに行く必要が出てくると思いますが、そこは私が調整します」

「頼むぞ。きついだろうが、窓口がしっかりしていないと、おかしなことになりかねない」

「会社が問題に巻きこまれることはないと思いますがね……この件では。それでは失礼します。また呼ばれていますので」

嫌な一言を残して辛島が電話を切った。日兼コンサルタントプロパーの有能な男なのだが、時々余計な一言を発するのが気に障《さわ》る。「この件では」とはどういう意味だ？

ノックの音がして——ドアは開いていたのだが——秘書室で控えていた社員が顔を覗かせた。

「社長、コーヒーをお持ちしましょうか？」

「ああ、頼む——でかいカップで貰えないか？」数年前にフランス出張に行った時に買ってきたカフェオレカップを会社に置いてある。そのカップに半分コーヒー、半分ミルクが入っていれば飲みやすいのだが、全部がコーヒーだと最後の二口ぐらいを持て余す。しかし今日は、一刻も早くコーヒーの刺激で目を覚ましておく必要があった。

「秘書室長は？」

「間もなく到着予定です。広報課長も」

「全員揃ったら打ち合わせをする」

「分かりました」

社員が下がったので、今川はパソコンを立ち上げた。昨夜の事件は、既にネットニュースで流れている。

住宅建設地に遺体　殺人事件で捜査

20日午後10時30分頃、品川区南品川1の住宅建設現場に遺体があるのを、近所の人が発見、110番通報した。

警視庁品川中央署の調べによると、建設中の住宅の一階部分に男性の遺体があり、目黒区中町《なかちょう》、会社員安西寛人さん(45)と確認された。遺体には複数の傷、さらに首に絞められた跡があり、警視庁では殺人事件とみて特捜本部を設置した。


短い記事だが、本当に安西が死んだのだという事実が急に頭に沁みてきた。まったく、冗談じゃない……安西とは、金曜の午後にも話したばかりなのだ。いったい何が起きたのか……。

今川は社内ネットワークにログインし、安西の個人データを調べた。家族は妻と、高校生の長男の二人。残された家族の手当てもしなくてはならない。

午前七時、秘書室長と広報課長が出勤し、すぐに社長室で打ち合わせが始まった。辛島から情報が入らないので、取り敢えず分かっていることをベースにして対策を立てることにした。

「一番重要なのは、これはうちとは——社とは関係ない事案だということだ」今川はまず切り出した。

「そう言い切って大丈夫ですかね」秘書室長の恩田《おんだ》が疑義を呈する。「何か、社内トラブルを抱えていた可能性もありますよ」

「辛島は、セクハラやパワハラの事実はないと言っていた」

「それを信じていいんですかね」

「辛島も社内全ての事情を摑んでいるわけではないだろうが、安西は直属の部下だ。何か問題があったら、把握していないわけがない」

「今のところ、マスコミからの問い合わせはありませんが……」広報課長の水野《みずの》が手帳を開いた。「どうしますか？　会社として、何か声明を出す必要はありますか？」

「過去の事例はどうなってる？」

「個人的な事件……少なくとも、社員が被害者になったような事件の場合は、積極的には広報しないのが普通のようです。問い合わせに答えるだけですね。加害者になった場合は、抑えるために早めにコメントを出すようですが」

「そういうマニュアルなんだな?」

「ええ」

企業の広報はいろいろと難しい……特に不祥事に関しては、それぞれまったく状況が違うので、柔軟な対応が必要とされる。そのため、広報課では多種多様なマニュアルを用意しているのだ。

「だったら今回も、コメントはなしにしよう。いたずらにマスコミを刺激する必要はない。問い合わせがあった場合は、うちの社員だと認めた上で、社内には問題になるようなトラブルはなかった、と回答しよう」

「本当にトラブルはなかったんですかね」恩田は本気で疑っているようだった。「社長が仰る通り、辛島部長が把握していないだけで、絶対になかったとは言い切れないんじゃないですか? もしも何かあったら、本社に対する言い訳が難しくなりますよ」

「だったら、すぐに社内を調査してくれ」何かと逆らってくるこの秘書室長は使いにくい。

「水野課長、問い合わせに対しては、『現段階では問題はない』と答えるように」

「そういう言い方をすると、逆に突っこんでくる記者は絶対いますよ」と恩田が指摘した。

「連中がどう思うかは勝手だ。こちらとしては嘘をつくわけにはいかない。水野課長、今日は休日出勤で、何人か出てもらった方がいいな」

「もう手配しています」

「結構だ」今川はうなずいた。「取り敢えずマスコミ対応はそういう方針で……あとは辛島部長の報告を待つが、一人で警察の相手をするのは大変だろう。総務から何人か応援を出してくれ」

「すぐに手配します」うなずいて水野が立ち上がる。

二人が退室した後、今川は家から持って来たサンドウィッチに手をつけた。朝食は休日でも午前七時過ぎと決めているので、この時間になるまで食べる気になれなかったのだ。妻手製のサンドウィッチを頬張《ほおば》り、すっかり冷めたコーヒーで流しこむ。人心地ついたところで、メールを確認した。

週末なので、重要な仕事のメールは来ていない……いや、一件だけ、大事なものがあった。自分が日兼物産からここへ送りこまれて来た時、特に指名して日兼コンサルタントへ連れて来た花沢康二《はなざわやすじ》からの連絡。日兼物産でも長年一緒に仕事をしてきた部下で、右腕と頼んでいる。

日兼物産には多数の子会社、関連会社があるが、その中でも日兼コンサルタントは独立性が高く、本社との関係は微妙……プロパーの社員たちは、本社に対して反感に近い気持ちも持っているという。歴代社長は全て本社から送りこまれてきたのだが、前社長との引き継ぎの際にも「社員からは距離を置かれるぞ」と忠告されていた。孤立しないためには、花沢のように信用できる子飼いの部下がどうしても必要だった。

花沢は基本的にあらゆることに敏感で、心配性な男である。今回の事件についても当然気づいて、メールしてきたのだった。

まずい事件のようですが、大丈夫でしょうか？　出社しますか？

送信時刻を見ると、三十分ほど前だった。日曜だというのに、もう動きだしているわけか……今川はスマートフォンを取り上げて花沢に電話をかけた。花沢は電話を待っていたようにすぐに反応した。

「おはようございます」

「早くにすまん」

「いえ……メールはご覧になりました？」花沢が心配そうに言った。

「ああ。見たから電話したんだ。今のところ、こちらの件には何の関係もない……と思う」

「はっきりしないんですか？」花沢は、今川の曖昧《あいまい》な口調にすぐに気づいたようだった。

「警察の方から情報があまり入ってこないんだ。実際、まだ何も分からないらしいんだが……しかし、会社には関係ないと思う。君、安西のことは知ってるか？」

「いえ。面識がある程度ですね」

「事件については分からないか……」

「ええ」

「分かった。今日は、君は出社する必要はない。自宅待機で頼む。例の件は、週明けにもう一度相談しよう」

「分かりました」花沢の声がにわかに緊張する。

「安西の事件については気にするな。こちらの件には関係ないんだから」

「そうですね。総務課長がかかわるような案件でもないですし」

「ああ。気を遣《つか》ってもらって悪かったな」

「とんでもないです」

「――それと、美浜大は昨日勝ったな。これで優勝にぐっと近づいたんじゃないか?」花沢は経験者ではないがラグビーファンで、大学時代は母校の美浜大の試合をほぼ観戦していたという。二人が親しくなったのも、ラグビーがきっかけだった。今年四十歳の花沢にとっても、今川は「伝説の名選手」なのだろう。それ故か、最初は恐る恐る近づいてきたのだった……。

「まだ二試合残ってますから、安心できませんよ。社長は……城南大は残念ですね」

「去年の段階で、この展開は読めてたよ。まあ、大学スポーツは、同じチームの連覇があまり続くのはよくない。全体のレベルが上がらないからな」

「さすがに社長ともなると、全体をよく見てらっしゃる」

「一ファンとしての感想だ」

電話を切り、今川は鞄から私用のノートパソコンを取り出して電源を入れた。重要なデータは全て、このパソコンに入れて常に持ち歩いている。誰が敵か分からない状態では、データを守るにはこれが一番確実な方法だ。

それにしても……疑惑が全て解明されたら、どうすべきだろう。落としどころがまだ思いつかない。いずれにせよ、自分の責任も問われることになるはずだ。最終局面――最後に契約書に判を押したのは自分なのだから、関係ないとは絶対に言えない。

ここで自分のサラリーマン人生は終わってしまうのだろうか。二十年前、人生を賭けた勝負に勝ち、それ以来順調に出世の階段を上ってきたのだが……梯子が外される日が来るかもしれない。自分のせいでもないのに。

だからこそ、何としても回避策を考えねばならない。そのためには、実態の把握が何より大事だ。

4

日曜日の午前中に、早くも最初の手がかりが得られた。近くの家に設置された防犯カメラの映像に、事件現場の家の前に車が十分ほど停まっていたのが記録されていたのである。解析班は色めきたったが、カメラの角度の関係からか、肝心のナンバーは映っていない。人の乗り降りがあるかどうかも見えなかった。分かったのは車種と色だけ。トヨタ・シエンタ――七人乗りだが、サイズ的には小さな子どもがいる若い夫婦向けという感じのミニバンだ。色はブルーメタリックのようだった。

すぐに近所での調査が始まったが、近くにはこの車を持っている人はいなかった。ということは、遠方からここまで来た――まさに死体を捨てに来たのではないだろうか。

興奮は即座に冷えていった。これだけでは、やはり何とも言えない。

そして原たちは、捜査一課の「手下」になった。特捜本部で捜査指揮を執《と》るのは一課の管理官と係長で、所轄の刑事課長である原は、そのサポート役に回る。所轄の刑事たちは、指示のままに動き回るだけだ。

最初に難しい事件ではないかと睨《にら》んだ通り、手がかりらしい手がかりは防犯カメラに映ったミニバンだけで、捜査はすぐ壁にぶち当たってしまった。住宅地の只中、遺体が遺棄されたのは静かな夜のはずなのに、誰も異変に気づいていないのはかなり奇妙な感じがする……問題の現場の封鎖は解かれたが、工事は中断したままだった。施主の夫婦も、このまま工事を進めていいか、悩んでいる様子である。せめて犯人が早く捕まれば、あそこに住む気になるかもしれないが。

週明けの火曜日、原はまったく別件のトラブルに直面した。

「家出？」

「家出というか、失踪です」

その情報を持って来たのは、地域課の係長だった。家族が、署に行方不明者の届けに来た――それだけだったら、地域課で話を聞き、書類に不備がなければ受付を終えて、実質的に仕事は終わる。わざわざ刑事課にまで持って来たのは、どういうことだ？　原は早くも、面倒な事態を予感していた。家出など珍しくもない。日本全体では、年間の失踪者は八万人にも上るのだ。その大部分は、いわゆる本格的な失踪ではない「プチ家出」で、一日、二日で帰って来る。ほとんど、大事にならないうちに解決するわけだ。

「行方不明者届《ゆくえふめいしゃとどけ》は？」

「受理しました」

「だったら後は、然《しか》るべき処理をして終わりだろう。刑事課にいちいちこういう話を持って来るなよ。今、うちは特捜本部を抱えてるんだぞ？」

原は立ち上がって胸を張った。身長が百八十二センチあるので、大抵の人間を見下ろす格好になる。地域課の係長は、身長は百七十センチに満たないぐらいだった――しかし何故《なぜ》か今回は、怯《おび》えた様子がない。

「弁護士がついてきたんです」

「弁護士？　行方不明者届を出せるのは、家族や関係者だぞ」

「弁護士が家族に同行して来たんです」

「何なんだ？　大物が失踪したのか？」そう考えると、急に不安になってくる。タレントやスポーツ選手、政治家や財界人が行方不明になると、面倒なことになる。マスコミに知られないうちに捜し出さないと、単なる興味本位で報道されて、事態は厄介に、複雑になるだろう。

「そういうわけじゃないです。普通の女性会社員ですね。ただ、家族が非常に心配していまして」

「行方不明者届を見せてくれ」

この書式は極めて淡々とした――単純なもので、書きこめる情報は少ない。行方不明者本人の個人データ、行方不明になった時の状況、外見上の特徴などを書く欄があるだけだ。それに写真を添付して、届け出は完了する。

行方不明者は岩城奈緒美《いわきなおみ》、三十二歳。住所は品川中央署管内の品川区広町《ひろまち》——京浜東北線、湘南新宿ライン、東急大井町《おおいまち》線に囲まれた、縦に長い長方形の一角である。区役所があり、品川区の行政の中心地と言っていい。ただ、南側の大部分はＪＲの総合車両センターに占められている。北側には会社が多く、住宅地とは言いにくい。原の記憶では、小さなビルの間に埋もれるように、戸建《こだて》住宅がぽつぽつと並んでいるような街だった。

原の目はすぐに、一行のデータに引き寄せられた。「職業」欄に、日兼コンサルタント勤務とあったのだ。

おいおい……原は椅子に座り、地域課の係長を見上げた。

「日兼コンサルタントの社員か」

「ええ。まさに今、特捜で問題になっている会社ですよね？」

「会社には問題はないぞ」原は断じた。実際、殺しに関しては社内外でのトラブルは一切見つかっていなかった。「君が対応したのか？」

「自分というか、署長です」

「署長？」

「ええ。まず、署長に面会を求めてきまして」

この家族——というより弁護士の狙いはよく分かる。いきなりトップを狙って交渉した方が、仕事を急《せ》かすことができる、という計算だろう。目の前の電話が鳴った。署長の橋田だった。

「すぐ来てくれるか?」

「失踪者の件ですか?」

「ああ。どうやら放置しておけないようだ」

電話を切り、原は立ち上がった。係長に「署長がお呼びだ」と告げ、さっさと刑事課を出て行く。冗談じゃない。特捜本部の件だけでも手一杯なのに、この上失踪人の捜索まで押しつけられたら、刑事課はパンクしてしまう。

署長室に入ると、橋田が渋い表情で待ち構えていた。

「行方不明者届は確認しました」原はソファに腰を下ろしながら報告した。

「日兼コンサルタントの社員だ」

「事件に関係あるとでもお考えですか?」

「そういうわけじゃない。しかし、捜索すべきかどうか、ぎりぎりの線なんだ」

「特異行方不明者に該当するんですか?」

「家族の説明を聴いた限り、規則第二条の四に該当する可能性がある」

「行方不明者発見活動に関する規則」のことで、第二条の四では、「自殺のおそれ」を規定している。遺書があること、あるいは普段の言動に照らして自殺のおそれがあること——こういう場合は、特異行方不明者として、警察は積極的な捜索を行なわなければならない。

「遺書でもあったんですか?」

「いや。しかし普段から、会社でパワハラを受けているとこぼしていたらしい」

「届け出てきたのは……」原は行方不明者届に視線を落とした。「両親ですか。独身なんですね？」

「ああ」

行方不明になったのは昨日――月曜の朝、いつも通りに家を出たもののその日は帰らなかった。翌朝、つまり今朝になって会社に問い合わせると、昨日も今日も出社していないという。それで弁護士に相談し、届を出しに来た、という次第だった。

「特捜の件とは関係ないだろうな？」

「ないでしょう。特捜は、会社絡みのトラブルを見つけていません――その方向はないと思います」

「そうか……しかし、この件は放置しておくわけにはいかない。実際にパワハラがあったとなると、本当に自殺する可能性もあるし、きちんと捜さなかったら、後々問題になりかねないからな」

「それは分かりますが……今、刑事課は完全に人手不足ですよ？　行方不明者の捜索に人は割けません。生活安全課か地域課に任せるわけにはいかないんですか？」

「生活安全課も地域課も特捜に人を貸してるじゃないか。人が足りないのはどこも同じなんだ。悪いが、刑事課で何とかしてくれ」

「はあ……」すぐには返事できなかった。頭の中では、誰が使えるか計算していたのだが、一方で、こんな仕事を押しつけられて冗談じゃない、という気持ちも依然としてある。かといって、橋田が言う通りで無視はできないのだ。これで本当に自殺して、遺体でも見つかったら、家族は警察の責任を追及するかもしれない。

「……分かりました。取り敢えず、誰かこの件に回します」

「若いのがいるだろう。あの女の子……何と言ったかな」

「木村綾子です」女の子はないだろう、と腹の中でむっとした。

「ああ、その木村にでも任せておけ。まずは、きちんと捜したという事実を作るのが大事だからな」

実際に見つかるかどうかは別問題ということか。綾子は落ち着いた性格で、将来的にはいい刑事になるかもしれないが、今はまだ経験の足りない若手である。彼女一人に任せておくのは、いかにも心許《こころもと》ない……しようがない。彼女にやらせて、後は自分が何とかフォローしよう。実際、原は外へ捜査に行くわけではなく、刑事たちの報告を受けて指示を出すだけだから、まだ余裕がある。

「分かりました。早速捜索にかかります」

「頼むぞ。あれこれ言われたら厄介だからな」

結局、橋田が気にしているのは評判だけか……それも仕方ないかもしれない。自分たちが若い頃は、警察が叩かれることなどまずなかった。もちろん、捜査が失敗すればマスコミの批判を浴びたが、そんなものは何とでもコントロールできた。しかし今は、ネットで悪評があっという間に広がってしまう。マスコミ関係者より遠慮がない分、素人《しろうと》の告発の方が怖くもある。

署長室を後にして、原は外回りをしている綾子をすぐに呼び出した。現場付近で聞き込みをしているはずなので、十分か二十分で戻って来るだろう。その時間を利用して、原は自ら予備捜査をしてみることにした。殺人事件に関して、日兼コンサルタント側の窓口になっている総務部長の辛島に電話をかける。

「お忙しいところ、すみません」

「ああ、原さん……どうも、お疲れ様です」辛島の方こそ、疲れ切った口調だった。

「今、電話は大丈夫ですか？」

「ええ」

「実は、殺人事件とはまったく違う案件なんですが——そちらの女性社員が行方不明になっていますね？　先ほど、ご家族が相談に来られました」

「ああ——はい」辛島の声がさらに暗くなる。

「ご存じですね？」

「ええ。秘書室の社員です」

「ご家族は会社にも来られたんですか？」

「いえ」

「電話で話しただけですか？」

「そうです」

辛島の返事はぶつ切りで、原は不信感を抱いた。先日会った時にはテキパキしていて能弁、非常に協力的だったのに、今は話すのがいかにも面倒臭そうな様子である。

「ご家族は、会社でパワハラがあったと訴えませんでしたか？」

「そういう話でした」

「実際のところはどうなんですか？」原は少しだけ口調を崩した。「そういう問題はあったんですか？　なかったんですか？」

「正直に申し上げていいですか？」辛島が慎重に言った。

「ええ」

「分からないんです。こちらとしては寝耳に水でして……総務で対応したんですが、私は初耳でした。ご存じかもしれませんが、うちの会社は元々体育会系的な体質でして」

「そうなんですか」そもそも社長が、学生時代に日本代表に選出されたラグビーの名選手……いや、彼は日兼コンサルタントのプロパーではないのだが。

「他の会社に比べると、厳しいところはあります。コンサルの仕事は、時間が限られる中で結果を出さねばならないので、残業も増えますし、厳しい声が飛ぶことも珍しくありません。しかし、そういう社風は入社する以前に分かるものですけどね。今は特にそうです」

「若い連中の情報収拾能力はすごいですからねえ」

「ええ……うちに入って来る連中も、仕事の厳しさはある程度覚悟しているわけです。だから、皆さんが想像するようなパワハラはないんですよ。そもそも、岩城は入社してからずっと秘書室、総務畑を歩いていますから、コンサル本来の厳しい仕事は経験していないので——パワハラはあり得ません」

「ご家族は、愚痴を聞かされていたようですよ」

「それは、我々には分かりませんが……」辛島の声には戸惑いが感じられた。

「いずれ、この件でもお話を伺うことになると思います。若い刑事に担当させますが、どうかご協力いただきたい」

「……分かりました」いかにも不満そうだったが、辛島は一応了承した。

電話を切ったところで、綾子が戻って来た。どうやら走って来たようで、息が上がっている。原が手招きすると、綾子は大股で課長席にやって来た。百六十五センチの長身で、ショートカットのせいか、いかにも快活な外見である。それこそ体育会系の感じ……。

原は簡単に事情を説明し、まず家族に面会するように指示した。

「ご家族は、かなり苛々しているんじゃないですか？」綾子が心配そうに訊ねた。

「俺も家族には会っていないから、何とも言えない。ただ、弁護士同伴で署長に面会を求めてきたから、本気で心配しているのは間違いないだろうな。十分慎重にやってくれ。会社の方には今簡単に話を聴いたが、パワハラの事実は否定している」

「言い分が食い違っているわけですね？」

「だからまずは、家族の話をきちんと聴くことだ。それから、会社からも改めて事情聴取だな」

「部屋も調べた方がいいですね?」

「ああ。スマートフォンは持って出ているようだが、パソコンでも見つかったら押収《おうしゅう》手続を取ってくれ。それも手がかりになるだろう」

「あとは、日記とかですかね」

「日記?」

「日記帳です」綾子がぱらぱらとページをめくる真似をした。

「今時、アナログな日記なんかつけてる人がいるのかね」原は思わず首を傾げた。

「結構いますよ」綾子が意外そうな表情を浮かべた。「文房具屋の日記コーナーは今でも大きいですし……私の周りでも、手書きで日記をつけている人は結構います」

「手書きの方が頭に入るということか?」

「何となく安心できるというか……もしかしたら、日記は見つかるかもしれません」

「分かった」原はうなずいた。原自身は日記をつけていないが、手帳にはびっしり予定を書きこんでおり、結果的には日記代わりになっている。「見つかったら、それも押収だ。特捜があるから、他に応援は出せないが、ここは何とか一人で頑張ってくれ」

「分かりました」

緊張した面持ちで綾子がうなずき、一休みもせずに出て行った。泣き言を言わないだけでも大したものだ、と原は感心した。何とも頼もしい……最近は、若い刑事も男より女性の方が頼りになる。他の業界、どこの会社でもそういう傾向があるそうだが。

刑事課には原一人……そうなると、どうしても今川の顔が脳裏《のうり》に浮かんでしまう。彼の会社は立て続けに二件の問題にぶつかったわけだ。同情はするが、一方で彼にも話を聴かねばならない、と思う。社内の事情を聴くのに、社長以上に適当な人間はいないだろう。

よし。

取り敢えず連絡してみよう。「会いたい」と頼めば彼は断わらないはずだが、こちらとしては勇気を振り絞らざるを得ない。元々、今川との関係は、「刑事とネタ元」なのだ。当時とは二人とも立場が違ってしまっているが、昔の感覚を思い出してみるのもいいだろう。

原はスマートフォンを取り上げた。

5

昔を思い出すな……今川はかすかに緊張していた。

当時——二十年前といえば、携帯電話も電子メールも、今ほど一般的ではなかった。原と会うためには、偽名を使って電話をかけ、毎回場所を変えて用心したものだ。昔も、こういう場所でよく会った——ショッピングセンターの駐車場。駐車場へ車で来るのはごく自然で、中で落ち合い、どちらかの車の中で話をしていれば、おかしいとは思われない。特に夜なら安全……今日も二十年前と同じような感じになった。

午後九時半。夜にも捜査会議があるので、その時間にならないと体が空《あ》かない、と原は申し訳なさそうに言った。彼は昔からこういう感じ――自分より大きい、堂々とした体格なのに、いつも背中を丸めて暗い目をしていた。今思えば、あの頃の彼は行き詰まっていたのだ。仕事とどう向き合うか、今後、警察の中でどんなふうに生きていくか……自分との出会いは、彼の人生に新しい光を投げかけたはずだ。

昔と違うのは、今川は自分の車で来なかったことだ。一度家に戻って、自分の車で出てくるような時間もなかったから仕方ない……歩いて駐車場に入るのは奇妙な感じがした。

一方原は、どういう手を使ったのか、自分の車に乗って来ていた。忙しいと言っていたのに、家に帰っている暇があったのだろうか、と不思議に思う。

所轄の課長のマイカーはどんな車だろう――プリウスだった。ある意味、没個性的。どんな年齢、どんな職業の人が乗っていても、それなりに様《さま》になる。

教えられていた通りのナンバーだと確認し、助手席のドアをノックする。こちらを向いた原が素早くうなずいたので、ドアを開け、助手席に滑りこんだ。

「社長専用車みたいにいい乗り心地じゃないだろうが、我慢してくれ」原が本気で謝るように言った。

「プリウスの方が、うちの社長車より広いよ」

うなずき、原が缶コーヒーを差し出した。糖分たっぷりのホット……思わず苦笑しながら、今川は受け取った。

「まだこんなもの、飲んでるのか？」

「秩父宮では定番じゃないか」

確かに。最近は、毎年最低一回は一緒に秩父宮に足を運ぶ。今年はまだ、この恒例の行事を果たしていなかったのだが。

「いい加減、こんな甘いものを飲んでいい歳じゃないんだが」今川はぼやいた。

「あんたは、多少甘いものを摂《と》っても影響がなさそうじゃないか」原が、今川の腹の辺りに羨《うらや》ましそうな視線を向ける。

「お前は少し自重した方がいい。今や立派な重量級フォワードじゃないか」

「昔は――現役時代は、いくら食べても体重が増えなくて悩んでたんだけどな」

「現役時代、何キロあった？」

「マックスで七十八キロ。八十五キロは欲しかったけど、増えなかったな」

原の身長は百八十二センチ。八十五キロあったら、当時は大学でも十分通用しただろう。本人の弁によると、「技術的にとても大学では通用しなかったからやめた」そうだが。

「当時は、筋トレで体重を増やすのもあまり一般的じゃなかったからな。今の選手の体の厚みは凄い」

「日本代表フォワードの平均体重が百十キロぐらいだろう？　全員、化け物だ」原が呆《あき》れたように首を横に振る。

甘いものは欲しくないんだが、と思いながら今川は缶のタブを引き上げた。一口飲むと、妙に懐かしい味……昔は秋から冬のラグビー観戦に、この甘ったるさがつきものだった。スキットルに入れたウィスキーをちびちびやるのもいいのだが、生観戦の時に酒は無礼、という感覚もある。

「で？　今日の用件は？」

「あんたのところの女性社員が行方不明になっている。家族が行方不明者届を出した」原がテキパキとした口調――仕事用の口調で言った。

「聞いてる」今川は低い声で答えた。

「知ってる人だろう？　秘書室勤務ということは、普段からあんたの世話を焼いてたんじゃないか？」

「彼女は社長付きじゃない。そもそも秘書でもない」

「秘書室というと、社長や役員のスケジュール管理やお世話が仕事じゃないのか」

「いや、彼女は、戦略企画担当だった。つまり、会社全体の今後のビジネスに関して、新しい指針を検討するセクションだ」

「……らしいな」

「何だ、知ってたのか」今川は目を見開いた。

「うちの刑事は優秀だよ。それぐらい、とうに割り出している」

「俺が嘘を言ってないかどうか、確認したわけだ」

「ああ」原があっさり認めた。

今川は苦笑しながら、コーヒーをもう一口飲んだ。原はこういう男だ……疑り深いというか慎重というか、相手を引っかけてでも、嘘がないかどうか見抜こうとする。一度、「捜査二課の刑事というのはそういうものだ」と申し訳なさそうに言い訳したのを覚えている。俺たちが相手にしている人間は簡単に嘘をつく、と。それを聞いて、今川はむしろ好ましく思った。人を簡単に信じてしまうようでは、まともな捜査はできないだろう。

「会社側は否定しているが、家族は、行方不明になった岩城奈緒美という女性が、パワハラの被害を訴えていたと言っている。秘書室長や他の先輩たちから、日常的に圧力をかけられていたそうだ」

「それを信じてるのか?」

「家族が嘘をついているというのか?」原が逆に迫った。「娘が行方不明になっているんだぞ。非常事態じゃないか」

「お前にしては簡単に信じたな」

「こういうことでは、家族は嘘をつかないものだ。娘が行方不明になって、何としても見つけたい——そんな時に、嘘や適当なことを言っても、警察の捜査は混乱するだけだからな。真剣に見つけて欲しいと願っていれば、嘘はつかない」

「思いこみは?」

「それはあり得る」うなずいて原が認めた。「しかし、岩城奈緒美さんがそう言っていたのは、事実だと考えていい。正直、パワハラがあっても、警察としてはどうしようもない部分がある。それで社内で事件になったりすれば捜査せざるを得ないが、仮に自殺されても……その後に民事で争う場合は、警察は表に出ない」

「嫌なことを言うなよ」

「しかし、自殺を食い止めることはできるかもしれない——見つけさえすればいいんだ。そのための手がかりが、何でもいいから欲しい」

「だったら、俺に聴くのは筋違いだ」

「秘書室の人間なら、毎日のように顔を合わせるだろう。何か変わった様子があれば、分かるんじゃないか？」

「それは……申し訳ないけど、俺には何とも言えない。正直、社員一人一人の普段の様子を把握しているわけじゃないんだ」

「社長ってのはそういうもんかね」

「うちはそれほど大きい会社じゃないが、社員は二百人以上いるんだぞ？　全員の仕事ぶりや私生活の様子を把握するのは難しい」

「あんたなら、社員全員のこともよく知ってるんじゃないかと思ったんだが」

「俺が把握できるのは十五人までだ——試合を動かすにはそれで十分だから」

原が声を上げて笑った。今川がラグビーに喩《たと》えて話をすると、いつも喜んで笑い声を上げる。

「パワハラはどうなんだ？」原が表情を引き締めて訊ねる。「日兼コンサルタントは体育会系体質で、社内にはかなり荒っぽい雰囲気があるそうだが」

「先輩後輩の関係では、確かに厳しいものがある」今川は認めた。「しかし、コンサルの仕事というのは、普通のビジネスとは違うんだ。例えば——そうだな、大田区辺りの中小企業が、思い切ってまったく違う業態の新ビジネスを始めたくて、その相談をしてきたとしようか？　そういう場合、特定の部署が対応するわけじゃない。目指す新ビジネスに詳しい人間、中小企業の財務に詳しい人間なんかが集まって、その時だけのプロジェクトチームを作る。それで一応の成果を上げたら解散——だいたい、半年から一年ぐらいのスパンで仕事をする。だから、普通の会社の普通の部署のように、ずっと同じメンバーで仕事をしていて、人間関係が煮詰まるようなことはないんだ」

「なるほどね……シンクタンク部門の方はどうなんだ？　そっちは、いつも同じテーマで同じ人間が研究してるんだろう？」

「ああ。ただ、研究者はだいたい個人で動くものなんだ。自分のテーマを持って、それを掘り下げていく——コンサルチームにアドバイスすることもあるし、他の研究者と共同研究することもあるけど、基本的には一人だ。人間関係のトラブルが起きる確率は、他の業種に比べてはるかに少ない」

「日兼物産の方は？」

「それは……ないとは言えないな」今川は苦笑して認めた。「やっぱり、商社は弱肉強食の世界だから。結果が全てなんだ。そこに馴染めない人間は、だいたい辛い目に遭う」

「そうか……」

「おっと、刑事さんの前でパワハラを認めたら、大変なことになるな」今川は敢えておどけて言った。

「それが事件にならない限り、俺が口を出すことじゃない」原が低い声で答える。「一応、確認してみただけだ。あんたが社長を務める会社でパワハラなんて、あり得ない感じがするからな」

「それは、俺を過大評価し過ぎじゃないか？」

「いや、あんたはフェアプレー精神の塊《かたまり》のような人間だ。大学の時もそうだっただろう？四年生でキャプテンになった時、下級生の奴隷《どれい》扱いをやめさせたしな」

「何でそんなことまで知ってるんだ？」今川は急に居心地悪くなった。

「当時は、スポーツ新聞や専門誌を読み漁《あさ》ってたからさ」原が笑いながら言った。「城南大、民主化への道とかね」

「ずいぶん気をつけて喋ったんだけどな」今川は苦笑した。「下手なことを言えば、先輩たちを否定することになるから」

「でも実際、昔の城南大ラグビー部は、上下関係が相当厳しかったんだろう？　一年奴隷、二年下僕、三年人間で四年が神様、とか」

「そんなふうに言われていたこともあった」今川は認めた。「でも、ラグビーっていうスポーツは、本来そういう体育会系の風土には馴染まないんだよ。イギリス生まれの紳士のスポーツだからな」

「そこが、日本ではなかなか理解されないところだけど」

「とにかく俺は、ああいう世界が大嫌いだった。大学にも、才能に溢れた一年生はいる。勝つためにはそういう選手をきちんと起用しないといけないんだけど、雑用ばかりを押しつけていると潰れてしまう。馬鹿馬鹿しい限りだろう？」

「あんたは一年の時から、名門の司令塔としてレギュラーだったじゃないか」

「それでも雑用はやらされてたよ。合宿所暮らしだったから、先輩の汚れ物の洗濯やトイレ掃除、練習の後片づけとか、全部回ってきた。試合に出ている時が一番楽だったな」

「それで、日兼コンサルタントの社長に就任する時にも、コンプライアンスについて盛んに強調してただろう？　今でも覚えてるよ」

「そうだったかな」今川はとぼけた。「社長就任祝いだ」と原が奢《おご》ってくれたのだが、あの時は調子に乗って喋り過ぎた……元々、熱く語るタイプではないのに。

「そうだよ。で、俺はあんたならコンプライアンスのきちんとした会社を作ると思っていた。今でもそう思っている。だから、パワハラなんてあり得ない——希望的観測も含めてそう信じてるけどな」

「だったら、岩城奈緒美さんの失踪についてはどう考える？」

「それは、本人を見つけてみないと何とも言えない。一応、うちでも真剣にやってるよ」

「助かる。また社員を亡くしでもしたら、大きな損失だからな」

「社員ファーストか」

「社長が考えるのはそれだけだ。社員が安全に楽しく仕事ができれば、それでいいんだよ」

「生き馬の目を抜くような商社マンの世界で生きてきた人の台詞《せりふ》とは思えないな」

「それは昔の話――立場が変われば人は変わる」

「そうか」原が缶コーヒーをぐっと飲み干し、軽い口調で続けた。「ま、一応確認しておきたかっただけなんだ」

「社長の話を聴いただけで信用するなんて、お前らしくないな。もっと慎重かと思ってた」

「まだ結論は出さないよ。基本はあくまで、うちの刑事の捜査次第だ。自分の足できちんと情報を持ってくる刑事の方が、俺よりもずっと頼りになる」

「本当は、現場にいたかったんじゃないか？」

「いや、これはこれで良かったんだと思う。二十年前の俺は、正直、行き詰まっていた。仕事も上手くいってなかったし、将来の見通しも立たない……警察の場合、階級が上がらない限りは、ずっと同じような仕事を続けていくだけなんだ。そういうのでいいという人間もいるんだけど、俺は満足できなかった。だけど、決まり切った日常から抜け出す方法がなかった――そのチャンスをくれたのがあんただよ。あんたのおかげで、上の覚えもめでたくなって、今に至るわけだから」

「俺も、多少は出世の手助けができたわけか」

「その事実を知っているのは、俺とあんただけだけどな」

「ああ」用件は終わったと思い、今川は話題を変えた。「今年の試合はどうする？　観に行くような暇はあるか？」

「厳しいかな。この事件——殺人事件の方が解決しない限り、秩父宮に行く暇はないと思う」

「そうか……その後の大学選手権は？」

「それは是非観たい——観に行けるように頑張るよ」

原は困難な捜査を想定しているのだろうか。彼ぐらいのベテラン警察官になると、発生時点である程度捜査の展開が読めてしまうのかもしれない。

「行けるようなら声をかけてくれ。チケットは俺の方で入手できるから」

「いつもすまないな。そっちは大丈夫なのか？」

「うちか？　いや、特には……殺人事件に関しても、マスコミの取材が殺到したわけじゃなかったし。彼らも、最近は節度ある取材をするんだな」

「弱気になってるだけじゃないかな。連中も叩かれてるから」原が皮肉を吐いた。「どうする？　どこかまで送ろうか？」

「いや、大丈夫だ」今川はドアに手をかけた。「適当に帰る。一緒にいるところを見られたらまずいだろう」

「……そうだな」

「じゃあ、また。連絡するよ。先に出てくれないか？」

今川が車から降りると、原はすぐにプリウスを発進させた。駐車場のスロープに車が消えるのを見届けてから、今川はスマートフォンを取り出した。原と交わした会話は短いが、にわかに不安になってしまった。最後の方……「そっちは大丈夫なのか」という一言が引っかかっている。

電話をかけた相手は、花沢だった。

「花沢です」

「ちょっと気になることがあるんだが」

「何でしょうか」花沢が緊張した声で問いかけた。

「警察が、こちらの動きを探っているような気がする」

「何かあったんですか？」

「いや」今川は一瞬言葉を呑んだ。「君にも言えない相手だが、私にも情報源はある……とにかく、警察が社内の様子を気にしているようなんだ」

「情報が漏れているんでしょうか」花沢の声が不安の色に染まる。

「可能性がないとは言えない。警察は常に、あちこちにアンテナを張り巡らせて情報を探っているからな」かつての原のように。彼にしても、まさか何度も秩父宮でプレーを観た選手が、そのアンテナに引っかかってくるとは思わなかっただろうが。

「どうしますか？　こちらから逆に探りを入れるというのは……」

「何か伝手はあるか？」

「……いえ」

「調査を早めるしかないな。警察がどんな動きをするか分からないが、こちらが全貌を把握していないとまずいだろう」

「では、予定通りに社内調査を進める、ということでよろしいですね?」

「ああ。あくまで極秘で頼む」

電話を切り、今川はまだ半分ほど中身が残っていたコーヒーの缶を握り締めた。甘い物はもう飲みたくない……しかし中身の入った缶を捨てる場所もなく、今川はそのまま歩きだした。駐車場の隙間から冷たい風が吹きこむ。晩秋というより、冬を感じさせる冷たさだった。

第二章　第二の失踪者

1

　殺人事件発生から五日目、木曜日の昼過ぎ——原はふと異変に気づいて、知能犯捜査の係長・高塚《たかつか》を呼んだ。高塚は自席からすぐに飛んで来て、原のデスクの前で直立不動の姿勢を取った。

「吉岡《よしおか》はどうした？」

　吉岡礼司《れいじ》は、知能犯担当の巡査部長で、高塚の直属の部下だ。

「吉岡ですか？　そう言えば……」顔をしかめて、高塚が周囲を見回す。

「休みなのか」

「いえ、連絡は受けていませんが」

「おかしいな」

　原は、勤怠表をチェックしていて、吉岡の不在に気づいたのだった。所轄の課長の仕事で一番面倒なのが、勤務ダイヤの作成と確認……最近は、警察でも働き方改革が盛んに言われている。できるだけ残業や休日出勤を減らし、有給休暇も消化させる——二十代の若い連中は、比較的当たり前と受け取っているのだが、三十代——三十五歳の吉岡は、まだ警察官が働き詰めだった時代を知っているせいか、平然と休むことに抵抗感を抱いているようだった。昔ながらのワーカホリックの最後の生き残りと言えよう。

仕事熱心なのはいいのだが、刑事としてはなかなか難しいタイプである。一度は本部の捜査二課に上がったものの、協調性のなさが問題になり、所轄に出されてしまったのだ。「本部ではいらない人材」と言われたのも同然——もっとも、それで本人がいじけた様子ではない。一年半前、この署の課長として赴任してきた時に時間をかけて面談したのだが、淡々としたものだった。むしろ真面目一辺倒で、仕事し過ぎではないかと気になるほどだった。そうでなくても、知能犯担当の刑事というのは、情報提供者と接触するために、夜の仕事も多くなりがちなのに。

「昨日はどうした?」

「そう言えば、見ていません」高塚が首を傾《かし》げる。

「おいおい、しっかりしてくれよ」原は低い声で高塚を非難した。

「昨日も特捜に詰めていましたので……」高塚が遠慮がちに言い訳した。

「ああ、そうか」そもそもその指示を出したのは自分だった、と思い出す。「吉岡は、特捜には入れてなかったな」

「あいつの場合、いろいろ問題がありますから」高塚が苦笑する。

「まあ、そうだろうが……で、どうしたんだ？　今日は無断欠勤か？」

　外回りが多い刑事も、朝と夕方には署に顔を出すのが基本だ。署に寄らずにどこかへ直行する場合は、必ず事前に連絡を入れるのが暗黙の了解である。今は携帯があるから、連絡がつかなくなることはまずないのだが、それでもこの習慣は今でも続いている。実際、暴力団関係者など危険な人物と会うこともあるので、上司は部下がどこへ行っているか、常に把握しておく必要がある。

「ちょっと呼んでみます」

　無言でうなずいたが、原は表情に怒りを滲《にじ》ませた。高塚は真面目ではあるものの、管理職としては少し頼りないところがある。しっかりしろと何度も叱咤《しった》してきたのだが、それにもうんざりしていた。効果が出ないのにそういうことを続けていると、さすがに疲れる。

　自分のスマートフォンを耳に押し当てた高塚が、すぐに顔をしかめる。もう一度かけ直す――どうやら出ないようだ。

「出ません――電源を切っているようです」

「自宅にかけてみろ。奴の携帯には俺がかける」

　原は吉岡の番号を呼び出し――課員の携帯番号は全て登録してある――かけてみた。通じない……高塚は電源を切っていると言っていたが、電波の通じないところにいるだけかもしれない。それなら別に焦る話ではない――大事なネタ元と会う時には、原も携帯の電源を切っておくことがある――のだが、何故か気になった。一般人の行方不明事案を抱えているせいかもしれない。そちらの方もまったく進展がないので、落ち着かないのだ。

しばらく電話で話していた高塚の顔色が急変したことに、原は気づいた。家族と話して、何か異変に気づいたのか……原は立ち上がり、高塚の席に向かった。高塚が送話口を掌で塞ぎ、「家族も今、捜しているようです」と小声で言った。

つまり、完全に行方不明ということか……これは一大事だ。刑事が失踪したら、大問題になりかねない。事件に巻きこまれている可能性もあるし、外部に漏れたら騒がれる。マスコミ対策までしっかり検討しておかないとまずいな、と原はにわかに心配になった。

電話を切った高塚が立ち上がる。顔からは血の気が引き、眉根は寄っていた。

「夕べから家に帰っていないようです」

「普段からそうなのか？」

「帰らないこともありますが、そういう時は必ず連絡を入れてくるので……こんなことは初めてだそうです」

「まずいな……」

原は目を瞑《つむ》り、顎《あご》に手を当てた。こういう時は、「何もない」と勝手に自分を安心させてはいけない。むしろ最悪の事態を想定して動くべきだ。

「ちょっと奴の家へ行ってくれないか」

「何かあったと思われますか？」

「何かあったと考えて動くべきだろう。とにかく、家族から詳しく様子を聴いてきてくれ。もしもお前が行っている間に吉岡が出てくれば……それはそれでいい。どこかでお茶でも飲んで時間を潰してこい」

「分かりました」

高塚がうなずき、すぐにコートを持って刑事課を出て行った。さて……この件は上に報告しておくべきだろうか。いや、今の段階ではまだ早い。少なくとも、高塚が家族への事情聴取を終えてからにしよう。多少なりとも状況が分かった方が、説明もしやすい。

一時間半後に高塚から連絡が入った。吉岡の自宅はＪＲ三河島《みかわしま》駅の近く。話を聴く時間は十分にあっただろう。

「話が聴けました」高塚の声の背後には、駅のホームの音があった。

「取り敢えず、簡単に話してくれ。詳細は帰ってからでいい」

高塚の報告を聞き取り、原はすぐに署長室に向かった。近くに新聞記者がいないのを見て、副署長にも中に入ってもらう。署長のデスクの前に立ち、直立不動の姿勢で告げる。

「まことに申し上げにくいのですが、うちの知能犯係の吉岡巡査部長が行方不明になっています」

「何だと？」橋田が立ち上がる。顔からは一気に血の気が引いていた。

「昨日の午後から連絡が取れていないんです。正確には、昨日は署に戻らず、家にも帰っていません。今日も署には出勤しないままです。家族も心配して、ちょうど相談しようとしていたそうです」

「家族へは事情聴取したのか？」

「高塚係長が面会してきました」

「……座れ」橋田が唸るように言った。

橋田は自分のデスクの前の一人がけのソファに、原と東はその両サイドに陣取った。東は早くも手帳を広げて、鋭い視線を原に向けている。

「監督不行き届きでした」原は先に頭を下げて謝罪した。

「謝るのは後でいい。何か、失踪するような理由でもあったのか？」

「仕事の面では、特に問題はありませんでした。吉岡は特捜の方に入れていませんでしたから、通常業務です」外しておいたのは失敗だったかもしれない。特捜に組みこんで仕事をさせておけば、姿をくらませる暇もなかったのではないか？

「泳がせていたわけだな」

原は無言でうなずいた。知能犯担当の刑事は、自由にネタ元と接触することこそが仕事である。相手は暴力団関係者だったり、その周辺にいるブローカーだったり、普通の会社員だったり、様々だ。

「実際は何の捜査をやっていた？」橋田が突っこむ。

「私のところに報告が上がるようなことはありませんでした」

「知能犯担当の捜査は自由だな」橋田が皮肉を吐いた。それはそうだろう……捜査一課の仕事、特に殺しの捜査では、「報告、連絡、相談」が刑事の基本である。情報は全て上で一元化し、さらに全員で共有する。そうしないと捜査の「ダブり」などが生じて、極めて非効率的になる。

「このところずっと、帰りが遅かったようです」

「何か重要な件にかかっていたのか？」

「いえ……」

「だったら、どうして毎日遅くまで仕事していたかは分からないんだな？」

「ええ」

「それはまずいな」

「しかし、夜間の情報収集も大事な仕事ですから」

今は勤務時間の問題をとやかく言っている場合ではない、と原は心中で自分に激怒した。管理職になると、こういうことばかりが気になってしまう。仕事の質が向上するように指導すべきなのに、「いかに休ませるか」ばかりを気にしてしまうようでは本末転倒だろう。これでは働き方改革とは言えまい。

「とにかくこの一か月ほど、帰宅は日付が変わる頃、という日がほとんどだったそうです。土日も出ていました」

「何をしていたか、家族は当然知らないだろうな」

「そうですね。仕事だ、としか聞いていなかったようです」

「そんなに毎日、遅くまで仕事をするようなことがあるのか？」

「もしも情報源が、夜にしか会えないような人間だったら、あり得ますね」

「それが何者かは分かっていない？」

「少なくとも私は、報告を受けていません。しかし、最近はだいぶ疲れて機嫌が悪かったと家族は証言しています」

「それは、労務管理の面でまずいな……」橋田が渋い表情を浮かべ、掌で頬を撫でた。

「その責任は私にありますが、後にしましょう」今この話をされても、吉岡が見つかるわけではない。取り敢えず、すぐに捜索にかからなければ……。「始末書でも何でも用意しますので、まず捜索を始めたいと思います」

「分かった。一応、本部に連絡しておかないとな」橋田がうなずく。「黙っていて、後でバレたら大変なことになる。それは俺の方でやっておくから、すぐに捜索に取りかかってくれ」

「当該の所轄――荒川中央署《あらかわちゅうおう》にも通告しておきますか？」

「いや、下手に話が広がるとまずいから、行方不明者届は出さないように家族を説得しよう。一応、中央署の耳には入れておくが、基本的に向こうに迷惑をかけるわけにはいかない」

「分かりました。取り敢えず、他の課からも人を貸してもらえますか？　特捜からうちの刑事課の人間がごっそり抜けたら、本部の連中に疑われます」

「そうだな」橋田が眉をひそめてうなずく。「その人選はお前に任せる。すぐに捜索にかかってくれ」

署長室を出ると、東が心配そうに訊ねた。

「奴は、何か厄介なことに巻きこまれてるんじゃないか？」

「否定はできませんね」

「クソ真面目で有名な男だが……そういう人間でも、絶対に面倒な目に遭わないという保証はない」

「分かっています」原は少しだけ声を荒らげた。この副署長は、言わずもがなの台詞を平気で口にする癖がある。

「クソ真面目過ぎて、新人の頃からトラブルも起こしてるからな」

「副署長、その辺の事情はご存じなんですか？」原が知っているのは、本部の捜査二課で孤立していたことだけである。

「奴が最初の所轄にいた時、俺はそこの刑事課の係長だったんだよ。泊まりが同じ班で、半年ぐらい、夜中に顔を合わせる機会が多かった」

「その時にも何かあったんですか？」原がまったく知らないエピソードのようだ。

「深夜二時頃かな……強盗事件が起きて、奴も現場に出た。とはいっても、まだ交番勤務だったから、捜査に参加したわけじゃなくて、現場の警戒に駆り出されたんだけどな」

「ええ」

「ところが、同行していた先輩の制服警官が途中でサボって、一時姿を消しちまってね。何でも彼女と揉めていて、私用の携帯から電話をかけていたそうなんだが……戻って来た時に、激怒した吉岡が一発」東が右の拳をぐっと突き出した。

「ぶん殴ったんですか？」

「ああ。当然、サボっていた警官の方が悪いわけで、吉岡は特に処分されなかったんだが……何というか、真面目過ぎて融通《ゆうずう》が利かない男なんだ。本部へ行ってからも、よく先輩や同僚と衝突していたんだろう?」

「それは私も聞いてますよ」

「刑事としての腕は悪くない……ネタ元の信頼を得やすいタイプなんだが、もったいないよな」

「そうですね……とにかく、捜索にかかります」

階段で二階へ上がりながら、原はにわかに不安になってきた。真面目で融通が利かず、しかも直情径行型……こういう人間は、仕事で大きな失敗をすると、思い詰めて極端な行動に出ることがある——自殺とか。

課員に死なれでもしたら、原一人の責任では済まない。署長、副署長とも何らかの処分を受けることになるだろう。

クソ、冗談じゃない。

原は二十年前、今川の協力で大きな事件を手がけ、上手く出世のルートに乗った。以来、特に失点もなく、五十五歳まで来たのだ。定年まで五年を残して、部下のせいで大きなバツ印を食らうわけにはいかない。

しばらくして、高塚が戻って来た。依然として顔色はよくない。

「ご苦労だった」

「いえ……ちょっとお話ししたいことが」

深刻な表情で高塚が言った。人に聞かれたくない話なのだな、と悟り、原は彼を取調室に誘った。ただし、ドアは開けたままにしておく。

「吉岡の仕事のことなんですが」

「ああ。何か聞いているか?」

「実は、かなりでかくなりそうな事件で内偵を始めていまして……」高塚の口調は歯切れが悪かった。

「俺は聞いてないぞ」知能犯捜査は秘密主義が基本だが、課長である自分の耳にも入っていないとなると問題だ。

「私も詳しくは聞いていないんですが、日兼コンサルタントに関することだったようです」

「何だと?」原は、顔から一気に血の気が引くのを感じた。殺人事件、社員の行方不明に続いてまたも日兼コンサルタント……。「あの会社の絡みで、何か事件があるのか?」

「ええ。それも海外での事件だと……」

「ちょっと信じられないな」原は首を横に振った。「海外の事件を簡単に立件できるとは思えない」

「私もそう思いますが、なにぶんにも詳しい話を聞いていないので、判断できません」

事件としては、あり得ない話ではない。海外贈賄《ぞうわい》——不正競争防止法違反容疑で、日本の会社が摘発されたケースは過去にも何件かある。例えば、海外の公務員に賄賂《わいろ》を渡していたことが発覚した場合などだ。この規定は、不正競争防止法が一九九三年に全面改正された後、一九九八年に盛りこまれたのだった。アメリカでは七〇年代に既にＦＣＰＡ——日本では連邦海外腐敗行為防止法などと訳される——が制定され、いち早く企業の海外での贈賄を罰するようになっており、日本での法改正もそれに準じたものと言える。

「日兼コンサルタントは、海外でも事業を展開しているんだな」

「コンサルタント業務——例えば、どこかの会社が海外進出をする際に、相談に乗ったりということはよくあるようです。あるいは現地でビジネスを展開する際の代理人になったりとか」

「具体的には？　これまでに何か問題になったことはあるのか？」原は矢継ぎ早に質問を発した。

「東南アジアの公共工事を日本企業が落札した時に、現地で調整をした、というケースが何件かあったようです。ただし、問題になったことはありません」

「今までないと言っても、絶対にクリーンとは言えないだろう」最近は、中国企業の海外進出が盛んである。そういうところと競合する場合には、様々な手で対抗しなければならないはずだ。

しかし……クリーンとは言えない、と言ってしまったことで胸がちくりと痛む。今川が率《ひき》いる会社が、そんなことをするだろうか。いや、今川がそんなことを許すだろうか。

「内偵はどこまで進んでいたんだ？」

「いい情報源を摑んだ、とは聞いていましたが、相手が誰かまでは分かりません」

「そうか」

刑事は——知能犯の刑事は、摑んだネタ元の正体を上司や同僚にも明かさないことが多い。大事なのは情報が正しいかどうかだから、ネタ元が誰であっても問題にはならないのだ。そして情報の真贋《しんがん》は、複数の筋から徹底して検証される。

「本部は？」

「それは分かりません。報告を上げるまでまとまっていませんでしたが、向こうは向こうで何か摑んでいるかもしれませんからね」

「そうだな……奴は、追いこまれてなかったのか？　お前に愚痴をこぼしたりはしなかったか？」

「それが……まったくないんです」戸惑いながら高塚が言った。「元々あいつは、職場で愚痴をこぼすようなことはしない人間です」

「それはそうだが」原はうなずいた。「しかし、家族の前では不機嫌だったわけだな」

「ええ。家族だからこそ言えることもあるとは思います。ただ、具体的な内容は言ってなかったわけですが」

「刑事としてそれは当然だろう……奥さんはどんな人なんだ？」

「元警察官です。先輩の紹介だったようですよ」

「なるほど」警察官同士の結婚は珍しくない。最近は女性警察官も増えているから、職場での出会いもよくある。周りの人間——特に上司にとっては歓迎すべき事態だ。警察官同士なら身元がしっかりしているから、トラブルが起きる可能性は低い。

「相当焦っていまして……今後、どうしますかね」

「家族とは連絡を絶やさないようにしろ。たとえ進展がなくても、こちらから連絡してやれば、多少は安心できるだろう」

「それは……私がやるしかないでしょうね」高塚が溜息をついた。

「直属の上司の仕事だ」原は厳しい表情でうなずいた。「俺はこれから、捜索部隊を編成する。刑事課は今、人手が足りないから、他から人を借りるが……お前からも状況を説明してくれ。それと、できるだけ——署内でも話が広がらないように注意しろ」

「分かりました」蒼《あお》い顔で高塚がうなずく。

原は一瞬跳《は》ねるようにして、急いで外へ出た。誰か聞き耳を立てている人間がいれば脅かしてやろうと思ったのだが……近くには誰もいない。

情報の秘匿《ひとく》は大事なことだが、実際には隠しておけないだろう。基本的に警察官は、噂話が大好きな人種なのだ。変な噂にならないうちに、吉岡を捜し出すしかない。

2

「分かった。悪いが、家の近くまで来てくれないか?」

「了解しました。何時にしますか?」

「六時半——それで大丈夫か?」

「何とかします」

待ち合わせ場所を告げて電話を切り、今川は左手首を持ち上げて時計を見た。午後五時……何もなければ、普段は六時までには会社を出るようにしている。海外との仕事をしている人間もいるので、全社一斉に定時退社は難しいのだが、せめて社長は遅くまで居残らないようにしよう、と決めていた。商社マン時代に一番嫌だったのが、仕事もないのに遅くまで居残っている上司だった。今川が仕事を始めたのは昭和の終わり……その頃にはまだ、二十四時間三百六十五日働くのが当たり前だったのだが、あれから三十年も経って、さすがに働き方は変わっている。少なくとも今は、昔のように会社にずっと居残っていても、まったく評価はされない。秘書室の連中を早く解放するためにも、さっさと帰るようにしていた。もっとも、夜の会合などもあるので、会社を出てもそのまま直帰できる日は少ないのだが。

壁の時計を見ると、まだ四時五十五分だった。また腕時計が進んでいる……今川はごついロレックスを外し、パソコンの時計で確認して時間を合わせた。このロレックスとのつき合いも、もう十年以上になる。日兼物産で部長に昇進した時、個人的なご褒美として購入したものだった。海外出張も多いので、二つのタイムゾーンを表示できるGMTマスター。上下で色を塗り分けたベゼルがデザイン上の特徴だ。社長が持つ腕時計としてはどうかと思うが、厳しいビジネスの世界を一緒にくぐり抜けてきた戦友、という意識が強い。三年に一度はメンテナンスに出して、しっかり磨いてもらうのだが、やはり傷やくすみも目立つようになっている。遅れも気になるし、そろそろまたメンテナンスの時期だ。

ちなみに、日兼コンサルタントの社長に就任した時には、白文字盤、三針、黒い革ストラップのグランドセイコーを入手した。かしこまった場所に出なければならない時には——これが意外に多い——万能の時計である。

六時少し前、今川は社長室を出て、地下の駐車場に向かった。日兼コンサルタントの本社は品川にあるオフィスビルの七階と八階に入っているので、当然専用の駐車場はない。地下の駐車場の一角に、何台分かを借りているだけだった。

見送りはなし。前社長は、自分の鞄を持たせて、秘書室員に駐車場まで見送りさせていたようだが、今川は馬鹿馬鹿しいと思って取りやめた。だいたい、いつも周りに人がいるのを息苦しく感じてもいる。仕事が終わったら、一刻も早く会社の人間と別れたいのも本音だった。

社長車は、日産フーガ。社長交代のタイミングが、ちょうど社長車の変更の時期だったので、このハイブリッド車を選んだ。前社長が乗っていたのはベンツのSクラスで、価格は軽く一千万円を超えていた。フーガならその三分の一の価格だし、ランニングコストも低い。最近は、フロントグリルがいかついミニバンを社長車に使うことも多いようだが、今川は「目立たないのがよし」の方針だった。

会社は、JR品川駅の東側にある。再開発が進んで真新しいビルが立ち並ぶ一角——あまり人間味のない街でもあった。駅の近くにはささやかな繁華街があって、夕方からは一杯を楽しもうというサラリーマンで溢れるが、賑わいは新橋の比ではない。それに何となく、品川駅付近で働くサラリーマンは堅いというか、真面目な感じがする人が多いようだった。人が街の雰囲気を決めるものか。

すっかり暗くなった夕方の街に一瞬視線を投げて、今川はスマートフォンに視線を落とした。特に連絡はなし……いろいろ気になることはあるのだが、自分ではどうしようもないものも多い。

この一週間は、実に疲れた……土曜の深夜に社員の死を知らされ、水曜日に葬式に参列した時に、疲労はピークに達した。家族の痛い視線——安西の死に会社が関係しているはずもないのだが、家族にすれば、やり場のない怒りをぶつける相手として、会社は格好の存在なのだろう。今川は丁寧に頭を下げて、妻と話したのだが、彼女の素っ気《そけ》ないとも言える礼儀正しい話しぶりに、かえって怒りの深さを感じていた。

その後、秘書室の社員が失踪。今川は個人的にはよく知らない人間なのだが、だからと言って放置しておくわけにはいかない。警察はきちんと捜してくれていると思うが、会社としても何かできないか、考えておくべきではないだろうか。会社の金で探偵を雇って捜させるとか……いや、そこまでやることはあるまい。金を搾《しぼ》り取られるだけで見つからず、誰もが不満を抱く結末になるだろう。

シートに背中を深く埋めて、目を閉じた。最近寝不足なのは、この二つの問題のせいだけではない。もう一つ、そして最大の問題がある。この問題を上手く解決しない限り、自分のサラリーマン生活は終わりを告げることになるかもしれない。

六時半、自宅の前で車を降りる。一度マンションのホールに入って、車が走り去るのを待ってからまた外へ出た。

今川の自宅のある青山一丁目付近は、洒落《しやれ》たイメージとは裏腹に、実は地味な街である。街を象徴するのは、駅の北東側に広がる赤坂御用地だが、これは一般の人には関係のない場所だ。他には駅前にある高層のオフィスビル「青山ツインタワー」と本田技研工業の本社が目立つぐらいで、駅から少し離れると、古い低層のマンションと戸建ての家が並ぶ地味な住宅街になる。外食という点から見れば寂しい街で、洒落たレストランやカフェを見つけるには、ここから外苑東《えんひがし》通りをずっと南へ下り、乃木坂《のぎざか》や六本木《ろつぽんぎ》に出なければならない。それ故、人と会う時は苦労するのだが……結局今日も、自宅近くにある青山公園を待ち合わせ場所に指定しておいた。公園とは言っても土がむき出しで、「都会の中の緑のオアシス」という感じでもない。ただ、十一月のこの時間になると人も少なくなるので、内密の話をするには好都合な場所だった。

花沢は既に到着して待っていた。背もたれもないベンチに深く腰かけ、膝に肘を置く格好で少し背中を丸めている。仕事に疲れて明日を思い悩むサラリーマンという感じか……そうしていても妙に格好がつく。花沢は、今川がこれまで実際に会った中で、一番ハンサムな男と言っていい。身長は百八十センチを超え、四十歳を過ぎた今でもスリムな体型を保っている。変な話、モデルや役者でも十分通用しそうだ。

今川は黙って彼の横に腰を下ろした。花沢がさっと頭を下げる。いちいち立ち上がって最敬礼したりはしない――今川とのつき合いも長いから、こちらが社長になっても、腹蔵《ふくぞう》なく話し合える間柄なのだ。

「一つ、訊いていいか」

「何ですか？」

「若い頃、芸能界に入ろうと思わなかったか？　モデルとか、俳優とか」

「ああ……」困ったような調子で、花沢が口籠《くちご》る。「思いませんでしたけど、そういう話はありました」

「スカウトでもされたか？」

「高校生の時、渋谷のセンター街で何度か声をかけられました」

「何で断わったんだ？」

「受けた方がよかったですか？」花沢が逆に訊き返した。

「そういう人生もあったかもしれないな……ただ、私の人生は少し侘《わび》しくなっていたと思うが」

「そう言っていただけると光栄です」花沢が相好を崩す。

「……それで、どんな具合だ？」

「ほぼ間違いないと思います」一転して花沢が表情を引き締めた。「十年前から続いているようですね」

「十年前というと、プロジェクトのごく最初の段階じゃないか？」

「そうですね。はっきり言って、あの国の民度は低い。何か新しいビジネスを始める時は賄賂がワンセット、というのが普通のようです。何度か大規模な取り締まりも行なわれて、政府要人も処分されたんですが、一向に改善される気配はないですね。クーデターがあって軍事政権が樹立された後も、基本的には変わっていません。要するに、それが文化なんでしょう」

今川はうなずいた。自分が商社マンとして過去に赴任した国は四か国……アメリカとヨーロッパだけだ。「賄賂文化」がある国で仕事をしたことはない。今川にとっては幸いだった——手を汚さずに済んだから。

「社内で、動きはバレていないだろうな？」

「そんなヘマはしませんよ」花沢が自信たっぷりに言った。「伝手を使って、話が表に出ないように気をつけてますから」

「確かに、君のコネは驚異的だからな」

今川はうなずいた。花沢は気さくな性格と爽やかなルックス、それに語学力もあいまって、海外でも要人と簡単にコネクションを作ってしまう。それで仕事も上手く進めていくわけだが、そのやり方は社内でも同じだった。結果的に、異様な事情通になっている。誰と誰が上手くいっていないとか、あの派閥から誰が追放されたとか……今川も聞いて驚くことが多い。

「結局、誰が始めた話なんだ？」

「最初の人は、もう亡くなってるんですよ。昔役員だった畠山《はたやま》さん、覚えてますか？」

「覚えてる——というより知ってるよ」やはりあの人だったか、と暗い気分になった。畠山は今川よりも十年先輩で、本社で同じ部署にいたこともある。定年間際になって、日兼コンサルタントに役員として赴任したのだった。何となく暗い——常に瘴気《しょうき》を漂わせているような男だったが、仕事ではとにかく粘り強いのが特徴だった。別名、「値引きの畠山」。相手が音を上げるまで、粘って粘って交渉を続ける。そのスタミナは一種異様だった。彼なら、欲しい契約を手に入れるためには、不正な手を使うぐらい何とも思わないだろう。

「私は知らないんですけど、どんな人ですか？」

「何だか爬虫類《はちゅうるい》みたいな人だった。ぬめぬめした感じで……分からないか？」

「何となく分かります」花沢がうなずく。

「ただし、仕事はできた。同期では、社長表彰の回数がトップだったな——全ては畠山さんから始まった、か」

「あの計画自体は、正確には十年前に公表されていました。どこが受注するか注目されていたんですが……」

「その後、ずっと裏工作をしていたのか？」

「ええ。最初は、畑に肥料をまく感じだったんでしょうね。実際の選定が去年で、時間がかかっています——ただ、受注額が巨額でしたから、各社とも必死になっていたんでしょう。中国の企業との激しい競争もありましたし」

「中国企業は、価格競争になったら脅威だからな。性能や安全性なら、日本が一番なんだが」

「この件は、最初はフランスも嚙んでいたんですよ」

「なるほど。さすが、ＴＧＶの国だ」

「一社二社と脱落して、結局東広《とうこう》鉄道と中国企業の一騎打ちになって……」

「最終的には東広鉄道が勝った、と」

それだけなら万々歳だ。日本の高度な鉄道技術を輸出し、相手国は最新の技術を享受できる。ただし、その契約を勝ち取るために数千万円単位の金がかかっているとしたら、やはり問題だ。

「信用できる人間は集められたか？」

「三人、確保できています」

「明日、集合できるか？」

「大丈夫だと思いますが、どうするんですか？　人数が多くなると、極秘で調査は進められませんよ」

「データに自由にアクセスできる人間は、どうしても欲しいんだ」

「いいんですかね」花沢の顔が曇る。「社内でハッキングというのは、後々問題になりませんか？」

「人に話を聴いて調べるのは限界がある。多少違法行為があっても、別の方法を考えた方がいい。具体的に証拠になるデータが欲しいんだ」

「ビビりますね」花沢が正直に打ち明けた。

「君たちには迷惑はかからないようにする。しかし、ハッキングなんて可能なのか？」

「それは問題ないと言ってました。そもそも、社内のシステムを作った人間が入っていますから」

「分かった——明日、全員が集まるように、今晩中に声をかけておいてくれないか?」

「時間と場所はどうしますか?」

「午後八時」少し遅めにしたのは、会社の他の人間に動きを悟られないためだ。「場所はホテルにしよう。会議スペースを貸してくれるホテルがあるはずだから、確保してくれないか?」

「急遽で大丈夫ですかね」

「ホテルはいくらでもある。どこか一か所ぐらいは空いてるだろう。そうだな……会社からはできるだけ離れた場所がいい。誰かに見られないように気をつけないと」

「分かりました。すぐ手配します」花沢が立ち上がる。

「頼むぞ」今川は花沢を見上げながら言った。「飯でも奢ると言いたいところだが……」

「今夜は遠慮しておきます。まだやることがあるので」

「そのうち、何か美味《うま》い物を奢るよ。候補を考えておいてくれ」

「期待してます」

ニヤリと笑って一礼し、花沢が大股で公園から出て行った。今川はしばらくベンチに座って時間を潰し、二人一緒の場面を誰かに見られないようにした……無為な時間を過ごしているうちに、原の顔が脳裏に浮かんできた。

先日、駐車場で会った時に、彼が言った言葉が引っかかっている。「そっちは大丈夫なのか」——殺人事件に関して、会社のことを心配してくれているようにも聞こえるが、どうしても裏があるような気がしてならない。ずっと知能犯担当の捜査をしてきた原は疑り深く慎重で、なかなか本音を明かさない。普通に話せるようになるのに、ずいぶん時間がかかったのを思い出した。

もしかしたら彼は、今川が今一番気にしている問題を既に把握しているのではないか？　しかし、直接確かめるような危険は冒せない。今のところはただ悶々《もんもん》とするだけか……人生最大の危機が間近に迫っているかもしれないのに。

翌日、金曜日……今川は一度帰宅した後、渋谷に赴いた。駅に近いホテルの小会議室。七坪ほどの狭い部屋だが、集まるのは五人だけなので窮屈な感じはしない。本当は食事でも出すべきなのだろうが、食べながら話せることでもない。たっぷりのコーヒーだけを用意しておいた。絨毯《じゅうたん》敷きの部屋には、三人がけのソファが一つ、それに一人がけのソファが二脚あった。間には楕円形のローテーブル。そこに大きなコーヒーポットと白いコーヒーカップが五つ置いてある。一人がけのソファに座ると、花沢が五つのカップにコーヒーを注ぎ分けた。今川はすぐに一つを手に取り、全員に勧めた。

コーヒーを飲みながら、新たに加わった三人の顔を眺め渡す。それほど大きい会社ではない故、名前と顔は一致したが、直接話したことはなかった。

システム部の城島康《きじまやすし》と沢居玲子《さわいれいこ》、それにシンクタンク部門のフェロー、田岡吾郎《たおかごろう》。全員が三十代で、花沢が慎重に選抜した人間だった。

「まあ、コーヒーを飲んでくれ」

三人がカップに手を伸ばしたが、動きはどこかぎごちない。社長に呼び出されたので——それも社外だ——どうしても緊張してしまうのだろう。

「今日は、急に呼び出して申し訳なかった」今川は頭を下げた。「花沢から事情は聞いていると思うが、日兼コンサルタントは今、コンプライアンス上の大きな問題を抱えている。どう処理していくかはまだ未定だが、まずはこの問題の真相を確認しておきたい。そのために、三人には手を貸して欲しいんだ。最初に言っておくが、これは社の正式な業務ではない。私が個人的に頼んでいることで、必要な費用も取り敢えずは私のポケットマネーから出す。場合によっては、会社に大きな損失——人事的にも金銭的にも極めて大きなものになる可能性がある。そういうことから目を背《そむ》けておきたいなら、今のうちに言ってくれないか？　他言無用を条件に、ここからは外れてもらう。どうだろう？」

今川は三人の顔を順番に見渡した。全員、困惑の表情……社長命令だから仕方なく集まったとはいえ、会社を裏切るような仕事を受けていいかどうか、真剣に悩んでいるのだろう。

「自分が働いている会社を調べるのは、気が進まないと思う。しかし、時には傷を負う必要もある……嫌な話だが、司法当局がこの一件の捜査を始めたら、さらに厄介なことになるのは間違いない。だから、まずはこちらで事情を把握して、それをどう使うか、検討していこうと思う。司法機関に先回りして動くんだ。今回の件で、君たちの名前が表には出ないように十分気をつけるし、今後、人事の面などで不利にならないように最大限努力する。意識して欲しいのは、この件は会社を守る戦いにもなる、ということだ。君たちも、長くここで働いてきて、愛社精神もあるだろう。その愛社精神を生かして、会社を守るために力を貸してくれないか」今川は深く頭を下げた。

「……社長、よろしいですか？」

玲子が遠慮がちに手を挙げた。今川は手を差し伸べ、「どうぞ」と短く言った。

「データをサルベージ……個人管理のパソコンをハッキングすると聞いています」

「ああ」

「社内のこととはいえ、一種の違法行為だと思います。バレた時にはどうするんですか？」

「極秘に実情を知るためには、どうしても必要な行為だ。何か問題が起きた時には、私が責任を取る」

「本当に大丈夫なんですか？」玲子が念押しした。

うなずきながら、システムの人間にしてはずいぶん慎重で堅い人間だな、と今川は思った。総務部にぶら下がっているシステム室は、社内のネットワークやホームページなどの管理を行なっているが、基本的にウェブ、デジタル関連の仕事は全て持ちこまれてくる。ある意味デジタルの「何でも屋」。社外で仕事をすることはまずないので、だいたいラフな格好で出勤している。男性は圧倒的にスーツ姿が多い日兼コンサルタントにあって、異質な部署だ。ところが玲子は、白いブラウスに濃紺のスーツという、就活ファッションの手本のような格好を定番にしている。社長と面会だからこういう服を着てきたわけではなく、普段から何故か堅い服装なのだ。むしろそのせいで、一人だけ浮いていると言っていい。

「他に質問は?」

「そもそも、データが残っていない可能性があります」城島が指摘した。こちらは長髪、両耳にピアス、花柄のシャツに、脚にペンキを吹きつけたような細身のジーンズという、なかなか派手な格好である。脱いだ黒いジャケットは膝に載せていた。

「そうだな」

「もしも本当に危ない話だったら、証拠を残していない可能性がありますよ。廃棄しやすい紙でやり取りしたり、指示は口頭でだけだったり……デジタルが、一番証拠が残って危ないんです。削除しても、サルベージできることもありますから」

「それは分かる。だからこそ、探して欲しいんだ。それほど大変か?」

「一人一人のパソコンの中を覗いて確認しますから、それなりには……調査対象者は何人いるんですか?」

「十人前後と考えている」問題のプロジェクトにかかわってきた人間で、現在も在籍している社員は既にリストアップしている。その中には役員もいた。

「だったら一週間程度で——ただし、ファイルの整理ができていない人だったら、結構面倒です。いるでしょう? やたらとアイコンやショートカットを画面において、壁紙も見えなくなっているような人」

「大変だと思うが、チェックしてもらうしかないな——田岡くんはどうだ? 何か問題点はあるか？」

「私はハッキングには参加しませんが……データ分析のお手伝いをして、それから考えますよ。しかし、いいんですか？　社長は、この件の実態が分かったら、どう処理するんですか？」

「それはまだ決めていない」

「司法取引を考えるべきかもしれませんよ」田岡は法的な解決策を持ち出した。「東京地検特捜部に持ちこんで、会社としての刑事処分は勘弁してもらうとか」

「それは可能だろうか」

「司法取引そのものが始まったばかりですから、地検としてもPRしたいと思いますよ」田岡が皮肉っぽく言った。「データを持っていけば、よだれをたらして喜ぶでしょう」

「君は誰か、司法修習生時代の知り合いがいないか？」

「残念ながら、検察には——東京地検にはいないですね」

田岡は司法試験に合格して、一時は弁護士として活躍していた。しかし三十歳を前に、突然そのキャリアを捨てて、日兼コンサルタントにシンクタンク部門のフェローとして入社してきたのである。以前、「どうしてそんなもったいないことをしたのか」と聞いてみると、田岡は苦笑しながら「弁護士は儲からないんです」とあっさり打ち明けた。弁護士といえば高給取りの印象があるが、儲けているのは企業の法律顧問などを引き受けている事務所だけで、刑事被告人の弁護を担当する弁護士の年収は、一般サラリーマンの平均より低いことも珍しくないそうだ。実際田岡は、「転職して年収が二倍になりました」と打ち明けた。そして彼の法律知識は、様々な提言で役に立っている。ウィン―ウィンの関係とはまさにこのことだ。

「何らかの伝手を考えよう。それは私の方に任せておいてくれないか？　君は、データをサルベージした後に、法的にどんな問題があるか――どの法律に違反しているかを検討してくれ」

「分かりました」真顔で田岡がうなずく。

「改めて言っておくが、このプロジェクトは、あくまで私が個人的に招集したものだ。社内でも、この動きは極秘にしたい。絶対に口をつぐんで、誰にも何も言わないように気をつけてくれ。もしも感づかれたら、すぐに私に報告して欲しい。それと、今後の連絡は全てメールで――当然、会社のメールは使わず、私用のメールで頼む」

私用メールのアドレスを交換し、第一回の打ち合わせは終了になった。取り敢えず話がスムーズに進んだのでほっとして、今川は少しだけ気楽になって続けた。

「非公式なプロジェクトなので、この件は何らかの形で決着がついても、打ち上げはない。ほとぼりが冷めた頃に、私が何か美味い物を奢るよ」

それでようやく、三人の表情が緩む。三人を先に返した後で、狭い会議室で花沢と二人きりになった。今川は溜息を漏らし、両手で顔を擦《こす》った。

「お疲れですね」

「今日、この会合を開いてしまったから、もう後戻りはできない。社長人生を賭けた戦いになるだろうな」

「今川さんが無事に本社に戻れるように、頑張りますよ。今川さんがコケたら、私もコケますから」

「共倒れだけは避けたいな」

うなずいたものの、今川にはまだ答えが見えていなかった。この件の全貌が明らかになったとしても、どうすれば無事に会社が生き残れるか、分からないのだ。そもそも守るべきは何なのか……会社なのか、自分なのか。

花沢のキャリアを潰すようなことは、絶対に避けなければならない。部下を道連れにしたら、それだけで社長失格だ。

3

捜査二課時代の原の同僚で、警察学校の同期でもある今宮《いまみや》から電話がかかってきたのは、金曜の夕方だった。

「空いてるか?」

「馬鹿言うな」原はむっとして吐き捨てた。「うちが特捜を抱えてることは知ってるだろう」

「夜中まで仕事をしてるわけじゃないだろう? 捜査も進展してないと聞いてるぞ」

「……まあな」相変わらず一言多い男だ。むっとしながら原は認めた。

「捜査会議は何時に終わる?」

「八時……八時半かな。その後始末をして、俺が暇になるのは九時ぐらいだ」

「相変わらず、一課マターの仕事は効率が悪いな」今宮が鼻を鳴らした。「九時に電話する」

「用件は？」

「会って話す」

今宮が急に厳しい口調になって電話を切ってしまった。乱暴な男だ——元々ぶっきら棒で愛想もないのだが、今日は特にひどい。

その苛立ちは、捜査会議を経て増幅《ぞうふく》された。手がかりなし。殺しの捜査で、ここまで進展がないことも珍しいのではないか？　被害者の安西の私生活はほぼ丸裸にされたと言っていいが、会社でも家でも、特に問題を抱えている様子ではなかった。

捜査会議が八時半に終わった後、原は高塚を呼んで廊下に出た。

「吉岡の方はどうだ？」小声で訊ねる。

「手がかりなしですね」高塚が疲れた声で言って首を横に振った。「銀行のカードとクレジットカード、スマホについては手配していますが、まったく引っかかってきません」

銀行から金を下ろさず、クレジットカードも使わず、スマートフォンの電源は切ったか、あるいは処分してしまった——完全に手がかりを消している。あるいはもう、吉岡は死んでいるのではないか……。

「一つ、今日分かったことがあるんですが」

「何だ？」

「吉岡は今週の月曜日、自分の口座から残高全額を引き出しています」

「いくらだ?」

「約五十二万」

「それは、奴の個人用の口座なのか?」

「そうです」高塚がうなずく。「給料が入る口座の他に、自分用に別の口座を作っていたんです。これは、奥さんも了解していました」

「何でそんな口座が必要だったんだ?」

「非常用、みたいですね。吉岡は、自分の小遣いからたまにそこに入金していたようです」

「金の出入りに不審点はないか?」

「特には……奥さん公認のへそくりのようなものです」

「そういう家もあるわけか」

原は少しだけほっとしていた。五十二万円というのは、吉岡の「逃亡資金」ではないか? 自殺するつもりなら、わざわざそんな金を用意しないだろう。逆に言えば、死なずに逃亡する必要があった……何か不祥事に足を突っこんでいたのではないかという疑念が頭を過《よぎ》る。自殺されるよりはましかもしれないが、発見されれば、新たなトラブルが始まる恐れもある。気になることはもう一つある。別の行方不明者、岩城奈緒美——彼女の足取りもまったく分かっていない。今のところ、家族や弁護士がクレームをつけてきてはいないが、時間の問題だろう。週明け、月曜日辺りに「第二波」が来るのでは、と原は恐れた。とはいえ、今のところはこれ以上手を割いて調査を広げることはできない。物理的に不可能だ。

九時前に、今宮から電話がかかってきた。相変わらずのせっかちで……と苦笑する。今宮は会う約束をすると、必ず五分前に待ち合わせ場所に来ているし、電話をかける約束をしていても、その時間は前倒しになる。

「空いたか？」

「ああ」

「飯は」

「俺は食ったよ。特捜だから弁当が出るからな」

「それならいい。俺も済ませてるから……じゃあ、署に行っていいな？」

「はあ？」原は思わず声を張り上げた。「仕事の話なのか？　だったら昼間でもよかっただろう」

「仕事の話だけど、あくまで非公式だ。だから、外で呑みながらじゃなくて、夜の所轄がいい」

「一番嫌なパターンじゃないか」原は思わず顔をしかめた。

「まあまあ……今、新馬場《しんばんば》の駅にいるから。ここから五分ぐらいだよな？」

「お前の足だったら八分だ」原は思わず憎まれ口を叩いた。今宮は「一年に一キロずつ太る」とも揶揄《やゆ》されている。警察学校時代は百七十センチで五十五キロと、がりがりの体型だったのだが、今はおそらく、軽く八十キロを超えて動きが鈍くなっている。管理職——本部捜査二課の係長——になって、ますます運動をしなくなった。

「うるさい」笑いながら言って、今宮が電話を切った。

さて、どうやら面倒な話のようだ。どこで話をするか……喫煙所で立ち話にしよう。向こうがいきなり無礼に突っこんできたのだから、こちらもぶっきら棒に応じてやるのがいい。

原は、一階に降りて今宮を待った。やって来たのは、電話を切って十分後——どうやら道に迷ったようだ。元々方向音痴の気《け》があり、どうしてこれまで無事に刑事をやってこられたのか、原には理解できない。刑事は初めて訪れた街で、急遽捜査をしなければならないことも多い。方向音痴の人間は、まずそこでつまずいてしまうのだ。

「遅かったな」原はわざとらしく腕時計を覗いた。

「いやいや……」今宮が、額に薄《うっす》らと浮かんだ汗を手の甲で拭う。今日は息が白く見えるほどの寒さなのに、駅から署までの行程のほとんどを走って来たのではないだろうか。

「まあ、話を聞くよ」原は先に立って歩きだした。

「場所は？」

「俺とお前に相応《ふさわ》しい場所だ」両手のコーヒーの入った紙コップ——特捜本部に残っていた最後の二杯だ——を揺らさぬよう気をつけながら、原は裏口に回った。非常口を肩で押し開けて外に出ると、冷気が全身を覆う。コートを着てくるべきだったな、と悔《く》いた。

「何だよ、ここは」今宮が不満そうな声を漏らした。

「うちの喫煙所だ」カップを一つ渡しながら原は言った。「今時、喫煙者が二人揃ったら、こういう場所しかない」

「しょうがねえな……まあ、いいか」

コーヒーを一口飲むと、今宮が加熱式の煙草を取り出した。煙は出ない……顔の回りに漂う白い物が蒸気なのか彼の息なのか、分からなかった。原は自分の煙草に火を点けてから訊ねた。

「それ、美味いのか？」

「慣れればな」

「何だか酸っぱい匂いがするじゃないか」

「それは物によるよ」

原は何となく、今まで通りに普通の煙草を吸っているのだが……遅くとも定年までには禁煙しようと思っている。給料を貰えなくなったら、煙草は贅沢品だ。

二人はしばらく、無言で煙草をふかした。今宮はハンカチを取り出して顔を拭ったが、煙草をくわえたままなので上手くいかない。左手にカップを持っていても、人差し指と中指で煙草を挟めるのに……せっかちで勘違いの多い性格は、一生治らないだろう。

「それで、いったい何事だ？」

「日兼コンサルタント」

「それがどうした」予想もしていなかった名前が出てきて、原は動揺した。必死で平静を装う。

「今、いろいろ大変だろうな。社員が殺されたりして」

「いや、あまり影響はないようだ。会社と今回の事件は関係ないからな」

「そう言い切れるか？」

「ああ――何だよ、本部の捜査二課が、殺しの情報でも持って来てくれたのか？　それだったら昼間に電話で言ってくれればいいのに」そんなはずはない、と原にも分かっていた。警察は極端な縦割り社会であり、特に本部では、他の課の仕事に口を出すことは絶対と言っていいほどない。

「うちは、そういう暴力的な事件には関与しない――それはお前もよく知ってるだろう」

「だったら何なんだ？」

「お前のところで、日兼コンサルタントのことを調べていた刑事がいたそうだな」

「だから、日兼コンサルタントの何なんだ？」

「とぼけるなよ」今宮がまたハンカチで顔を拭った。「汚職だよ、海外汚職。海外の公務員に賄賂を渡した」

原は反応に困った。本部がどこまで事情を摑んでいるのか、気にはなる。所轄としては、まだとば口――調べていた刑事が行方不明になってしまったので、極めて概略的なことしか分かっていないのだが。問題は、余計なことを言うと、吉岡が行方不明になっているのがバレてしまう恐れがあることだ。今宮は秘密を守れる男だが、こういう話は一度話すとどこかから広がってしまう。今のところは、封じこめに成功しているはずだが。

「調べてる奴がいたんだろう？」

「軽く、な」原は実際、軽い口調で答えた。

「軽くって何だよ。汚職の捜査に軽いも重いもないだろう」

「まだ詳細は分からない、ということだ」

「お前のところの刑事は、結構深く突っこんで調べていたようだぞ」

「何でそんなことが分かる?」

「お前、二課の捜査のノウハウを忘れたわけじゃないだろうな」驚いたように今宮が目を見開いた。

「馬鹿言うな」基本的に原は、所轄の刑事課で知能犯捜査を担当するようになって以来、ずっと捜査二課一筋である。本部の捜査二課で主任、警部補の試験に合格して一時所轄に出た時も知能犯係の係長、本部に戻ってからは主任から係長——逆に、他の捜査のノウハウはまったく知らない。品川中央署の刑事課長になって、初めて暴力事件の捜査にかかわるようになったぐらいだ。

「まあ、それはともかく、だ」今宮が煙草のフォルダからカートリッジを外し、吸い殻入れに捨てた。原の煙草はまだ半分も灰になっていない。「同じところを捜査しているんだから、名前が出てきてもおかしくない。吉岡という男だな?　あいつにはいろいろと問題がある」

「うちでは別に問題は起こしていないぞ」失踪したことを除いては。もっともこれは、彼の警察官人生で最大の問題になるだろう。

「他では悪評ばかりだよ。あまりにもクソ真面目な奴は、組織の中では浮くんだ……で?　奴はどこまで調べ上げていたんだ?」

「入口までだな」

「入口というと？」

「そのような事実があったらしい、と分かったぐらいだ。いつどこで誰が誰にいくら渡したか――肝心の具体的な情報は一切ない」

「お前が聞いてないだけじゃないのか」今宮がずばり指摘した。

「まあ……そうだな」原も認めざるを得なかった。「ある程度話がまとまらないと、俺のところには情報は上がってこない。そういうもんだろう？」

「だったら何でお前が知ってるんだ？」今宮が容赦なく突っこんできた。

「お前、俺を責めに来たのか？」

「そういうわけじゃない。単に、どういうことかと思っただけだ」今宮が原の目を覗きこんだ。

「同僚に話していたのが、俺のところに伝わってきただけだ」

「同僚に話した？」今宮が目を見開く。「あり得ないな。あいつの秘密主義は徹底している。警視庁捜査二課史上、一番秘密を抱えこんだ刑事とも言われてるんだぜ？　ただ、その秘密情報がどれだけ重要かは分からないんだけどな。何しろ誰にも話さないんだから」今宮が皮肉を吐いた。「どういう風の吹き回しだ？　品川中央署に来て、人間性が変わったのかね」

「俺は、吉岡は単にクソ真面目で慎重なだけだと思うがね。はっきりしないことや曖昧な情報は報告したくない、と思ってるだけじゃないのか？」

「へえ」呆れたように今宮が言った。「所轄の課長ともなると、部下を庇《かば》うことを優先して考えるわけか」

このクソ野郎が……昔から、今宮との間には軽い諍《いさか》いが絶えなかった。原は吸い殻入れに煙草を投げこんだ。じゅっと短い音がして、茶色く染まった水の中を吸い殻が泳ぐ。コーヒーを一気に飲み干して、紙コップを握り潰した。

「奴が何か、内規に違反することでもしたか？」

「ああ？」

「単に真っ直ぐ過ぎるだけだろうが。だから適当な奴やいい加減な奴を許せない——ほとんどのトラブルは、相手に問題があったから起きたんじゃないのか」

「だからと言って、暴力沙汰はよくない」馬鹿にしたように今宮が言った。「自分を抑えられないんだから、まるで野蛮人だよ。あんな人間は、組織に置いておくべきじゃない」

「お前らが上手くコントロールできないだけじゃないのか」

「何だと？」

「吉岡はクソ真面目、そして一匹狼タイプだ。そういう奴は、黙って泳がせておけばいい。そうすればいつかは、でかいネタを持ってくるんだよ。お前らは、あれこれ口出しして管理し過ぎなんだ。二課の刑事なんて、本来はそういう一匹狼タイプであるべきなんじゃないか？」

「今はそういうわけにはいかないんだよ」

「お前らが何人もかかってようやく摑んだネタを、奴は一人で掘り起こしてきた。そういう人間は、大事な戦力じゃないか」

「で？　奴はどこにいるんだ？」原の言葉を無視して今宮が突っこんだ。「今も潜入捜査中か」

「所轄の動きを、いちいち本部に報告する義務はないだろう」どきりとしながら、原はできるだけ平然と答えた。会わせろとでも言われたら、誤魔化《ごまか》しようがない。

「そうかい……だけど、この件はうちが貰っていくからな。所轄には、余計なことはして欲しくない。だいたい、所轄で何とかなるレベルのネタじゃないんだ」

「拝聴しようか」原は新しい煙草に火を点けた。今日は吸い過ぎ……しかし、今宮のような人間を相手にしていると、ストレスが溜まって仕方がない。

「そっちから聞かせてもらってもいいんだけどな。この際、所轄の実力も知っておきたい」今宮が皮肉っぽく言った。

「いやいや、とても本部には敵《かな》わないよ。俺がそれを知らないわけがないだろう。一年前までは本部にいたんだから」

「まあ……」今宮が咳払いして、コーヒーを一口飲んだ。「本来なら、うちじゃなくて地検の特捜部がやるような事件だ」

「海外贈賄——確かに今までは、摘発したのは特捜部だったな」

「しかし、明白な決まりがあるわけじゃない。国内の汚職でも、収賄側が政治家や中央官僚だったら特捜部、普通の公務員なら捜査二課が担当みたいなことになってるけど、俺たちが政治家を逮捕したって、問題はないだろう」

「できるのか？」

「警視庁一世一代の勝負になるかもしれない。最近、特捜部は絶不調だから、こっちにもチャンスはある。警視庁捜査二課が、一流企業の海外贈賄事件を摘発――こいつはインパクトがあるぜ」

確かに……捜査一課が、凶悪な殺人事件を手早く解決して世間の賞賛を浴びることが多いのに対して、捜査二課の仕事は地味で、評価も受けにくい。本来特捜部が摘発するような事件を手がけたら、注目を浴びるのは間違いない。

警察官は、日々淡々と仕事をするものだが、マスコミの扱いは異常に気にする。せっかく立件した事件の扱いが小さいと、不満が渦巻くのだ。

「今のところ、本部の捜査はどれぐらい進んでいる？　例えば、現地に刑事を派遣できるぐらいか？」

「いや、まだそこまでは」今宮が顔をしかめる。

「そもそも端緒は何なんだ？　内部からのタレこみか？」

「それは言えないな。お前の方はどうなんだ？」

「俺も言えない……そこはお互いに秘密ということにしておこうか。で？　立件可能性は何パーセントぐらいある？」

「まだ五〇パーセントにもならないかもしれない。だから、所轄には余計なことはして欲しくないんだ。動く人間が多ければ多いほど、敵に悟られる可能性が高くなるからな」

「うちを使えばいいじゃないか」

「お前のところは、殺しの捜査で手一杯だろう」今宮が指摘した。

「それなんだが……今回の被害者は日兼コンサルタントの社員だ。お前のところではどう見てる？」

「こっちの事件との関係か？　それはないだろう」今宮があっさり言った。「被害者は総務課長だったよな？　海外のビジネスに関係するような立場じゃないだろう」

「まあ、今のところは会社でのトラブルも出ていないし……私生活の問題もないのが気になるんだけどな」

「通り魔かもしれないじゃないか」

「それはない」原は断言した。「通り魔だったら、わざわざ建築途中の住宅に死体を遺棄したりしないだろう」

「そうか……とにかく、この件はあまり弄《いじ》らないでくれよ。本格的な捜査になれば所轄にも応援を頼むし、その時にがっちりやってくれればいいから」

「ああ……」

吉岡が行方不明だとはとても明かせない。何としても隠し通す――いや、一刻も早く見つけ出さなければ。

　昔は、殺人事件が起きて特捜本部ができると、最初の二週間は休みなしで働くのが慣例だった。しかし今は、調整しながら刑事たちを順番に休ませる。幹部も例外ではなく、原は明日、土曜日が休みになった。代わりに、日曜日に出勤する。

ようやく休みかと思うと、少しだけほっとする。先週土曜の深夜から働き詰めで、体も気分も重くなっていた。自宅に帰ると、すぐに熱い風呂に入り、缶ビールを開ける。もうビールの季節でもないのだが、強い酒を呑む気にはなれなかった。

ビールの友はＤＶＤ。三十三年前の一月、城南大と大田製鉄所の間で行なわれた日本選手権決勝の様子を録画したものだ。オールドファンの間では「伝説」と呼ばれる試合で、ここでの主役もやはり今川だった。

高校時代から頭角を現わし、大学でその才能を完全に開花させた今川には、この頃「逆転の今川」という二つ名がついていた。彼が三年、四年の時には、リードされたまま、後半ぎりぎりになって今川のプレーで活路を開く――そんな展開が続いていた。口さがない連中が「最後の逆転劇を見せるためにわざと相手にリードさせている」などと陰口を叩くほどだった。

この試合には、いくつもの重要な意味があった。

一つは、城南大にとって、二十年ぶりの日本一がかかっていたこと。大田製鉄所にとっては、日本選手権五連覇に挑む試合であった。さらに勝っても負けても、これが今川の引退試合になるというドラマがあった。ラグビーファンは誰もが、今川は社会人の強豪チームに入り、日本代表の司令塔として長く活躍すると信じていた。しかし前年の暮れ、スポーツ紙が一斉に「今川引退」「日兼物産の商社マンに」と伝えたので、原も愕然とさせられた。怪我したわけでもなく、有力チームからも引く手数多《あまた》だったのに……今川は「ラグビーは大学までと以前から決めていた」「これからは世界を相手にビジネスをしてみたい」と堂々と語っていた。

試合が始まると、すぐに画面に引きこまれてしまう。もう何十回も観ているのだが、何度観ても同じことになる。

城南大のキックオフで試合開始。十メートルラインと二十二メートルラインの間に高々と上がったボールに、両チームのフォワードが殺到する。フォワードの平均体重は、大田製鉄所の方が城南大より十キロ以上も重かったのだが、城南大には一人だけ巨漢——というより長身の選手がいた。背番号「5」を背負ったロックの友永《ともなが》。身長百九十二センチは当時としては図抜けた長身で、しかもジャンプ力があった。高校時代にラグビー部とバレー部の間でスカウト合戦になったというが、ラグビーを選んだのは、城南大にとって幸運なことだっただろう。友永がいた四年間、城南大は空中戦では他チームと互角以上の戦いを繰り広げた。

この時も、友永は対空時間の長いジャンプを見せ、指先で上手くボールをタップした。スクラムハーフが簡単に処理し、すかさずバックスに展開する。大田製鉄所のディフェンスラインがわずかに乱れた隙を見逃さず、今川が一人、二人とマークを外してゲインする。摑まる直前、右サイドラインへ向かって低いキックパス——ディフェンスが薄いところへ駆けこんだ城南大のウィングがワンバウンドで綺麗《きれい》にキャッチし、そのまま走り切ってインゴールに飛びこんだ。鮮やかなノーホイッスルトライ——しかも今川は、右のサイドライン近くからの難しいゴールキックをあっさりと決めた。

しかし、城南大の見せ場はその時だけだった。大田製鉄所はその後、鉄板の戦いぶりを見せる。重いフォワードがじわじわと圧力をかけ、城南大フォワードの体力を削《けず》りにかかったのだ。

スクラムでは組んだ瞬間に押しこんで崩し、何度もやり直しにする。密集でもドライブをかけて下がらせ、一気に前へ進む。城南大フォワードの動きが次第に鈍くなった。下がりながらのディフェンスは、体力を消耗するものだ。

ところが城南大は徹底的に粘った。ワントライ・ワンゴールを許して同点にされたものの、前半終了間際、ゴールライン付近でのディフェンスは見事の一言だった。大田製鉄所は密集から素早い球出しでボールを左右に動かし、城南大のディフェンスラインを崩しにかかる。しかし城南大の選手は、フォワード、バックス問わずに鋭い出足で低いタックルを決め、ゲインを許さなかった。ホイッスルが鳴らないまま、その攻防が三分ほど……原も経験者だから、こういうディフェンスでは肉体的にも精神的にもへとへとになるのは分かっている。何度見ても手に汗握る場面だ。

結局、大田製鉄所は攻め切れなかった。ゴールポスト正面付近のモールが崩れ、ラックに……そこで城南大フォワードがボールを奪い返した。素早いパスでボールをキャッチした今川が、余裕を持ってタッチに蹴り出したところで前半終了のホイッスルが鳴る。

原はほっとして、DVDを一時停止した。ビールを口元に持っていったが、気が抜け、ぬるくなってしまっている。最初に一口呑んだ後、まったく手をつけずにビデオに集中していたのだ。

「またビールの気が抜けたの？」菜穂子がからかった。

「このDVDは魔物だよな。ビールなんか開けなければよかったよ」

「後半になったらまた呑むのを忘れるんだから、今のうちに呑んじゃったら？」

ごもっとも……ビールの缶を取り上げたところで、スマートフォンが鳴った。木村綾子——既に十一時近いが、何か緊急事態でも起きたのだろうか。慌てて立ち上がり、首を二、三度横に振る。大丈夫……酔いはまったくない。

「木村です……遅くにすみません」綾子が申し訳なさそうに切り出した。

「どうした」

「岩城奈緒美の件なんですが」

「ちょっと待て。その件からは一時外れるように言ったはずだぞ」吉岡が失踪したので、奈緒美の捜索は後回しになった。

「君は吉岡の件に回っていただろうが」

「それはちゃんとやっています」綾子がむっとした口調で言い返した。「岩城さんの件でつないでおいた人から、連絡があったんです」

「ネタ元か」疑って申し訳ない——最年少の部下に対して謝るべきかどうか迷ったが、取り敢えず話を先へ進める。

「ええ。昔からの——高校時代からの友だちなんですが」

「女性か？」

「そうです。先ほど電話があって、以前話を聴いた時には言い出せなかったことがあると……岩城さん、恋人がいたようです」

「ああ——なるほど」原は思わずうなずいた。「その恋人と上手くいっていなくて失踪したのか？」

「詳しい事実関係は分からないんですが……その可能性は否定できないと思います。実は、不倫関係だったらしいんです」

「となると、いろいろ問題がありそうだな。その友だちは、どこまで深く事情を聞いていたんだ？」

「それほど詳しくはない様子で、不倫相手の名前も知りません。ただ、岩城さんからは相談を受けていたようです。まだつき合い始めたばかりだけど、このままだとまずいのは分かっている……よくある話ですよね？」

まずいと分かっていても抑えられないのが人の心というものだ。理性は常に、欲望に負ける。原は、ずっと心の奥に固まっていた嫌な気分が少しだけ解《ほぐ》れるのを感じた。不倫相手と逃避行――それなら、いずれは奈緒美から家族に連絡があるかもしれない。いずれは……ほとぼりが冷めた頃に。しかし、それがいつになるかは分からない。数年後になる可能性もある。

最悪のケースは、二人が心中を覚悟して失踪した場合だ。

一方両親は、会社でのパワハラが原因で娘が失踪したと思いこんでいる。今になって「不倫が原因だ」と言っても信じるかどうか。

「もう少し詳しい情報が欲しいが……不倫相手に関する手がかりはないのか？」

「残念ながら、今のところゼロです。情報源も一本だけですし――こういうことは、会社の同僚がよく知ってたりするものじゃないですか？」

「どうかな」原は顎を撫でた。「もしも、不倫相手が同僚だったらどうする？　絶対に周りには話さないだろう」

「……ですね。どうしますか？　もう少し周辺捜査を進めれば、詳しい情報が出てくるかもしれませんけど」

原は一瞬、考えを巡らせた。綾子の言う通りで、こういう問題は多くの人に当たっていけばいずれは「正解」にたどり着く。しかし時間も人手もかかるものだし、今、それをやっている余裕はない。

「いや、積極的にこの線を調べるのは先送りにしてくれ。今は、吉岡を捜すのが先決だ」

「それについては、まったく手がかりがないんですけど……」綾子が溜息を漏らす。

「弱気になるな。こちらは緊急事態なんだぞ」

「それは分かってます」綾子が硬い口調で言った。「でも、岩城さんの件で話を聴けそうな人を何人か紹介してもらっているんです。昼間の仕事が終わった後で、会うこともできますが……」

またも超過勤務の調整が必要になる。特捜本部絡みの事件なら何とでもなるのだが……そもそも綾子には、殺しの特捜本部の仕事をきちんと経験させたかった。殺しの捜査でも人捜しでも、やることにそれほど違いはない——証人を捜し出して話を聴くのは同じだ——にしても、やはり殺人事件の捜査は重みが違う。こういう捜査は、若いうちに是非経験しておくべきだ。今後、どういう方面のエキスパートになっていくにしても、絶対にこの経験は生きる。

「電話で話ができる相手とは、電話で話してくれ。それなら、仕事の合間にもできるだろう」

「顔を合わさないと、なかなか話をしてくれないんですが」

「君たちなら、電話やメールの方が気楽にやれるんじゃないか?」

「こんな大事なこと、会わずに済ませられませんよ」

デジタルネイティブの世代である綾子でも、そんなふうに考えるものか。これまでの教育が効いているのかもしれないが、頼もしい限りだと原は嬉しくなった。

「とにかく、無理はしないことだ。無理しない範囲でやる——効率を考えて仕事をしろよ」

「分かりました」

「取り敢えず、よくやった」

慌ててつけ加えてから、原は電話を切った。一番大事なこと——ちゃんと褒めるのを忘れてはいけない。

この情報が何につながるかは、まだ分からない。殺人事件の特捜本部や吉岡の失踪がなければ、人数を投入して一気に調べ上げるところだが、今は仕方がない。

ソファに座り、DVDのリモコンを取り上げる。前半でやめるのはあまりにも惜しい——もっとも、後半の試合展開は頭の中で自動再生できるぐらい覚えている。大田製鉄所の重量フォワードは圧力をかけ続けるが、城南大は必死に耐えてトライを許さない。しかし反則が続き、立て続けに二本のペナルティゴールを決められ、6点のリードを奪われてしまった。試合時間の八割が城南大の陣内という厳しい試合……しかし城南大は、今川がハーフウェイライン近くからのペナルティゴールを決めて3点差に追いすがった。そしてロスタイム間際、大田製鉄所陣内深くに食いこんでの連続攻撃——今川は大きなギャンブルに出た。スクラムハーフからのボールを受けると、センターを二人飛ばし、ウィングへダイレクトに渡るロングパス——城南大ウィングと大田製鉄所ウィングとの一対一の対決になったが、何とか振り切って、タッチライン際ぎりぎりに逆転のトライを決めた。その時点でノーサイド。逆転をお膳立てした今川にとっては、最高の引退試合——胴上げが始まってもおかしくない感じだったが、今川はいつも通り淡々と引き上げるだけだった。表彰式でも、賞状やトロフィーを受け取る役目を他の選手に譲っている。

そう言えばこの試合には「謎」がある。今川が一度だけ、不可解なプレーを見せたのだ。ミスではなく、何かの意図を持ったプレー……意味を確かめてみたかったが、会うとつい聞き忘れてしまう。まあ、そのうち聞いてみよう。いずれにせよ昔の話だ。

ちなみに原はチケットが取れずに、この試合を生で観ていなかった。生涯最大の失敗だったと今でも悔いている。

今川は、あの時が人生のピークだったのだろうか。それとも……今は一つの会社を任される立場である。彼にすれば現在こそが第二のピークなのかもしれない。自分も公務員としては頑張った方だと思うが、まだまだ——そして定年は、確実に近づいている。

しかし今川も、これから面倒なことになるだろう。本当に海外贈賄が立件されたら、彼も責任を問われかねない。そもそも今川は、この件をきちんと把握しているのだろうか？　トップセールスという言葉があるが、社長自らが相手に金品を渡していたとは考えにくい。しかし、知っていて看過《かんか》していたとしたら……やはり責任問題は浮上するだろう。

そもそも彼は、この問題を知っていたのだろうか。何も知らずに社長に就任したのだろうか。

近いうちに、今川にはまた会わねばならないだろう。その時、どうやって捜査に影響を与えない形で情報を聞き出すか……捜査二課出身者の腕の見せ所になる。

4

土曜日、今川はようやく自宅で落ち着いた。本当に忙しかった……社員が一人殺され、一人は失踪し、その処理に追われる中で、極秘の調査チームまで立ち上げた。調査チームの運用は、花沢にある程度任せておけるが、結果が出るまで自分は静観、というわけにはいくまい。途中経過の報告を受けたら、調査の方向性を示さねばならない。それは全て社外で——人に見られず集まるためには気を遣う。

狭い自宅には、今川の部屋はない。敢えて言えば、リビングの一角にあるデスクが自分の城だ。パソコンを置き、自宅での仕事や調べ物は全てここで済ませているのだが、最近はなるべく椅子に座らないようにしている。家ではできるだけ仕事のことを考えたくない——というよりも、大抵の用事はスマートフォンで済んでしまう。

ソファで、妻の里江が用意してくれたハーブティーをちびちびと飲む。里江はハーブティーを淹《い》れるのが趣味で、キッチンには様々な種類が常備してあるのだが、最近今川に飲ませるのはいつもカモミールティーである。鎮静効果があり、胃にもいい……別に胃痛に悩まされているわけではないが、これは里江の気遣いだろう。人間ドックの結果はずっと問題ないのだが、自覚がなくてもいつの間にかストレスが溜まっている可能性もある。

里江が横に座った。自分は、何種類かのハーブを独自にミックスした特製のお茶を飲んでいる。漂ってくる香りからすると、ローズ系のようだが……こんなものを飲むようになるとは思わなかったな、と今川はつい苦笑した。商社マン時代——特に若い頃は、酒を吞むのも仕事のうちだった。入社からの数年はバブル経済の全盛期で、経費も湯水のように使えたし、先輩たちから金のかかる遊びも教えてもらった。ただし今川は、遊びにのめりこむことはなかったが。酒も遊びも、接待のためと割り切っていた。そもそも今川は、ある程度名前と顔が売れていたから、ラグビーの話をとっかかりに商談を進められることも少なくなかった。その都度、自分の魂が汚れていくような気がしたのだが……ラグビーをやめた時、その経験を仕事に利用しないと決めてはいた。ラグビーは神聖で、金儲けの材料にはしたくない——しかし途中から、「使えるものは何でも使おう」と開き直った。

静かに流れる曲は、里江のセレクトだ。取引先からの紹介で三十歳の時に結婚した里江は、万事控えめな女性で、何があっても騒ぎ立てることがない。それが今川にはありがたかった。海外での厳しい環境、生活にも平然と耐え、支えてくれた。こういう人の方が本当は強いのだろう、と感心すること幾度——自分など、持ち前の体力で何とか乗り切ってきただけだ。

「このバンドは？」

「フォープレイ」

ジャズのようだが、ジャズほど難解な感じではない。ピアノの繊細な音が主役の、聴きやすい曲だった。

「初耳だな」

「何回もかけてるわよ」里江が苦笑する。

「何だ……俺の記録力もあてにならないな」

「興味がないことは、そもそも覚えようともしないでしょう」

「そうだな……ちょっと片づけるよ」

今川は立ち上がった。整頓好きの里江から、デスク周りの掃除をするよう、ずっと言われていたのだ。確かに、放っておいていいものではない。デスクの引き出しは雑多なガラクタで一杯だし、過去に使った書類や資料は、二個の段ボール箱に入れて足元に押しこめてある。ダンボール箱を置くようになってどれぐらいになるだろう……十年以上、足元で眠っている書類もあるはずだ。そういうものがこれから必要になるとは思えない。しかし、ダンボール箱ごと捨ててしまうまでの思い切りは持てなかった。一応、全てに目を通し、いるもの、いらないものを分けていかないと。

今川はデスクの前で床に座り、最初のダンボール箱を開けた。いきなりいらないものが出てきてがっかりする。四年前、アメリカに出張した時に、現地で商談をした会社から貰ってきた会社案内だ。アメリカにも、こういう古いタイプの会社があるのかと苦笑したのを思い出す。内容は、ホームページにそのまま載っているのに……それを印刷してパンフレットにするだけの余裕がありますよ、というアピールだったのだろうか。この商談はまとまらなかった——捨てるもの、第一号だ。

ダンボールの中身をより分けるのに、一時間近くかかった。途中から里江も手伝ってくれたが、終わった時には体全体が埃《ほこり》っぽくなったように感じた。あとは引き出し……面倒になったが、こういう時に一気にやらないと片づかない。

「引き出しは自分でやるよ」

「大丈夫？」

「これ以上埃まみれになったら君も困るだろう」

「じゃあ、私、夕飯の用意をするから」

「ああ」

デスクライトをつけて、引き出しの整理にかかる。今回は思い切ってやることにした。これは癖なのだが、今川はペンなどを使い切ることがない。最近は手書きで仕事をすることなど滅多にないので、引き出しに残っているのは古いペン類ばかり……手入れすれば使えそうな万年筆数本を残して、あとは思い切って捨てることにした。まだインクが出るものもあるのだが、こういうのは思い切りが大事だ。

そのうち、捨てるのが快感になってくる。こんなことなら、普段から思い切って処分しておけばよかった。

ふと、手が止まる。引き出しの奥で、ずっと眠っていた資料——もう二十年も前だ。今の自分を作ってくれたのはこの資料と言っていい。

見た瞬間、記憶が二十年前に引き戻される。あの決断と行動は正しかった——二十年間、常に自分にそう言い聞かせてきた。

あの決断——原との出会い。当時の様子が脳裏にありありと蘇《よみがえ》る。


総務課勤務。誰でも通る道——日兼物産の商社マンの間では「ご奉公」と呼ばれる伝統だ。商社マンの仕事は、日本国中、あるいは世界中を駆け回り、交渉、仲介するのが主で、そういう仕事こそ生きがいだと感じている人間ばかりだ。そもそも、それを苦にしないアクティブな人間だけが商社マンになる。今川も例外ではなかった。ラグビーを続けるために重厚長大産業のチームに入っていたら、仕事でこういう喜びは得られなかっただろう。ところが日兼物産の商社マンは、キャリアの途中で誰でも一度は通常業務を外れる。会社の業務全体を把握するために、総務や経理などの部署を二年ほど経験するのだ。これが怖い——もしもそこで能力を発揮してしまうと、営業の現場に戻れない可能性もある。適当に済ませておくのが一番……それ故、総務畑では、営業の人間が異動してくると「お荷物」扱いになることも多かった。

今川は三十四歳の時に総務部に異動になったのだが、そこでも手を抜いて仕事をすることはできなかった。しかし必死になるのもまずい……ミスをしないよう、それでいて必死だと思われないようにバランスを取るのは、結構厄介だった。

そこで、一人の役員と知り合いになった。総務担当の秋間《あきま》という常務。元々は営業マンで、今川の大先輩にあたる。今川は一九九〇年から一九九二年にかけてサンフランシスコに駐在していたのだが、秋間もその二十年前にサンフランシスコで仕事をしていた。一九七〇年前後のサンフランシスコというと、フラワームーブメントの真っ最中で、彼は現地の若者との交流を面白おかしく話してくれたものだ。その時に、勧められてついハシシを経験したことは黙っていてくれよ——と茶目っ気たっぷりにウィンクした。

その秋間が、急に今川を呑みに誘ってきた。何度か二人で呑みに行ったことはあったが、その時は少し様子がおかしかった。何というか、覚悟がある感じ……何か重大な話があるのだな、と今川は悟った。

呼び出されたのは、今川が初めて行く西麻布《にしあざぶ》のバーだった。バブルが弾《はじ》けて数年経った頃で、都内の繁華街もかつての賑《にぎ》やかさを失っていたが、西麻布は六本木の奥座敷的な場所で、独特の世界は健在だった。六本木ほどギラギラしておらず、もう少し年齢層が高めの落ち着いた感じ。

東京では、飲食店を長く続けるのは難しいのだが、秋間の説明によると、このバーは創業三十年にもなるという。秋間自身は、二十年ほど前——サンフランシスコから帰って来た直後から通い詰めている。接待などには使わない、完全にプライベート用の店。この人にも隠れ家が必要なのだ、と今川は納得した。自分にも、会社の人間や取引先、家族とは絶対に行かない居酒屋が一軒だけある。

三十年も続くバーと聞いて、落ち着いたシックな雰囲気だろうと想像していたのだが、中に入って驚いた。壁を飾っているのは、昔のロックスターたちのポスター。流れているのは、おそらく二十年から三十年前のクラシックロックだ。バーというより、小さなハードロックカフェの雰囲気……マスターがいかにもバーテンらしい蝶ネクタイ姿で、妙に浮いている。

カウンターの隅に腰かけると、今川は思わず「変わった店ですね」とつぶやいた。

「マスターは昔ミュージシャンでね……横浜で、だいぶ鳴らしていたらしい。『ザ・ゴールデン・カップス』なんかとよく共演していたそうだ。カップスは知ってるか?」

「名前だけは……」言ってみたものの、それも怪しい。

「ミッキー吉野がいたバンドだよ」

「ああ、『ゴダイゴ』の?」それなら覚えている。中学生の頃——七〇年代には、ゴダイゴの曲はテレビやラジオで毎日のようにかかっていた。

「そういうこと。その後いろいろあってこの店を開いたそうなんだが、その『いろいろ』の部分を聞かせてくれないんだよな」秋間が小声で言った。「まあ、謎は謎のまま残しておくのも面白いだろう」

よく分からない話だが、芸能人崩れということだろうか。突っこむと面倒な展開になりそうなので、今川は口をつぐんだ。

バーボンのオンザロックで乾杯する。酒の好みも、今川と秋間は同じだった。アメリカ赴任の間に、バーボンの魅力に囚われた——秋間に言わせると、「ウィスキーといえばアイリッシュ」と気取る人間は単なるスノッブなのだという。どっしりした味のバーボンに慣れてしまうと、アイリッシュウィスキーなんか煙臭いだけで呑めない——今川も全面的に賛成だった。

「俺は、次の株主総会で退任だ」

「お疲れ様です」今川は素直に頭を下げた。退職が近くなってセンチメンタルになり、気の合う後輩を呑みに誘ったのだろうか……だったら、今日は現役時代の話で持ち上げてやろう。先輩の仕事ぶりは、褒めて褒め過ぎることはない。

「実は今日は、お前に渡しておきたいものがある」

「引き継ぎですか？　でも、役員から平社員に引き継ぎなんて……」

「そういう引き継ぎじゃない。情報の引き継ぎだ」

「情報？」

秋間が、背広の内ポケットから封筒を取り出した。普通の定型サイズの封筒は、分厚く膨れ上がっている。紙を幾重にも折り曲げたか、あるいは何枚も入っているかだ。秋間は封筒をカウンターに置くと、そっと今川の方へ押しやった。

「これは？」

「本物だ」

「本物……ということは、何か偽物があっての本物ということですよね？」

「ああ」

「何が本物——何の偽物なんですか？」

「お前、うちの有価証券報告書は見ているか？」

「いえ、自分の仕事には関係ありませんでしたから」

責められるのか、と一瞬身構えた。仮にも自分の会社のことぐらい、ちゃんと把握しておけ、と言われても不思議ではない。

「総務にいると、嫌でも目を通すことになる。実際に有価証券報告書を作るのは経理部だが、総務も手伝うからな。来年三月には、お前も決算書作りで大変だよ」

「それで、これは？」今川は封筒を指先で叩いた。

「本物だ」

「ですから、何の偽物に対して本物なんですか？」

「今年の決算書を見てみろ。総務部員なら閲覧できる」

「まさか——」今川は目を見開いた。「決算書が嘘——」

秋間が今川の腕を摑んだ。目つきは真剣。ゆっくりと首を横に振って、今川の言葉を封じる。

「お前、数字には強いか？」

「いえ——これから勉強しようとしていたぐらいです」

「決算書の見方は、そんなに難しくはない。今回、時に注目しなければならないのは、売上高だ」

「それが……」今川は瞬時に事情を呑みこんだ。

こんなことは、第三者がいるバーでは話せない。今川は最近買ったばかりの携帯電話を取り出し、メモ帳に「決算書の偽造?」と打ちこんで秋間に見せた。秋間が素早くうなずく。

「つまり……」粉飾決算、と言おうとして今川は口をつぐんだ。言葉にしただけで、会社が吹っ飛んでしまう感じがする。

「お前が想像している通りだよ」

「秋間さん、この件はいつから把握していたんですか?」

「最初から……四年前だな。当時うちは、バブル崩壊で大きな影響を受けた。リゾート開発に何か所も嚙んでたのは、お前も知ってるだろう」

「ええ」越後《えちご》湯沢《ゆざわ》、熱海《あたみ》、御殿場《ごてんば》……スキー場や温泉を組み合わせた施設やリゾートマンションの開発に手を出していたのだが、いくつかは未完成のまま放置されてしまった。まさにバブルの負の遺産である。

「損益がピークに達したのは九四年だ。その前年から赤字に転落はしていたんだが……それが今までずっと続いている」

「表に出ている話と違いますね」

「だから……になるんだ」秋間が吞みこんだのは「粉飾」という言葉だとすぐに分かった。株主や投資家を裏切る犯罪。

「こんなことを言ってもお前は信じないかもしれないが、俺は反対した。しかし、経理部も統括する役員として、上から指示されたらどうしようもない……役員といっても、所詮はサラリーマンだからな。命令には逆らえない」

「分かります」

「俺は、遠くない将来に辞めることになる。しかしこの件は心残り——やってはいけないことをやったわけだからな。一生この件を抱えて生きていくのは辛い」

「秋間さん自身も、まずいことになるんじゃないですか」

「だろうな」秋間が真顔でうなずく。「しかし、許せないこともある。この問題を解決しないと……」

「それをどうして私に託すんですか?」今川は言葉が震えるのを感じた。「私はただの平社員ですよ」

「今はな」秋間がうなずく。「しかし、お前には見込みがある。これは、お前の将来のためでもあるんだ」

「将来?」

秋間が煙草に火を点ける。天井に向かって煙を吐き出すと、一転して背中を丸め、カウンターに屈みこんだ。急に年老いてしまったように……バーボンを一口呑み、ひっきりなしに煙草を吸い、結局無言のまま一本を灰にしてしまった。

「秋間さん?　どういうことですか?」今川は焦《じ》れて先を急かした。

「大木《おおき》専務と話したことはあるか?」

「……何度か」

「あの人は今、次期社長になれるかどうかの瀬戸際だ」

「次期社長は、伊達副社長じゃないんですか？」

「二人とも候補だけど、あの二人は仲が悪いんだ……大木さんはアメリカ閥《ばつ》で、伊達さんはアジア閥だからな」

「聞いたことがありますけど、そんな派閥、本当にあるんですか？」

日兼物産は、学閥のない会社として有名だ。本社の社員数、約六千人。どういう方針なのか今川は知らないが、地方の国立大からの採用も多い。代わりに「担当閥」というのがあると聞いたことはあるが……海外の赴任先によって決まる派閥だという。しかし今川は、今まで誰かから誘われたことはなかった。

「お前もアメリカ閥に入ってるんだぞ」

「何も言われてませんが……」

「平社員の場合はな。そもそもこれは、最初の赴任地で決まるんだ。そこで上手く成果を上げられれば、派閥の新人候補として名前が挙がる。しかし、実際に声がかかるのは課長になってからなんだ。つまり、ある程度会社の経営に首を突っこめる立場になってから、ということだ」

「私もいずれ、アメリカ閥に入るんですか？」

「サンフランシスコでは、しっかり結果を出してくれたからな。周りは、お前が考えている以上にお前のことをよく見ている——そして当然、アメリカ閥のトップである大木さんも、お前を認知している」

「秋間さんもアメリカ閥なんですよね？」

「もちろん」

そこで今川は考えた。右手でグラスをきつく握り、氷の冷たさで意識を鮮明にさせる。

「その、虚偽の……誤魔化しを提言したのは伊達さんなんですね？」

「ああ」

「秋間さんとは派閥が違うけど、これは派閥の問題とは関係ないですよね？　純粋に会社の危機をどう救うかという話じゃないんですか？」

「その通りだ」

「秋間さんも切られますよ」

「覚悟の上だ。俺は近々辞める身だから、どうなってもいい……いや、自分の身を守る方法はちゃんと考えているけどな。問題は、この件をどうやって明るみに出すかだ」

「想像もつきません」

「これは問題──事件だ。ということは、捜査当局が関心を抱くだろう。資料はある──これがそうだ」秋間が封筒を指先で叩く。「これは裏──本当の数字だ。これさえあれば、公開されている財務諸表の嘘が分かる」

「仮に事件になっても、大木さんは無傷なんですね？　そしてアメリカ閥が生き残る──つまりこれは、派閥争いなんですか？」

「否定はしない」秋間がうなずく。「芋づる式に逮捕者が出れば、当然伊達副社長にも責任が及ぶだろう」

「自分を犠牲にして、大木さんを次期社長に推《お》すつもりですか？」

「どうしたものかな」ふいに笑みを浮かべ、秋間が一歩引いた。

「私にどうさせたいんですか？」

「正直、分からない。こんなことをすれば会社そのものが破滅するかもしれない。お前はどう思う？」

「私は……」今川はグラスをもう一度きつく握った。「私たちの仕事には、危ないこともありますよね？　犯罪すれすれ――実際には逮捕されてもおかしくないようなことだってある。私は十分気をつけてきましたけど、見る人が見れば、犯罪だと判断するかもしれない。でもそれも、日兼魂に従ってのことです。後悔はしないと思います」

「人が望むところを成せ、か」

会社全体が体育会系体質というべきか、新入社員はまず「日兼五訓」を徹底して叩きこまれる。創業以来、社の理想として掲げられているもので、最初が「人が望むところを成せ」なのだ。つまり、クライアントが最優先。

「我々が見なければいけないのは、普段つき合うクライアントだけです。それで儲かるかどうか……会社が黒字になるかどうかを調整するのは経営者の仕事ですよね」

「ああ」

「我々一般の社員はクライアントを見ますけど、経営者が見る『人』というのは株主や投資家ですよね」

「その通りだ」

「そういう人たちを騙《だま》すのは、経営者としては最悪の犯罪じゃないでしょうか」

「きついな」秋間が苦笑する。

「分かっています。でも、会社にこういう体質があるとしても、我々平社員には正す方法がありません。その結果、経営陣は今後も株主や投資家を騙し続けるかもしれない。そんなことが長く続いたら、会社は根本的に腐ってしまうんじゃないですか？」

「一部が腐り始めたら、いずれ全体が腐る。そうならないためにどうするか――」

「大掃除するしかないですね。腐った部分を取り除いて、転がり始めたところにクサビを打って――何とか食い止めるしかありません。手術です」

「大手術になるだろうな」

「ええ――でも、これはやらなければならないことだと思います」

「上手い手はあるか？」

「考えます。しかしいずれにせよ、第三者の手を借りなければ、どうしようもないでしょう」

「どこかに情報を持ちこむか……それしかないだろうな」秋間がうなずく。「あとは任せる。そしてお前は、上手く逃げろよ」

「私はこの件には関係していませんよ。あくまで経営陣の問題じゃないですか」

「お前が動いたことが分かったら、社内でまずい立場に追いこまれるかもしれない。伊達さんが追いやられても、彼の下にいる人間は、お前の責任を追及するかもしれない」

「何とか上手くやります」

「囲まれても逃げるのは得意か……」秋間が笑みを浮かべる。「そういう能力は、ラグビーで鍛えられたか」

「そうかもしれません。私は逃げ切ります」逃げ切った先には……もしかしたら、明るい未来が待っているかもしれない。

第三章　ぶ　れ

1

殺人事件で初めて大きな動きがあったのは、週明け、月曜日だった。手がかりをもたらしたのは、防犯カメラの解析班。一日八時間、ひたすら映像を見続けて一週間の成果である。

被害者の安西は、現場近く――京急新馬場駅付近にいた。

報告を受けた原は、特捜本部を仕切る捜査一課係長の三川《みかわ》と思わず顔を見合わせた。

「原さん、これは、殺害現場はすぐ近くだと考えた方がいいですね。あるいは発見現場イコール殺しの現場かもしれない」三川が低い声で言った。

「それはどうかな」原は首を捻《ひね》った。「あの現場には、争った跡がない」

「意識不明の状態で運びこんで、首を絞めてとどめを刺したのかもしれませんよ」

仮定としてはあり得るが、本当にそうかどうかは分からない。現場からは複数の靴跡が発見されているものの、その大多数は、工事を担当していた工務店の人たちのものだった。施主の靴跡も採取された。他に、誰のものか特定できていないのが三種類あったが、様々な人が入りこんでいるために、犯人に直接結びつく材料にはならない。

「もう一度確認しよう」

原は言って、目の前のパソコンに視線を向けた。三川も身を寄せるようにして、画面を覗きこむ。安西の姿が映っていたのは、京急新馬場駅の北側にある銀行の防犯カメラである。遺体発見現場付近の防犯カメラの映像をチェックし終え、範囲を広げた矢先に見つかったのだった。安西が歩いているのは、北馬場参道通り商店街だと原には分かっている。銀行はその入口、クリーニング屋の脇にあるのだ。安西は第一京浜の方から歩いて来て、そのまま発見現場方面へ向かう。時刻は午後八時……遺体が発見されるまでには、二時間ほど間がある感じだ。安西は発見された時と同じ服装で、少し急いだ様子でうつむきがちに歩いている。一人……誰かが尾行している様子もない。

「このすぐ先に、コンビニがある」映像を確認した本部の若い刑事に向かって、原は告げた。「そこにも防犯カメラがあるはずだ。すぐに映像を押収してチェックしてくれ」

「既に入手しています。今、確認中です」

そこへ、署の若い刑事が飛びこんで来た。「コンビニの防犯カメラにも映っていました!」と叫びながら、USBメモリを原に差し出す。

確認すると、やはり安西の姿があった。ちょうど、コンビニエンスストアの前にある黒い山門を通り過ぎたところ……時刻を確認すると、銀行の前で映ってから五秒後だった。時間的にも合っている。

「この辺の聞き込みを徹底しよう」原は三川に言った。「他の仕事をしている刑事たちも呼び出すから、集中して――」

「外回りをしている連中も、そっちに向かわせますよ」

「そうだな」

同報メッセージを回した直後、スマートフォンが鳴った。綾子。原はすぐに電話に出て、「新馬場駅の近くにある北馬場参道通り、分かるか?」と訊ねた。

「もちろんです」綾子が少しむっとしたように答える。

「すぐにそっちへ向かってくれ。安西が、殺された日の午後八時ぐらいに、その近辺で防犯カメラに映っていた。他に目撃者がいないかどうか、確認するんだ。他の刑事も投入するから、向こうで落ち合って上手くやってくれないか」

「分かりました」にわかに緊張した口調になって綾子が言った。

本当は、こういうやり方は混乱を招きがちなのだが……ある通りで聞き込みを行なう場合、ここからここまではA班、その先はB班と割り振るのが普通だ。そういう打ち合わせなしでいきなり一斉に聞き込みを始めると、重複して相手に迷惑をかけてしまうことがある。「さっきも同じことを聴きに来た刑事さんがいますよ」と不審そうに言われた経験は、原にもある。

「俺もちょっと現場に出てきます」三川がコートを持って立ち上がった。

「係長はここにいた方がいいんじゃないか?」

「いや、現場が混乱しますから、向こうで直接聞き込みの指示をします。原さんは、ここで全体のまとめをお願いできますか？」

「分かった」

うなずいて三川を送り出す。映像解析班の連中は別室に戻ってしまったから、特捜本部には一人きり……留守番役の所轄の若い刑事を呼び、電話番を任せた。

しばらく——その日の夕方まで、原は電話の対応に忙殺された。あちこちから急に現場に呼び出された刑事たちは、やはり混乱したのだ。それでも何とか指示を終え、報告を受けて、ようやく情報が形になり始めた時には、午後六時になろうとしていた。そこで原は、特捜本部に参加している刑事たちに、再度同報メッセージを送り、戻るようにと指示した。捜査会議のスタートは午後七時。

ようやく一段落して、原はそそくさと弁当で夕飯を済ませた。今日の捜査会議は長くなるかもしれない。

予定より五分遅れて捜査会議が始まった。今日は原が主導し、まず防犯カメラの映像の説明を詳細に行なう。それから、聞き込みをしていた刑事たちの結果を順番に——商店街の入口の方を担当した刑事から順に報告させた。特捜本部の前にあるホワイトボードには、商店街の大雑把《おおざっぱ》な地図を描いてある。そこに、目撃証言の時刻が次々と書きこまれた。

それで、安西の足取りが少しだけはっきりしてきた。午後八時過ぎに商店街に入り、そのまま東へ。途中、ラーメン屋に立ち寄ったことも確認された。これは解剖結果とも合致している。未消化の胃の内容は、中華麵、肉片とメンマ——この組み合わせなら誰でもラーメンだと分かるが、食事をした店は分かっていなかったのだ。実際、遺体発見現場からこのラーメン屋まではかなり離れている。

「しかし、よく覚えていたな」原は、感心したというより疑っていた。このラーメン屋に入ったことはないが、街場のラーメン屋は、一日に何十人もの客を迎えるだろう。そして安西が立ち寄ったのは一週間以上前……それを覚えているとしたら、店主が超人的な記憶力の持ち主か、あるいは安西がよほどおかしな振る舞いをしたかだ。

「実は、安西さんの様子が少しおかしかったようなんです」この件を聞き込んできた刑事が説明を始めた。「ラーメンができてきた時にちょうど電話がかかってきて、そのまま話し続けていたそうです。それも五分以上も。別に携帯禁止の店ではないんですが、さすがにラーメンを放っておいて電話を続けられたのでむっとしたようで……他のお客さんの迷惑にもなるからって、文句を言ったそうです」

「こだわりのラーメン屋ということか」その店に行ったことはないはずだ、と原は記憶をひっくり返した。

「ええ。それで、安西さんの顔写真を見せたら確認できました」

「その電話が誰からだったか……それが問題だな」原は取り寄せた通話記録を確認した。その時間、確かに安西は誰かと電話で話している。ただし、相手の電話番号はない——公衆電話からだった。犯人は用心して、自分の携帯を使わずに安西を呼び出そうとしたのだろうか。

この後安西は、二か所で防犯カメラに映っていた。しかしその足取りは、山手《やまて》通りの手前でぷつりと切れてしまう。というより、そこから先の防犯ビデオの確認と聞き込みはこれから……ただし、安西は山手通りを渡っていない可能性が高い。山手通りを渡ると遺体発見現場に近づくわけだが、現場近くの防犯カメラは既にチェック済みで、彼は一切映っていないのだ。安西は山手通りで誰かの車に乗ったのではないか、と原は想像した。

三川も同じ結論に達したようで、すぐに立ち上がって明日の仕事を指示した。

「山手通り付近の聞き込みと防犯カメラのチェックを、より念入りに行なってくれ。捜すのは被害者本人と、遺体遺棄現場付近で映っていたミニバンだ」

おう、と声が揃った。刑事たちも久しぶりに気合いが入っている。三川はそこで解散を指示したが、刑事たちは居残り、あちこちで固まって話を始めていた。こういうものだ……何か手がかりがあって捜査が動きだすと、刑事はなかなか帰りたがらない。自分の捜査の結果や今後の見通しなどを、仲間とあれこれ話したくなるものだ。

三川が弁当に手をつけた。彼は家が遠い——柏《かしわ》の方なので、さすがに何も食べないと、帰宅するまで腹が持たないのだろう。

「しかし、防犯ビデオの威力はすごいな」原は思わず漏らした。

「便利ですよね。我々にとっては魔法のランプみたいなものです」

「若い頃にもあれがあったら、と思うよ」

「でも、映像のチェックは大変ですけどね。あんな仕事、昔はなかった」

「目に悪いよな。映像班の連中には、後でブルーベリーのサプリを差し入れてやるよ」

「あれ、本当に効くんですかね？　目薬の方がいいんじゃないですか」

「だったら両方だ」

「よろしくお願いします」

その場を三川に任せて、原は一階に降りた。喫煙所で煙草を二本灰にしてから刑事課に戻る。こちらでも、他の仕事の進捗状況をチェックしておかねばならない。所轄の課長というのは、警視庁内で一番忙しいポジションかもしれないな……。

課長席に座ると、すぐに綾子がやって来た。何か話があるのだなと分かり、原は課長席の近くのソファに座るよう、促した。綾子が遠慮がちに、浅くソファに腰かける。

「いきなり別の話を振って、申し訳なかったな」

「いえ……でもこれで、殺しの方の捜査も前進するんじゃないですか」

「そうだといいんだが、あまり期待しないようにしよう。で？　何か言いたいことがあるんじゃないか？」

「あ、はい」綾子が背中を伸ばした。「奈緒美さんの件ですが、やはり不倫相手がいたのは間違いないと思います」

「誰かから話が聴けたか？」原は身を乗り出した。

「大学時代の同級生と電話で話せたんですが……はい。まずいことになっていると悩みを相談していたようです」

「いつ頃だ？」

「二週間ほど前なんですが」綾子がスマートフォンを取り出して何かを確認した。「食事をした時にそういう話になって、かなり深刻な様子だった、という話です」

「失踪するほど追い詰められていたのか？」

「行方不明になっているという話をしたら、妙に納得した感じでした」

「そうか……その人のところに連絡は？」

「ないそうです。連絡を取ってみると言ってくれましたけど、期待薄でしょうね。でも、びっくりしました」

「何が？」

「女優さんだったんです」

「女優？」原は目を見開いた。

「浅倉那美《あさくらなみ》っていう女優さんなんですけど、知りませんか？」

「聞き覚えがないな」

綾子がスマートフォンを操作し、すぐに原に画面を示した。画面一杯に女性の写真……いわゆる「宣材写真」だろうか、少し右を向いた姿勢で、いかにも営業用の笑みを浮かべている。奈緒美と同級生というと三十二歳か――それにしては若い顔立ちで、二十代前半といっても通用しそうだ。何となく見覚えはある……。

「見たことがあるような気がするな」最近、人の顔を覚えるのが苦手になっているのだが。

「CMなんかにも出てますけど、そんなに売れているわけではない……でも、声が特徴的なんです。アニメ声っていうやつで、私はすぐに分かりました。教えてもらっていたのは本名の方だったので、びっくりしましたけど」

「警察の仕事をやっていれば、有名人に会うこともあるさ。容疑者として扱うことだってあるんだから、いちいち驚いてたらきりがない」原は教訓を与えた。

「そういう時、どう対処したらいいんですか？」

「サインだけはねだらないことだな。握手も駄目。あくまで一般人として遇することだ」

そう、有名人と話をする時も、気持ちを動かされてはいけない。しかし自分も、思わずサインをねだってしまいそうになったものだ。

初めて生で今川と会い、言葉を交わした時のことを思い出す。今考えても、胸が熱くなるようだ。


その電話はいきなりかかってきた。いや、電話というのは常にいきなりかかってくるものなのだが、こういう衝撃は経験したことがなかった。

「今川と申します」

「はい」

「実は、情報提供したいことがありまして、お電話したのですが」相手の口調は極めて礼儀正しかった。

「どういった内容でしょう」

この手の電話はよくかかってくるが、「当たり」はまずない。悪戯《いたずら》、あるいは勘違いによるタレこみがほとんどなのだ。裏を取ってみると徒労に終わるケースばかり……それでも一応話は聴き、必要ならば情報提供者に会って確認する——捜査二課の刑事は、過大な期待は抱かず、無駄足を踏んでも怒らないようにするものだ、と昔先輩から教わっていた。

「日兼物産についてなんですが」

大きな会社——日本で五本の指に入る総合商社だ。そこに、捜査二課で扱うような事件があるのか？　そもそもこの電話をかけてきた人間は、捜査二課の仕事を理解しているのだろうか。

「日兼物産というと、大きな会社ですよ。どういう問題なんですか？」

「粉飾決算です」

「ああ……」

巨大企業の粉飾決算になると、だいたい東京地検特捜部が担当する。仮に捜査二課で話を受けても、上の判断で特捜部に差し出す可能性もあるが……まあ、それでもいいだろう。「特捜部に貸しを作った」と考えればいい。

「そういうことでしたらお会いできませんか？」原は切り出した。「重要な話ですから、直接会ってお話ししたい」

「こちらは構いません」

今川という男が毅然とした口調で言ったので、原は、これは本物だと確信を抱いた。相当の覚悟を持って情報提供しようとしている——もしかしたら、日兼物産の社員かもしれない。一流企業に勤めるエリートサラリーマンが、職を賭《と》して自分の会社の不正を告発しようとしているのか……警察をからかってやろうと考えている人間は、こちらが「会いたい」と切り出した時点で電話を切る。

原はすぐに、待ち合わせ場所と時間を決めた。今夜八時、有楽町《ゆうらくちょう》にある喫茶店――喫茶店というか、軽く会議などもできる店だ。人目につくといえばつくが、喫茶店にいる客は、周りの人間が何を話しているかなど気にしてもいない、と自分を安心させる。

よし――ここは勝負だ。この件をものにできれば、また運が回ってくるかもしれない。

そう、原はこのところ、ツキに見放されていた。長く使っていたネタ元が肝硬変で入院してしまい――かなり危険な状態だ――大事なパイプが一本消えてしまった。さらに、一年にわたって内定してきた詐欺事件の捜査が、関係者の病死で潰れた。上手くいかない時は、仕事も人生もどんどん悪い方へ転がっていってしまう。そのうち、脱出できない深い穴に転落だ。

これを脱出のきっかけにしたい、と原は強く願った。


原は約束の時間の十分前に店に着いた。十二月だというのに、店内はひんやりしている――この店は喫煙席と禁煙席が分かれていないので、煙草を吸わない人向けに大型の空気清浄機がフル回転しており、その風が店の中を冷たく洗っていたのだ。

ほぼ全員が煙草を吸っている状況なので、つい煙草が吸いたくなったが、相手に会うまでは我慢することにした。向こうが煙草を吸わない限り、こちらも控えておくべきだ。

八時ちょうどに、一人の男が店に入ってきた。背が高い——百八十二センチある自分とほぼ同じぐらいだろう。しかも姿勢がいいので、堂々とした雰囲気を醸《かも》し出している。その顔を見た瞬間、原は心臓が跳ね上がるのを感じた。

今川直樹。城南大を日本一に押し上げた司令塔にして、元日本代表——その姿を生で見るのは十三年ぶりだった。もっとも十三年前は、秩父宮のグラウンドで躍動する彼の姿を、観客席から見るだけだったが。

確かに、電話してきたのも「今川」だった。しかしまさか、あの今川とは……いや、彼が大学卒業と同時にラグビーから引退し、日兼物産でサラリーマン生活を送るということは、ニュースで見て知っていた。彼が電話で「今川」と名乗った時点で気づいておくべきだったのだ。テレビのインタビューなどで、声を聞いたこともあったのだし。

原は思わず立ち上がった。それに気づいた今川が立ち止まり、ひょいと頭を下げる。二人で向かい合って座った瞬間、原は無意識のうちに煙草に火を点けてしまった。

「すみません……火を点けてから何ですが、吸っていいですか」異常に緊張していたのを意識する。

「構いませんよ」今川がさらりと言った。記憶にあるより落ち着いた声……テレビのインタビューなどで聞いた彼の声は、もう少し甲高《かんだか》かった覚えがある。あれは、試合後で興奮していたからだろうか。試合中の立《た》ち居《い》振る舞いを見ると、どんな状況でも感情が変化しないタイプに思えたのだが。

名刺を交換するわずかな時間に、今川の様子を素早く観察した。現役引退から十三年も経っているのに、贅肉はまったくついていない。いや、むしろ筋肉を上手く落として体型を整えたようで、スーツ姿が板についていた。頬に影がある――実際、現役時代に比べてかなり痩せたようだ。

「急に電話して申し訳ありません」今川が丁寧に切り出した。

「いえ……こちらとしては、情報提供はいつでも歓迎ですから」

今川が無言で、スーツの内ポケットから封筒を取り出した。原は直接受け取り、中身を確認しようとしたが、今川に止められた。

「ここではなく、後で見てもらえますか？」

「分かりました」うなずき、原は封筒を自分の鞄にしまった。それから、テーブルに置いた名刺に視線を落とす。「今は、総務部にいるんですね」

「一時的に。本来は営業です」

「営業と言いますと……いわゆる商社マンということですよね？」

「ええ。総務にいるのは今だけ――人事の一環なんです」

総務は、会社の金にかかわる仕事もするだろう。ということは、彼が言う粉飾決算の実態に触れている可能性もある。

「どうしてこういう話をしようと思ったんですか？　あなたにも跳ね返ってくるかもしれませんよ」

「いろいろ考えましたが、それはないと判断しました。会社の上層部の話なので、我々下っ端の社員には基本的に関係ないですから。それに、仮に内部からの情報漏洩《ろうえい》を疑われても、総務部だけで百人近くいますから。犯人捜しは無理ですよ」

今川が薄い笑みを浮かべた。ああ、これは……自陣深く攻めこまれ、相手ボールのスクラムやラインアウトになった時、彼はよくこういう表情を浮かべていた。やれるものならやってみろ。絶対にゲインラインは突破させない──頭脳的なバックスラインの統括、一見無茶にも思える思い切った攻撃で、得点の起点になるのが目立つ今川だが、実は守備でも献身的である。常に低くタックルに入り、一対一の場面ではまず抜かせない。

今の彼は、攻めると同時に守りに入っているようだ。

「とにかく、今お渡しした数字を、実際の決算書と照らし合わせてみれば、インチキはすぐに分かります」

「どうしてこんなことをしたんですか?」

「端的に言えば、赤字隠しです。バブル崩壊後、うちも相当苦しいですからね──どこの会社も同じようなものですが」

「あなたの立場で手に入れられるような情報なんですか?」

「いえ」

今川があっさり否定したので、原は思わず彼の顔をまじまじと見た。今川が真っ直ぐ見返してくる。

「もっとずっと上の人間——数字をまとめる立場にある人間から出たデータです」

「つまり、情報を捻《ね》じ曲げた本人ですか?」

今川が無言でうなずく。意味が分からない……それは自殺行為ではないか? 例えば、最終的に決算書をまとめる部署の責任者なら、数字を書き換えることも可能だろう。それが犯罪であることも当然分かっているはずで、そんなものを警察に提供したら、自分の手に手錠がかかることは簡単に想像できるはずだ。

どうも怪しい。

「虚偽情報ではないんですか?」原はずばり切りこんだ。「そんなことをすれば、あなたの身も危うくなるかもしれません。どうして危険を承知でそんなことをするのか、私には理解できません」

「社内の複雑な事情が裏にある、と考えていただけますか」

「派閥争いとか?」

今川は何も言わなかった。うなずきもしない、首を横に振りもしない。無反応は肯定の証拠だと原は判断した。だとすると、この情報の扱いは慎重に考えねばならない。目の前にいるのが、かつて自分が憧れた選手だということも忘れ、原は不躾《ぶしつけ》な質問をぶつけた。

「社内の派閥抗争に、警察を利用するつもりですか?」

「そちらがどう判断されるかは、そちらの自由です」今川が真顔で言った。「ただ……こういうことは絶対にあってはならない。株主や投資家に対する裏切りであり、世間を騒がせます。

情けない話ですが、こういう件は自助努力では解決できない——自分たちの失敗を素直に認めて反省し、世間に対して頭を下げるというのは、簡単にはできないんです。外部の手を借りないと、更生できないでしょう」

「会社を売る、ということですか」

「違います。立て直すには、これしか手がないんです。私は、自分の会社を愛しています。十年以上必死に働いて、いいことも悪いこともよく知っています。プラスマイナスを考えれば、やはりプラスなんですよ。そういう会社を潰すわけにはいかない。どうか、手を貸してくれませんか」

愛社精神と正義感から出た話か……言いたいことは分かるが、原は今川の「動機」を今ひとつ読みかねた。やはり背景には、社内の派閥争いなどがあるのではないだろうか。今川は特定の派閥の先兵として、警察に情報を持ちこんだ——しかし、警察としては相手の社内事情を考慮する必要などないとも言える。事件として立件することだけが大事だ。

「分かりました。取り敢えず、私がきちんとお預かりします」原は右手で胸を叩いた。その拍子に、長くなっていた煙草の灰が膝に落ちる。煙草を揉み消し、灰は手で払い落とした。「この資料だけで、全てが解決できるとは思いません。数字も大事ですが、最後は人……誰に話を聴くかが重要です。そのためには、今後もあなたにご協力いただきたい」

「分かっています。そのつもりで来ました」

「そうですか……」原はすっと息を吞んだ。まずはネタ元を確保した。貰った数字を精査して、その後は事情聴取を開始する——捜査の筋道が、明るい光のようになって目の前に現われた。

「助かります。よく決断してくれました」

「悩みましたけどね」今川が薄い笑みを浮かべた。

「それで……失礼ですが、城南大の今川さんですよね?」

「ええ」今川が不思議そうな表情を浮かべた。

「私の人生の最大の失敗は、あなたの最後の試合——日本選手権の決勝を生で見損ねたことです」

「ああ……」今川が微笑む。「よく分かりましたね」

「よく言われませんか? あなたほどの有名人だったら、顔と名前がすぐにバレそうなものだけど」

「残念ながら、日本ではラグビーは未だにマイナースポーツですから」

「確かに……」原は苦笑せざるを得なかった。

ラグビー人気が一番盛り上がったのは、今川たちの後の時代——九〇年代前半だっただろう。あの頃は、秩父宮で大学のリーグ戦のチケットを取るのにもひどく苦労したのを覚えている。あの満員の観客は、今はどこに消えてしまったのか……。

「昔の話です」

「私も高校時代は、ラグビーをやっていたんですが……」

「そうだと思いました」今川が再び微笑む。「ラグビー経験者は、見れば分かりますよ」

「いつまで経っても首は太いし体が厚い……まあ、私の場合、高校の三年間だけで卒業しましたけどね。あなたの足元にも及ばない」

「もったいない」今川がかすかに顔をしかめた。「我々が現役の頃は、あなたぐらいの体格だったら大型選手として活躍できたはずだ」

「何かが決定的に欠けていたんでしょうね。怪我もあったし、大学へ行ってまで続ける気にはなりませんでした」

「もったいない」今川が繰り返した。

「もったいないというなら、あなたの方こそもったいない」長年抱き続けてきた疑問を解決するチャンスだと思った。「あなたは、仕事優先のためにラグビーをやめた——当時、スポーツ紙なんかでずいぶん書かれていましたよね。あれ、本当なんですか?」

「本当ですよ」今川があっさり認めた。「信じてもらえるかどうか分かりませんけど……父親の影響なんです」

「やっぱり商社マンだったんですか」

「ええ」うなずき、今川がコーヒーを一口飲む。顔に暗い影が射しているのを、原は素早く見て取った。「主に国内で仕事をしていたんですけど、一度オーストラリアに赴任していたことがあって……私が十歳から十二歳の頃にかけてでした」

「ということは、あなたのラグビーは、ワラビーズのスタイルがベースなんですね」

今川の顔に浮かぶ笑みが大きくなる。話がすんなり通じるのが嬉しそうだった。

「日本の少年チームでも始めてましたけど、オーストラリアのラグビーを生で観たのはいい経験でしたね。というより、ショックでした。こんなふうに自由にやっていいのかって驚きましたよ」

「なるほど。それであなたのプレーは『糸が切れた凧《たこ》』なんて呼ばれていたわけだ。考えてみると、城南大の他の選手も凄かったですよね。予想がつかないあなたのプレーについていったんですから」

「周りが上手かったから、好き勝手にできたんですよ」

「今は、完全にラグビーからは離れているんですか？　あなたほどの人材なら、母校も放っておかないでしょう」

「けじめをつけました。親父の背中を見ていて、商社マンというのは何かのついでにできる仕事じゃないと分かってましたからね。今は、シーズン中に二、三回、母校の試合を観に秩父宮に行くぐらいです」

「だったら、どこかで会っていたかもしれませんね。私も秩父宮にはよく行きますから」

「ああ……今度、ご一緒しましょうか？」今川の顔がぱっと明るくなった。「残念ながら今、周りにラグビー好きな人間がいないんですよ。必死に布教活動はしているんですが、どうも私はそういうのが下手なようで。肝心の女房も、まったく興味がないんですから」

「うちの女房も、昔はラグビー好きだった――あなたの試合を一緒に観たこともありますけど、今は子育ての最中でしてね。残念ながら息子二人も、全然興味がない。秩父宮に連れていったこともありますけど、五分で飽きてしまった。近所のラグビースクールに連れていっても、まったく駄目でしたね」

「ラグビー人口が増えないわけだ」今川は寂しそうに笑った。「まあ、せめて私は、今後も試合を観続けるつもりです。火を消さないように頑張らないと」

こうやって原は、警察官人生で最高のネタ元と、生涯の友を同時に得たのだった。

2

これはよくない……花沢から送られてきたメールを読んだ瞬間、深い穴に突き落とされたような気分になって、今川は反射的に額に掌を当てた。

花沢は、これまでの調査結果を簡単なレポートにまとめてくれていた。極めて詳細、かつ深刻な内容。なるべく早く全員で会って、情報のすり合わせをしないといけない。花沢にすぐ返信し、集合場所と時間を決めるように指示した。

しかし、参ったな……スマートフォンを投げ出すようにデスクに置き、椅子に背中を預ける。かすかに軋《きし》むような音がした。社長になって、この椅子に初めて腰かけた時にこの異音には気づいていたのだが、交換する気にも修理に出す気にもならなかった。

誰にも言えないが、ここはあくまで腰かけ、という意識しかない。自分はさらに上を目指す。デスクに置いたカレンダーを見やる。十二月三日……月曜日からろくでもない話を聞いてしまった。もちろん、こういう話なのだろうと想像はついていたが、覚悟はできていなかったのだ。タイミングも悪い。年末で忙しくなる時期に厄介な問題を抱えこんでしまったら、本来の業務に差し障りが出るかもしれない。しかし、年明けまで持ち越すと、考えただけでも気が重い……。

スマートフォンが鳴った。花沢かと思ったが、予想もしていなかった相手である。日兼物産の副社長、柏木《かしわぎ》。前後十五年ほど、彼の下で仕事をしていたから、今川からすると今でも「上司」の感覚だった。

「今川です」

「おう」相変わらずの豪快な声。「飯、食わねえか?」前置き抜きでいきなり用件を切り出すのも普通りだ。

「昼飯ですか?」壁の時計を見る。十一時半……昼飯にはまだ早い。

「この時間なら、昼飯に決まってるじゃねえか」半分怒鳴るように柏木が言った。「そっちへ車を回すからよ、たまには美味いものでも食おうぜ」

「柏木さんは、いつも美味いものを食べてるじゃないですか」そのせいか、身長は百七十五センチほどだが、体重は九十キロある——二年前のデータだ。人間ドックを受けた後で、「そもそも基準が厳し過ぎる」とぶつぶつ言いながら教えてくれたのだった。

「お前のところの近くで、いい海鮮の店を見つけたんだよ。魚はいくら食ってもいいんだ」

「その理屈は危険だと思いますけど」

「いいから、いいから。健康のためには青魚がベストだよ」

「まあ……そうですね」

「じゃあ、下の駐車場で落ち合おう」

「分かりました」

いつものことだが、勢いに押されてしまった。秘書室長の恩田に「少し出て来る」と声をかけた。

「どちらへ？」恩田が疑わしげな目を向けた。社長には、急遽の用件はあまり入らないのだ。

「ああ、本社の柏木副社長に呼び出されたんだ」

「何かあるんですか？」恩田が心配そうに言った。

「ただの飯だよ」今川は苦笑した。「あの人は、新しい店を見つけると、必ず誰かを誘って食べに行くんだ。美味い店を見つける能力に長《た》けてる人でね……それで副社長にまで出世したって言われてる」

「商社マンには、接待能力も大事ですからね」

こういうやり方は、今川の感覚では「古い」のだが、今でもいい酒、美味い飯を提供しておけば交渉が上手くいくと信じている商社マンは少なくない。

「社長、ところで……」

恩田が立ち上がった。内密の話だなと思って彼のデスクに近づくと、恩田はすっと窓際に寄って行った。ちらりと振り向く……空席に目をやったのが分かった。そこの主——奈緒美は、未だに行方不明のままである。

「岩城さんですが、まだ……」恩田がささやくように言った。

「ああ」今川はうなずいた。

「警察は、真面目に捜してくれているんですかね」

「心配なのは分かるけど、捜索願を出したのはご両親だぞ」

「とはいえ、会社としても無視はできないわけです」

「しかし、うちで何かできることがあるか？　警察に届け出たんだから、余計なことは言わない方がいいだろう。協力を求められたら、その時に考えればいい」

「ただ……実は、総務の方が困っていまして。社長のお耳に入れるべきかどうか、迷ったんですが」

「何だ？」周りくどい恩田の言い方には、毎度苛々させられる。「総務がどうした」

「ご両親から何度も電話がかかってきていまして。向こうは、パワハラがあったと訴えているんです。警察にもその旨届け出たようです」

「それはまずいな」今川は顔をしかめた。「警察に、変な具合に手を突っこんで欲しくない」

「おそらく、真面目に捜査させるための方便かと思っていたんですが、実際にそう信じこんでいる様子なんです。それで、総務の方にしつこく問い合わせてきまして」

「詳しく情報を聞いておいてくれ。ご両親が会社に押しかけてくるようなことになったら、大変だぞ」

「分かりました」

「必要なら、総務、あるいは秘書室の方から説明に行くんだ。辛島なら、上手くやってくれるだろう」恩田は今ひとつ信頼できない——その言動が人を苛立たせることもあるのだが、辛島は基本的に真摯《しんし》な男である。交渉事なら彼に任せた方がいい。そう思った瞬間、彼にはこのところ、過重労働を強いていたと思い出す。

「こっちにも逐一《ちくいち》情報を上げてくれ——安西の方はどうなんだ?」

「警察からも何も言ってこないですから、捜査に進展はないんでしょう」

「たまにはこちらから電話を入れて、確認してみてくれ。このままだと、安西がいつまで経っても浮かばれない」

「それも辛島部長にお願いしてみますよ。あくまで彼が窓口ですから」

「そうだな——頼む」

今川は、コートの袖に手を通しながら秘書室を出た。

「あ、社長」恩田が背後から呼びかける。「二時から、インドのIT企業とのコラボについて会議がありますので、お忘れなく」

「分かってる。昼飯に二時間もかけないよ」

そうは言ったものの、自信はなかった。以前、柏木とヨーロッパに二週間の出張に出かけたことがあったのだが、その時彼は、昼飯に異常に執念を燃やし、仕事のスケジュールを調整して食事に二時間以上かけることも珍しくなかった。

地下の駐車場に降りると、既に一台の車がエレベーターのすぐ前に停まっていた。身をかがめて覗きこむと、柏木と目が合う。ついに百キロを超えたか……車内の空間を一人で狭くしてしまっている。ドアを開けると、辛うじて今川が座れるだけのスペースはあった。

「おう」柏木が軽く手を上げる。

「ご無沙汰してます」

「社長業はどうだ？」

「雑用係みたいなものですね」

「また、自分で現場を動き回りたいんじゃねえか？」

「コンサルの仕事は商社マンの営業とは違いますよ……今はまだ、いろいろ勉強中です」

「ま、そういう話は後でまたゆっくり聞くよ。出してくれ」ふんぞりかえった姿勢で、運転手に指示する。

地下駐車場から急坂を上って地上に出たが、ぱっと明るくはならない。今日はこの冬一番の冷えこみで、しかも朝から雨なのだ。もう少し冷えたら、雪になるかもしれない。

「で？　今日はどこへ連れていってくれるんですか？」

「芝浦埠《しばうらふ》頭《とう》——というか、ゆりかもめの、あのぐるぐる回るところがあるだろう？」柏木が耳の横で人差し指を回す。

「レインボーブリッジの脇の？」

「ああ。そこのすぐ近くなんだ」

「変なところに店を見つけましたね」

「あのぐるぐるが間近に見えて、なかなかいい風景だぞ」

単にゆりかもめや車が走っているだけではないか……まあ、いいだろう。美味い店を見つける柏木の嗅覚《きゅうかく》は信用できる。

品川駅前から店までは、車で十分ほどだった。道中、社内の人間の噂話で時間を潰す。柏木ははっきり言わなかったが、どうやら社長が少し体調を崩しているようで、社内はその噂で持ちきりだという。

「まずい病気なんですか?」

「はっきりしないから困ってるんだよ。社長ともなったら、社員や世間に対する説明責任もあると思うけどな」

「そこがはっきりしないと、柏木さんが社長レースに乗るかどうか、決められないですよね」

「そういうことだ。それはお前にも影響してくる……そこで停めてくれ」

車が停まり切らないうちに、柏木がドアに手をかけた。このせっかちな性格は、初めて会った時から全然変わっていない。

店は二階建て——一階部分が駐車場、二階が店舗という、ファミリーレストランのような造りである。柏木は路上で車を降りると、せかせかと外階段を上がり始めた。駐車場に車を入れても、ロスは数秒しかないのだが……この人は、他人とはずれた時間軸で生きているのだ。

店内は明るくモダンな造りで、窓が高い。少し視線が高くなったせいか、海がよく見える。

十二時までにはまだ少し時間があるが、昼過ぎにはすぐに満員になるだろう。この辺りは、働く人が多い割に、食事が摂れる店は少ないはずだ。

テーブル席も空いているのだが、柏木は海に面したカウンターに陣取った。

「テーブル席じゃなくていいんですか?」

「ここの料金の何割かは、景色の鑑賞料金だ。夜はもっといいぞ」

「若い人向けじゃないですか?」

「相手が若ければいいんだよ」

「柏木さん……まだそんなこと、やってるんですか?」

柏木は昔から、女遊びも激しかった。でっぷりとした体格、たるんだ顔はとても女にモテそうにないのだが、彼には「いい店をたくさん知っている」強みがある。やはり食べることは人間の基本だ。

「食欲と性欲がなくなったら、人間、おしまいだよ」

柏木の勧めに従い、海鮮丼を頼んだ。こういう若者向けの造りの店では、料理自体は大したことがないパターンが多いのだが、この店の海鮮丼は上々の味だった。盛りつけは小綺麗ではなく豪快。漁師町の食堂で見るような丼だった。

「柏木さん、イクラとかウニはまずいんじゃないですか?」

「医者にもそう言われてるけど、人間は症状が出ないと何も反省しないんだ」

「分かってるなら、少しは控えた方がいいんじゃないですか」

「ありがたい話だねえ」柏木がしみじみ言った。「最近は、こんなふうに俺のことを心配してくれるのは、お前ぐらいだよ。社内でも何も言われないし、女房も呆れて無視してる」

「周りの人が皆で忠告すれば、少しは聞くんですか?」

「ま、体調次第だな」

柏木は豪快に、素早く海鮮丼を平らげた。この男と何百回一緒に飯を食べたか覚えていないが、今川の方が先に食べ終えたことは一度もない。

「さて、出るか」柏木がさっさと立ち上がった。今川は最後の一口を頬張って、まだ口を動かしている最中なのに。取り引き相手に対しても、こんなふうにせっかちに対応しているのだろうか……。

駐車場に降りると、運転手に「その辺を少し回ってくれ」と命じる。本当の話はこれからか、と今川は緊張した。役員になると、車を会議室代わりに使うこともよくある。内密の話が出ても、ここなら絶対に漏れないし、万が一漏れても、誰が犯人かすぐ分かる。

「昔なら、ここで一服というところだな」

「柏木さん、煙草をよくやめられましたね」昔は極端なヘビースモーカー……仕事が立てこんでいる時にはチェーンスモーカーになる男だった。

「禁煙は楽勝だったよ。だから、食事制限もいつでもできる——できるからこそ、今のうちに食っておきたいんだ」

そうしているうちに手遅れになるかもしれないのだが……あまりしつこく言うと、柏木はへソを曲げる。

「お前、本社で話題になってるぞ」柏木が唐突に切り出した。

「悪口ですか?」

「そういうわけじゃない」

「だったら何なんですか?」

「やばい話を嗅ぎ回ってるそうじゃないか。社長自ら手をつけるようなことじゃないと思うが」

「何のことですか?」今川は思わず訊ねてしまった。「私は、そんなに変なことに手を出してはいませんよ」

「例の高速鉄道の件……極秘で調べ回っているそうだな」

今川はつい口をつぐんだ。そう、まさに問題になっている海外贈賄——しかしこれはあくまで日兼コンサルタントの話であり、日兼物産本体には関係がない。

「その件は、本社とは無関係ですよ」

「しかし、子会社がやってることだからな。回り回ってこっちにも影響が出てくる」

「そういう問題じゃないでしょう」

「まあ、関係ないといえばない——しかし、こういうことは隠しておけないんだ。そもそもこの件、契約書に最終的に判を押したのはお前じゃないか」

「それはそうですが……」

「でかいプロジェクトだよな。高速鉄道建設の契約金額が五千億円か……間に入ったうちの
——日兼コンサルタントの取り分は二パーセントか？」

「ええ」

「それだけでも百億——何年も遊んで暮らせる額だ。仮に賄賂で一億円払っても、何の影響もないだろう。で？　いくら払ったんだ？」

「……柏木さん、どこまで知ってるんですか」

「具体的な数字は知らないよ。契約金額とこっちの取り分が分かってるだけだ。で、どうなんだ？　賄賂はいくら使ったんだ？」

　ここまで知られていては、隠し事はできない。「具体的な金額については、今調べています」と今川は正直に打ち明けた。少なくとも柏木は、つき合いが長く、信用できる人だし……そもそも自分を日兼コンサルタントの社長に送りこんだのは柏木だ。ここの社長は、グループ内の人事としてはいいポジションである。日兼コンサルタントの社長を経験して、本社でさらに上に行った先輩たちはたくさんいる。柏木も、「お前は本社の社長レースに参加したぞ」と言ってくれた。

「お前、この件は知らなかったのか？」

「詳しい話は知りませんでした。プロジェクトのことは知っていましたけど、詳しい内容は、日兼コンサルタントに来て初めて分かったぐらいです。引き継ぎも簡単なものでしたからね」

「ましてや贈賄の事実は知らなかった、か……」妙に間を空けて、柏木が言った。

「ええ。だからこそ、今調べているんです。まず、事実関係を摑まないと、対策の立てようがないですから」

「対策か……対策と言っても、どうしたものかな」柏木の声は苦渋に満ちていた。

「それこそ、実態が分からないとどうしようもありません。だから調べているんです。それより、本社はどうしてそれを知っているんですか？」

「その辺には突っこむな」柏木が逃げ腰になった。「商社ってのは、情報を食って生きてるみてえな商売だから。一人に喋ったら、四十八時間以内には社内の全員が知ってると思えよ」

「それは分かりますが……」

今川は極秘プロジェクトのメンバーを思い浮かべた。花沢、城島、沢居、田岡……海外贈賄事件について話をした人間は四人しかいない。しかし、この四人が誰かに漏らすとは思えなかった。となると、この一件は自分が想像しているよりも広く日兼コンサルタント社内に浸透しており、本社サイドにも漏れ伝わっていることになる。

「十分気をつけることだ」

「忠告ですか？」

「お前の身を案じてるんだぞ」柏木が真剣な口調で言った。「お前には前科があるよな。あの時は上手くいったかもしれないが、今度もそうなるとは限らない」

「何のことですか？」今川は低い声で言った。

「とぼけるなよ」柏木が、こちらに身を倒してきた。「二十年前の粉飾決算事件……あの時は、お前が独断で裏で動いたと聞いてるぞ。お前、当時の秋間常務と関係があったよな」

「上司とは誰でも関係がありますよ。柏木さんともそうでしょう」

「まだとぼける気か？」

「二十年前のことが、そんなに気になりますか？」

「あれで、うちは潰れかけたからな」

最終的に東京地検特捜部が捜査に着手し、数人の役員が逮捕された。株価は急落、翌年の株主総会は大荒れに荒れ、一時は「倒産もあり得る」と噂が流れていたぐらいである。実際、あの事件の影響は、株主や投資家に限られたものではなかった。取り引き先にしても、不正な会計操作をするような会社とのビジネスは避けたかっただろう。今川もあれから数年間は苦戦した。自分が会社を潰しかけたという負い目もあった。許せないことではあったが、もっと別の解決方法もあったのではないか——そう思いながら必死で働くしかなかった。

「社長はまず、会社を守ることを考えないといけないぞ。会社というか、社員……彼らの生活に責任を負っているんだから」

「それは分かっています」

「だったら、無理はするなよ。会社を売るな」

売る……その感覚は分からないでもない。捜査機関の手が入れば、事態は一気に明るみに出る。逮捕者も出るだろう。もしかしたら自分もその一人になるかもしれない。社会的信用は消え失せ、仕事はガタガタになり、会社の存続自体が危うくなるかもしれない。

しかし、放置しておいていいものではない。捜査機関も、この違法行為には気づいている可能性があるのだ。いきなり強制捜査が始まったら、こちらとしてできることは何もない。だったらむしろ、先に恭順の意を示しておくべきではないか？　今は司法取引も使える。こちらから情報を提供し、代わりに会社の責任は免責してもらう。実際、そういうケースが既に何件か表沙汰になっていた。

「俺は、お前の将来を本気で心配してるんだぞ」忠告する柏木の口調は本気に聞こえた。「はっきり言っておくが、お前には日兼物産の社長の目がある。今まで十分実績を積んできたからな……どうだ？　そろそろこっちへ帰って来ないか？」

「それは難しいでしょう。まだ日兼コンサルタントの社長になって一年半ですよ？　最低二年は務めるのが慣例でしょう」

「社長の話なんだがな」柏木が声を潜めた。「実は、前立腺癌《がん》らしい」

「本当ですか？」今川は目を見開いた。

「ああ。今すぐ命にかかわらないにしても、このまま社長の業務を務めるのは難しくなるかもしれない。そうなると、急遽トップの交代もあり得る——いや、そういう計画が極秘に進んでいるんだ。年明けには具体的になるだろう。社長が引退すれば、役員会の構成も変わる。俺はそのタイミングで、お前を本社に引き戻すつもりでいるんだ」

「社長は柏木さんですか？」

「その可能性もある」

全て仮定の話か……今の段階では何とも言えない。今川は腕を組んだ。

「放置が一番だと思うぞ。高速鉄道のプロジェクトに関しては、お前はたまたま契約のタイミングで社長になっただけだ。取り引きの経過についてはまったくかかわっていない——だから、お前がいなくなった後なら、仮に捜査が始まっても責任は問われないはずだ」

「それは卑怯《ひきょう》じゃないですか」

「今のお前の立場だと、厄介なことから逃げるのも仕事のうちなんだよ。今後のキャリアも考えないと。とにかく、身の処し方を間違えるな……日兼コンサルタントまでやってくれ」

柏木が運転手に声をかけた。今川は腕を組んだまま、前席のヘッドレストを凝視した。柏木の言い分も分からないではない。自分が「守られるべき人材」と評価されているのはありがたい限りだった。しかし、不正を放置してはおけない。

自分の中には確たる正義感がある。いかなる状況に追いこまれても、それを否定することはできないのだ。

3

極秘プロジェクトの面々は、先日とは別のホテル——今度は新橋《しんばし》のホテルに集まった。二十人ほどが入れる広い会議室に五人だけなので妙に寒々しく、声がむやみに響くのでやりにくい。座った途端、今川は寒さを感じた。風邪でも引いたのだろうか……心配になって立ち上がり、エアコンの温度設定を二度上げる。

「まず、説明しますか?」花沢が切り出した。「ちなみに、証拠を残さないためにレポートは一切作っていません。説明するだけにします」

「もちろんだ」今川は認めて、コーヒーを一口飲んだ。高い割に美味くない。「今後もこういうふうにしよう。説明と話し合いはあくまで口頭で。ペーパーも、電子的な記録も残さない――いいな? 仮に個人的に作っても、すぐに破棄できるようにしてくれ」

四人が同時にうなずいた。隣に座る花沢が説明を始める。

「この高速鉄道の建設計画ですが、うちは初めから――十年前から噛んでいました」

全長三百キロを超える高速鉄道の建設計画がぶち上げられ、日本企業もすぐに反応した。特に、最終的に契約を勝ち取った東広鉄道の動きは素早く、最新鋭の車両の導入などで、安全性と快適性をアピールした。この時点でのライバルは中国、そしてフランスの鉄道会社。両者とも安全性や快適性などでは東広鉄道に劣る一方、相当のディスカウントで勝負してくると見られていた。

計画が公表された直後、東広鉄道は日兼コンサルタントに売りこみを依頼してきた。東広鉄道は東日本最大の私鉄だが、業務はドメスティックなものであり、海外に足場がなかったからだ。一方日兼コンサルタントは、海外でのプロジェクト展開にも実績があった。

しかし、計画は遅々として進まなかった。東南アジア特有ののんびりした進め方で、正式ルートは決まらず、土地買収も進まず、それでも誰も焦らない――日兼コンサルタントはこのためにわざわざ現地駐在員を置いたのだが、何も決まらないままに時間だけが流れてしまった。東広鉄道内部では、入札の日程も決まらないことへの苛立ちが募り始めた。

そんなところへ、七年前に軍事クーデターが発生した。政治的には安定しているとみられていた国で政権が転覆し、高速鉄道計画そのものも頓挫《とんざ》するかと思われたが、軍部に担《かつ》ぎ出された大統領は、なかなか計画の可否を明らかにしなかった。実際にはそれどころではなかった、ということだろう。政治が混乱している状態では、如何《いかん》ともしがたい。実際、日兼コンサルタントでも、安全確保のために一時駐在員を引き上げさせた。

政情が安定したと判断し、再び駐在員が送りこまれたのは四年前。高速鉄道の建設計画は、そこからようやく本格的に動きだした。ただし、クーデターで政権が変わったからといって、計画がスピーディに動きだすこともなく、相変わらず計画の日程も、入札予定も決まらない。その間、当初はこの件に興味を持っていると言われていたフランス企業は完全に撤退し、東広鉄道と中国企業の一騎討ちの構図になった。

日兼コンサルタントの駐在員は、クーデターによる混乱の時期を除いて、ずっと鉄道省に食いこんでいた。官僚組織はどこの国でも同じで、トップが変わっても、変わらずその省庁を支え続ける「背骨」のような高級官僚が必ずいる。駐在員は、その「背骨」が誰かを割り出し、積極的な工作を続けてきた。

つまり、賄賂。

「ほぼ年に一回、日本円にして数百万円ずつの現金を渡していたようです」花沢が報告する。

「その金額は特定できないのか?」今川は少し焦れて訊ねた。

「できています。ただ、どういう事情なのか、一回一回の額は違っていましたし、時期もバラバラです。正確に申し上げますと、最初が十年前で、日本円で五百万円、二度目は四百万円……」

今川は手帳に数字だけをメモした。ざっと合計すると、三千万円を超える。向こうの感覚では合わせてほぼ三億円の賄賂が渡ったことになる。仮にこれが日本での汚職だったら、とんでもない巨額だ。ロッキード事件で、田中角栄元首相に渡った金額が五億円だったのではないか……国も時代も違うが、三億円は現在も巨額であることに間違いない。あの国の経済状態を考えると、一生遊んで暮らせる額——いや、人生を三回ぐらい遊べる額だ。

「その人間だが……現在も鉄道省にいるのか?」

「ええ」花沢がうなずく。「現在の肩書きは鉄道省次官——ナンバーツーですね。当然、大きな影響力を持っています。いや、実質的には鉄道省で最大の権力者と言っていいでしょう。そして退職後には、高速鉄道の運営会社に天下りすることが決まっているそうです」

どこの国でも役人がやることは同じか……自分が定年になった後のことを常に考え、必ず何らかの対策を練っている。この鉄道省次官の場合も、日本の官僚が天下り先を探すようなものだろうが、そもそも高速鉄道の計画を推進したのがこの次官なのだから、自分の再就職先を作るために賄賂を受け取っていたとも言える。さすがに、今の日本にそこまで悪質な官僚はいないだろうが、あの国の官僚のメンタリティはまた別だろう。

「もしもうちの件が……」贈賄とは言いにくい。「表沙汰になったら、その次官はどうなる? 向こうでも捜査対象になるんだろうか」

「あの国の司法制度についてはまだ調査中ですが、何とも言えません。軍事クーデターの後、司法制度改革が行なわれて、腐敗一掃の旗印の下に、汚職に対する刑罰は厳しくなったんですが、実際に捜査が積極的に行なわれている形跡はないんです」

「それはつまり、そもそも国自体が汚職体質ということなんですよ」法律の専門家である田岡が断じた。「どれだけ法律を整備して、汚職に対する刑罰を厳しくしたとしても、仕事の度に裏金が発生するような社会だと、一々捜査していられないでしょう。捜査機関にも日常的に賄賂が渡っている可能性があります。仮に捜査に着手しようとしても、そこで金を渡して手心を加えてもらう——そういうこともあり得るでしょう」

「だったらそもそも、捜査はできないな」

「それでも何とか国として成り立っているんだから、不思議ではありますが」田岡が首を捻った。彼の専門はあくまで法律であり、政治や民族問題などについては推測の域を出ない、ということだろう。しかし田岡の想定は、いかにもありそうな感じだった。

「この計画のために現地に駐在していた社員のリストがあります」城島が切り出した。「証拠はないんですが、誰がいつ、いくら渡したか、概《おおむ》ね推定できます」

「名前を教えてくれ」

城島が告げる名前を、今川はメモした。最初——十年前の駐在員の名前には聞き覚えがない。

確認すると、二年前に早期退職で会社を去っていた、ということだった。残る四人に関しては現職。そのうち三人は本社勤務、あと一人は海外駐在だった。すぐに事情を聴けるのは三人か……ただし、事情聴取のタイミングは難しい。

「あとは、上の人間だな。これだけの金額を使う時は、普通は稟議書《りんぎしょ》が必要だ」

「これらの支出については、稟議書は存在していません」玲子が断言した。

「稟議書の保存期間は十年だな?」この辺は、親会社の日兼物産と同じ決まりのはずだ。

「はい。過去十年間の稟議書を全て精査したんですが、賄賂につながるようなものは出ていません」

「別の名義で取った予算をつけ替えたのかもしれない。それは、チェックできるか?」

玲子の顔に影が射した。キーボードに視線を落として指を走らせる。そのまま低い声で言った。

「それはちょっと……一件一件のチェックにも時間がかかりますし、一年だけでも稟議は平均で百件を超えます」

「賄賂の額と同額の稟議をチェックしてみたらどうだ?」

「それは既にやってみました」玲子が言った。「同額の稟議はないんです」

「となると、完全に裏金を使ったか、他の複数の予算から捻出したか……」今川は腕を組んだ。

「裏金がどこから出たか、検証するのは難しそうだな」

普通の会社なら、各部署の予算を精査することで、ある程度は割り出せるかもしれない。しかし、仕事の度にプロジェクトチームを作る日兼コンサルタントでは、予算の決定と運用方法が複雑なのだ。当の本人たちも、金の流れをはっきり覚えていないかもしれない。

「引き続き、金の流れを追ってくれ」今川は指示した。「それと、今国内にいる三人……北島《きたじま》と福永《ふくなが》、柴原《しばはら》の動きに注意してくれ」

「注意といっても、余計なことをすると、こちらの動きがバレるかもしれませんよ」花沢が忠告した。

「いや、もうバレているかもしれない」

今川が言うと、他の四人の顔がさっと蒼褪《あおざ》めた。極秘でやっていることが知られたらまずい――そんなことは子どもでも分かる。

「実は、本社のさる人物から忠告を受けたんだ。私たちが動いていることは、本社サイドの然るべき立場の人間は既に知っている。ということは、日兼コンサルタントの中でも、動きはバレているかもしれない」

「妨害工作も予想されますね」花沢が深刻な表情で言った。

「それと、捜査機関の動きも心配だ」

「それは、我々には分かりようがないじゃないですか」

「いや、そこは私に任せて欲しい。少し調べてみる」今川の頭にあったのは、当然原の存在だった。危険ではあるが、接触して探ってみたい……この件を捜査するとしたら、警視庁ではなく東京地検だろうが、地検と警察が連携して動いている可能性もある。原も、何らかの情報を把握しているかもしれない。彼の微妙な「ほのめかし」も気になっている。そもそも日兼コンサルタントは、彼が勤める品川中央署の管内にあるのだし。

「今夜のところは以上だ。これで解散とする……が、腹が減っていたら、このホテル内のレストランで食事を摂ってくれ。私の名前を出せば大丈夫だ。ただし、一緒には行かないように。会社の中でも、通常の業務以外では口をきかないように気をつけてくれ」

「食事ですが……」玲子が言いにくそうに切り出した。「その、ホテルのレストランで一人で食べるのも味気ないですし、今日は遠慮していいですか？」

「もちろん」今川はうなずいた。「食べるも食べないも君たちの自由だ」

「では、私も遠慮しておきます」城島がノートパソコンを閉じた。彼の私用のパソコンには、べたべたとシールが貼ってある。

「分かった。取り敢えずご苦労さん」今川も荷物をまとめた。とはいっても、手帳とスマートフォンを背広のポケットに入れるだけだったが。

三人が出て行って、前回と同じように花沢だけが残った。花沢はワイシャツの首元に指を突っこみ、ネクタイを緩めた。吐息を漏らすと、情けない顔で今川を見る。

「さっきの本社の話なんですけど、誰に忠告されたんですか？」

「……柏木副社長」

「マジですか」花沢が目を見開く。「副社長レベルまで話が伝わっているということは、日兼内部では誰でも知ってるんじゃないですか？　親会社の人間が知っているなら、日兼コンサルタント内部でも当然広く知られている……」

「そこは、心配してもしようがない」

「しかし、後ろから刺される恐れもありますよ」

「せいぜい気をつけることだな。刺されたら、前のめりに倒れるしかない」

「ボールだけは少しでもゲインさせろということですか」

「そういうことだ」

「社長に倒れられたら、私も困りますよ」

「分かってる。君には絶対に迷惑をかけないから」

一瞬、柏木の忠告に従って全てを放棄しようかとも思った。本当に日兼物産の社長が交代するようなことがあれば、予定よりずっと早く、自分が本社に復帰する可能性も出てくる。高速鉄道建設の契約に関しては……自分は途中経過についてまったく把握していなかった、日兼コンサルタントの社長に就任する以前にほぼ話は決まっていて、何の指示もしていないと言い抜けすることはできるだろう。少なくとも自分が傷つかない、一番確実な方法がこれだ。そして本社に復帰する際に、花沢も同行させればいい。花沢レベルの社員なら、自分の一存で人事的には何とでも処理できる。

しかしそうしたら、城島たちはどうなる？　いくら極秘行動をしろと言っても、限界はあるだろう。自分たちだけが本社に避難した後に、極秘で調査をしているのがバレたら、どんな目に遭うか分からない。いっそのこと、花沢と一緒に本社へ異動させようかとも思ったが、あの三人は日兼コンサルタントのプロパー社員であり、日兼物産に勤務する理由はない。「人事交流」などの名目を作ってもいいが、いかにも不自然だ。

「うち、二人目が産まれるんですよ」

「ああ、そうか……いつだ？」

「年明け――来年三月が予定日です。だから今、ちょっとビビってます」

「それは分かる」子どもがいない今川にも、家族が増えることの重みは想像はできる。「とにかく、絶対に君の不利にはならないようにする」

しかし、そのための具体的な方法を言えない――これではかえって、花沢は不安になるだけではないだろうか。

自分は本当に、社長になれるような器《うつわ》の人間なのだろうか。社長は社員の生活に責任を負っている――柏木の言葉が頭の中で文字になって明滅する。

4

安西殺しの捜査は、一歩前進したように思えたが、勢いはあっという間に萎《しぼ》んでしまった……駅近くでの目撃証言が、先へつながらない。安西が山手通りを渡った形跡も、誰かの車に乗った形跡もなかった。まるで、山手通りに来たところで突然消えてしまったよう――いつの間にか、防犯カメラを万能の存在として頼りきっていたのだ、と原は反省した。街の様子全てが映像記録に残るわけではないし、東京では誰も他人の動きを気にしないものだ。素っ裸で、奇声でも上げながら走っていれば別だが、午後八時台にそれほど特徴のない男が歩いていても、気にとめる人もいないだろう。

全てが行き詰まり……二件の失踪についても手がかりがない。捜査会議を終えた後、刑事課で一人になった原は、つい溜息をついてしまった。

煙草が吸いたくなったが、喫煙所まで降りていくのも面倒臭い。のろのろと立ち上がり、コーヒーを飲もうとすると、コーヒーサーバーの電源はとうに落ちていた。新しく淹れ直せばいいのだが、それさえする気になれなかった。仕方なく、一階に降りて自動販売機でブラックの缶コーヒーを買い、そのまま喫煙所に向かう。あれほど煙草が吸いたいと思っていた——かれこれ三時間ほど吸っていなかった——のに、実際に吸ってみると苦味が妙にきつい。美味くない……煙草が不味《まず》いと感じるのも珍しいことだった。

今抱えている三つの案件の中では、もちろん殺人事件の捜査が最優先だ。しかし二件の失踪事件も放っておくわけにはいかない。実際、奈緒美の家族は、何度も捜索を急かしてきた。一度は再度弁護士を伴って警察を訪れ、原が応対せざるを得なかった。まったく、気の重いことだ……綾子が探り出してきた「不倫」の線も上手くつながらない。思い切って家族にぶつけさせてみたのだが、綾子は「娘を侮辱するのか」と激怒され、追い返されてしまった。家族にすれば、言いがかりに思えたのかもしれない。

取り敢えず、放っておいていいのは吉岡のことか……本部には既に報告済みだが、特に指示はなかった。マスコミにバレなければいい、という程度の判断らしい。原自身も、吉岡は自殺などしないだろうと楽天的に考えている。死ぬために、わざわざ虎の子のへそくり五十二万円を引き出していく人間はいない。おそらく、新しい生活を送るための資金なのだろう。

それでも、吉岡の家族のことは気になる。失踪直前の吉岡が忙しく、何か問題を抱えていたのは間違いないのだが、仕事は家族には関係ない。まだ小さな子どもを抱えた妻は、一刻も早く吉岡に帰って来て欲しいと願っているだろう。しかし、勤務先の品川中央署に文句を言うでもなく、じっと耐えている。近いうちに家族に会いに行こう、と原は決めた。

よし、スケジュールを調整しよう。ただし、特捜本部を仕切る本部の三川係長に何と言うべきか……彼は当然、吉岡の失踪を知っているはずだが、気を遣っているのか、その件を話題に出したことは一度もない。

考えていたせいではあるまいが、三川が突然姿を現わした。原を見て、驚いたような表情を浮かべる。

「何だよ、驚くのはこっちだよ。だいたいお前、煙草なんか吸ってたか?」

「禁煙破れる、ですよ」三川が寂しそうに笑った。「今回は五年間、頑張ったんですけどね」

「それだけ、今回の特捜のストレスが大きいということか」

「ろくに手がかりなしですからね。まことに情けない話です」

溜息をつきながら言って、三川が新しい煙草のパッケージを開けた。一本取り出してくわえた後で、背広やズボンのポケットを叩き始める——喫煙者特有の動きだ。ライターが見つからないと、どこかに入っていないかと体のあちこちを叩く。しかし三川は、煙草だけ買ってライターを買い忘れたようだった。

原は自分のライターを手渡してやった。三川がひょいと頭を下げて受け取り、「お」と短い感嘆の声を上げた。

「ダンヒルじゃないですか。ずいぶんいいのを使ってますね」

「警部になった記念で貰ったんだよ。もう十五年も前だけど」

「それで、こんなに年季が入ってるんですね」

十五年前の喫煙率はどれぐらいだっただろう。警察は、他の業種に比べて喫煙者数が多いとよく言われるし、実際、喫煙者は相当いたように思う。記念品にライターは定番だった。貰ってから調べてみると、このダンヒルは五万円ほどする高級品だった。その当時は禁煙を考えていたのだが、高いライターを貰ったために先送りになり、今に至っている。三年に一回、メンテナンスに出している間は百円ライターを使うのだが、いつも寂しい思いをする。

煙草に火を点けると、三川が満足そうに笑みを浮かべ、ライターを返した。

「高いライターで火を点けると、美味いですね」

「まさか。味に変わりはないだろう」

「いやいや……」

二人はしばらく無言で煙草をふかした。原は缶コーヒーを開けず、左手で握って温めた。十二月、ちょっと外へ煙草を吸いに出るだけでもコートが欲しい。ふいに、ここで秘密を明かしておこうと思った。今後も三川とは特捜本部で仕事をするのだから、隠し事はしない方がいい。

「実は、うちの刑事が一人、行方不明になってるんだ」

「ああ……」三川が煙の向こうで目を細めた。「聞いてはいます。所轄の問題だから口出ししませんでしたけど」

「悪いな、気を遣わせて」

「いや、こういうことはお互い様ですから。この手の不祥事は……」

「行方不明になる警官は多くはないぞ」

「何があったんですか？」

「まったく分からない」原は首を横に振った。「ちょっと難しい事件に首を突っこんでいたんだが」

「どんな事件ですか？」

「海外贈賄」

「それは相当難しい……」三川が顔をしかめた。「そもそも、警視庁がやるような事件じゃないでしょう」

「端緒を摑んで、一人で内偵捜査を進めていたらしい」

「一人でねえ」三川が首を傾げる。「常に二人一組で動く一課ではあり得ない話ですね。二課はいつもそんな感じなんですか？」

「ある程度情報がまとまるまではな。話が広がると潰れてしまうこともあるから、抱えこむ刑事も多いんだよ」

「それで、やばいところに首を突っこんだんじゃないんですか?」

「それはちょっと考えにくいんだ。相手はヤクザじゃなくて、一般企業だからな」

「意味が分からないですね。失踪って——何か手がかりは?」

「まったくない。完全に消えている」

「刑事だから、姿を隠すのは得意かもしれませんね」

「まあな……ちょっと引っかかってるのは、この海外贈賄に関して、本部も内偵を進めていることなんだ」

「マジで、警視庁でやるつもりなんですか?」三川が目を見開く。「こういうのは特捜部マターでしょう」

「本来はな。しかし、端緒を摑んだのはこっちなんだし、警視庁が捜査しても問題はないだろう。本当にやれるかどうかは分からないが」

「その辺はお手並み拝見ですけど、失踪には何か関係しているんですかね? まさか、本部の二課が、その刑事を邪魔に思って消したとか」

「よせよ」原は少しだけ声を荒らげた。「冗談にしてもできが悪いぜ」

「よく分かりませんねえ」

「隠しておくのも何だから、一応言っておこうと思ったんだ……それで、申し訳ないんだが、ちょっとお願いがある」

「何ですか?」

「適当なタイミングで、半日ほど時間をくれないか? 行方不明の刑事――吉岡というんだが、奴の家族に会っておきたいんだ。今は、あまりフォローできていない」

「ああ、そういうことでしたら、どうぞ」三川がうなずく。「家族が爆発したらえらいことになりますから。それに今のところ、特捜にも急ぎの動きはないですからね」

情けないがその通りだ。


次の週末、原の休みは日曜日になった。朝から気もそぞろ……大学選手権の二回戦がある日で、今川から観戦の誘いがあったのだ。特捜本部を抱えている最中に不謹慎かとも思ったが、ちょうどいい機会かもしれない。毎年恒例のラグビー観戦をしながら、事件について探りを入れてみるのもいいだろう。衆人環視の中だと意外に目立たないし、ややこしい話をしても誰かに聞かれる心配もない。

もっとも、ラグビーの観戦中にそんな話をすることこそ、不謹慎というものだ。

原はグレーのズボンに濃紺のジャケットを合わせ、ネクタイも締めた。今日の最高気温は十度に届かないとの予報なのでダウンジャケットを羽織り、ウールの手袋と使い捨てカイロも用意する。

「相変わらず、試合を観に行く時にはネクタイをするのね」菜穂子が呆れたように言った。

「相手に合わせてるだけだ――これがラグビー観戦の正装だから」

「変わった人たちねえ」菜穂子がぐるりと目を回した。「もっと動きやすい格好にすればいいのに。観てて疲れるでしょう?」

「慣れれば大丈夫だよ……今日はちょっと遅くなるかもしれない」

「そうね」

自宅から秩父宮の最寄駅である東京メトロの外苑前《がいえんまえ》駅までは三十分ほど。駅を出て三分ほど歩くと、そこがラグビーの聖地だ。今川は正門前で待っていた。予想したように、ブレザーにウールのコート姿。胸元に覗くネクタイは、城南大のスクールカラーである濃い緑色だ。

「やあ」

今川が軽く右手を挙げてみせる。原はうなずくだけにとどめ、今川が差し出したチケットを受け取った。

「いつも悪い」

「城南大のチケットだけは、タダで融通してもらえるからさ。OB特権だ」

「そういうのは、永遠に続くわけか」

「こっちだって、毎年寄付して、OB会の総会にも顔を出してる」

「ラグビーから引退しても、母校とのつながりは消えないんだな」

「まあね」

「でも、他にはラグビー界との縁は切れているわけだ——自分で切った」

「一人だけ、つながっているとしたら、昔大田製鉄所にいた五十嵐《いがらし》さんぐらいかな」

「元日本代表？」自分たちの世代にとっては、少し年上のヒーローだ。「協会理事の？」

「ああ。あの人とは、通じ合うものがあるんだ」

トップ選手同士の絆《きずな》だろうか。原は少しだけ羨ましくなった。

秩父宮ラグビー場は何度か改修を受けているが、基本は七十年も前に完成した古い競技場である。正面の長い階段を上っていくと、観客席の裏側を覗く格好になるのだが、黒くなったコンクリートを見る度に、歴史の重みを感じる。

二人は四番ゲートの近く、野球場で言えば二階席に当たる部分に陣取った。位置は少し高いのだが、ハーフウェイラインのほぼ正面なので、観戦には絶好の席である。この下の一番いい席は、だいたい出場するチームの関係者で占められるのが常だ。今も近くには、やたらと体の大きい男たちが固まっている。今日の試合に出場しない控えの選手や、若いOBだろう。反対側のスタンドの左には城南大の学生たち、右には対戦相手の美浜大の学生たちが陣取っている。制服があるわけではないが、全員がなにかしら大学カラーの物を身につけるので、すぐに分かる。一番多いのはマフラーのようだ。愛校心をアピールできるうえに、防寒にもなる。

日本選手権には、全国各地のリーグ戦を勝ち抜いた大学が出場するが、関東の対抗戦グループ四位までのチームは優遇されている。三位、四位のチームは二回戦から、一位、二位チームは三回戦からの登場になる——つまり、出場するだけでシード扱いだ。今季三位に終わった城南大は、今日の二回戦からの登場だ。美浜大に負けることはまずないだろうが、勝っても次には、対抗戦一位の東体大とぶつかる。城南大は、対抗戦では東体大に52対21の大差で敗れていて、そこから短い時間で立て直すのは難しいだろう。九月から始まる公式戦シーズンが深まるにつれ、選手は疲弊《ひへい》し怪我人も増える。晴れの舞台である大学選手権でも、ベストメンバーで臨《のぞ》めないチームも珍しくない。

左に電光掲示板、右に伊藤忠の東京本社ビル……いかにも都心の競技場らしい。伊藤忠のビルは、かつて海外チームとの試合前には、「スパイ」の舞台になっていたという。報道陣を閉め出して練習するチームの様子を観察するのに、あのビルは格好の位置にあるのだ——本当かどうか、原は知らない。都市伝説の類《たぐい》かもしれない。

「ここもいよいよ建て替えだな」今川がぽつりと漏らした。

「来年はラグビーのワールドカップか……その後、どうなるのかな」

「詳しく調べてないけど、隣の神宮球場の建て替えとワンセットだから、結構長い間使えなくなるかもしれない」

「あんたにとっては思い出深い場所なのにな」

「まあな」今川が顔を擦った。「でも、最高にやりやすい場所でもない。グラウンドの向きがよくないんだ」

「ああ」彼が何を言いたいかは、原にもすぐに分かった。秩父宮ラグビー場は、正面がほぼ西側を向いている。そのせいか、午後に行なわれる試合では、グラウンドの西側半分がスタンドの陰になってしまうのだ。「陰のことだろう?」

「そう」

「あれ、やっぱりやりにくいのか？」

「多少はね。俺は、全体的に花園《はなぞの》の方がやりやすかった」

花園も秩父宮も自分には関係ない世界――そこを縦横無尽に駆け回った今川を羨ましく思う。そういう男と、こうやって一緒に座って試合を観戦しているのが、今でも信じられなかった。もっとも、一般席で観戦していても、今川が気づかれて騒がれることはない。彼の全盛期からは三十年以上経っており、さすがに顔を見てすぐに分かる人も少なくなっているだろう。

試合は一進一退の攻防になった。城南大は本来のゲームキャプテン、スタンドオフの白崎《しろさき》を怪我で欠いており、フォワードとバックスの連携が今ひとつよくない。結局、ノーサイド五分前にフォワードがゴリ押しの突進を繰り返し、力技で連続二トライを奪ってやっと突き放したのだった。

「今日の採点は？」

「……六十点だな」今川が渋い口調で言った。

「赤点ぎりぎりじゃないか」

「勝ったから六十点をつけるわけで、これで負けたら三十点だよ」

「確かに、城南大らしからぬ勝ち方だったな」

かつての――今川がいた頃までの城南大は、軽量フォワードが献身的に頑張り、バックスが華麗なパス回しでトライを奪うのが得意のスタイルだった。重量フォワードが売りの美浜大や東体大との戦いは、その対比が売り物でもあった。しかし最近は大型の選手が多くなり、フォワード戦で他のチームに見劣りすることはない。ただ、バックスの奔放かつ創造的な攻撃が城南大の伝統だと信じているオールドファンには不評だ。

そして周りを見回せば、やはりオールドファンが多い。新しい、若いファンを惹きつけられないのが、ラグビー界の長年の課題である。日本代表がワールドカップで大活躍した時には人気が爆発したが、それは長続きしなかった。

「さて、今年も一杯やるか」

「ああ」

促され、原は立ち上がった。毎年ここで観戦した後、軽く一杯やってから別れるのが恒例行事である。今日は原にとってそれが本番……秩父宮では結局、肝心な話ができなかったし。

ラグビーの後で一杯やる時は、大抵東京メトロの表参道《おもてさんどう》駅の近くまでぶらぶらと歩いて行く。秩父宮ラグビー場の最寄駅である外苑前駅周辺には、飲食店がそれほど多くないのだ。渋谷まで出ると若者の渦に巻きこまれてしまうので、表参道辺りがちょうどいい。

試合が終わっても、まだ飲食店の夜の営業が始まる前の時間なので、入れる店は限られている。しかも土曜日か日曜日……だが、長年通い続けた結果、日曜日でも昼営業から夜までぶっ通しでやっている店を何軒か見つけていた。今日はそのうちの一軒、蕎麦《そば》屋に入る。酒が豊富な蕎麦屋で、腰を落ち着けて呑み、最後は蕎麦で締めるのにいかにも適している。そして、午後遅いこの時間は、だいたい他に客がいないのもありがたい。

「そう言えば、去年もここだったな」席に落ち着くなり、今川が言った。

「確かに」

「そろそろ新規開拓した方がいいかもな」今川がスマートフォンを取り出す。「毎回同じ店っていうのも芸がない」

「しかし、ネットで調べて行くっていうのも、どうなんだ？　若い連中ならともかく、オッサン二人が……」

「誰かに知られなければ問題ないよ」

二人はビールを貰って乾杯した。料理は適当に……蕎麦前の定番であるだし巻き卵や鉄火味噌などを頼む。天ぷらはどうするか――この店の天ぷらは美味いのだが、最近原は、揚げ物はできるだけ避けるようにしている。しかし今日は、年に一回の今川との会食だ。少し羽目を外してもいいだろう。

「城南を立て直すには、しばらく時間がかかるな」

「何が問題だ？」

「バックスにタレントがいない」

「白崎は？」まだ三年生なので、来年もある。

「白崎はそこまでの選手じゃないよ。あいつはディフェンスが弱い――献身的じゃないんだ。だからディフェンスの時は、あいつのところに穴が開いてしまう」

「手厳しいな」

「手先だけで格好良くやろうとしてるから、あんなふうになるんだ」

「あんたは、そういうことはなかったよな」原は、今川の厳しいタックルを思い出していた。三十年前は、スタンドオフで百八十センチある選手はかなりの大型で、バックスの選手を相手にした時には、まず体格で圧倒できたのだが、今川は、身長百九十センチを超えるロックや、体重百キロ超のプロップが突進してきても、果敢にタックルに入っていた。その割に怪我がなかったのは、体が強かったというより、ボディバランスが優れていたからだろう。

「フォワードの育成も、もう少し考えた方がいいな」

「今日はフォワードで勝ったようなものじゃないか」

「俺は、ああいうゴリ押しの試合は好きじゃないんだ」今川が顔をしかめる。「もっと綺麗にトライは取れる。スクラムトライとか、冗談じゃないと思うね」

「あれは、点を取るためにやるんじゃないよ」フォワード出身者の原としては承服しかねる意見だった。「相手の気持ちをへし折るために頑張るんだ」

「野蛮だなあ」

呆れたような今川の物言いに、思わず苦笑してしまった。野蛮と言われても……まあ、これは昔からフォワードとバックスの間で交わされる定番のジョークなのだが。

一通り料理を食べ、ビールも呑み、あとはせいろで締める——その段階で、原はようやく話を切り出した。

「一つ、際どいことを聞いていいか?」

今川が少しビールの残ったグラスを口の高さに浮かしたままで「何だ?」と言った。

「あんたの会社の話なんだが」

「うちが？　例の件か？」

「いや、安西さんのことじゃない」

「だったら、うちの秘書室のスタッフの件か？　何か手がかりでもあったのか？」

「いや、違うんだ」やはりはっきりとは話しにくい。

原はスマートフォンを取り出し、メモアプリを起動して「海外贈賄」と打ちこんだ。それを素早く今川に見せて、すぐに文字を消す。顔を上げると、今川の顔から血の気が引いているのが分かった。正直と言うべきか……何も知らなければ――そういう事実がなければ、きょとんとした表情を浮かべるはずだ。

「その件は、ここでは話せないな」今川が素早く周囲を見回した。

「そうか」

「うちへ来ないか？」

「あんたの家って、青山一丁目か？」つき合いは二十年になるが、互いの家に行ったことは一度もない。何となく、そういう話にもならなかった。「奥さんに悪いよ」

「いや、今日は家にいないんだ」今川が腕時計を覗きこんだ。「大学の同窓会があって、もう出かけてると思う」

「そうか。申し訳ないが、それでお願いできれば……ただし、もう一つ頼みがある」

「何だ？」

「あんたの家に入る前に、どこかで一服させてくれ。考えてみれば、試合前から全然煙草を吸っていない」

刑事は、他の職業に比べて、人の家に入る機会は多い。しかし、プライベートでは、友人の家を訪ねる機会は昔に比べると減っている。今川の家に入った原は、あまりきょろきょろしないように気をつけた。職業柄、初めての場所では、まず様子を頭に叩きこもうとする癖がある。今も仕事と言えないこともないのだが。

もっとも、通されたリビングルームには、注目すべきようなものは何もなかった。大型のテレビとソファ、それにダイニングテーブルと椅子があるだけ。それと、部屋の片隅に小さな木製のデスク。

「えらくさっぱりした部屋だな」

「女房が定期的に断捨離してるんだよ」今川が苦笑した。「俺もつき合わされてる」

「ずいぶん広いな。何畳だ？」

「十二畳。物がないから広く見えるだけだろう……コーヒーでも？」

「いや、おかまいなく」

コーヒーを用意してもらっている間に、緊張感が薄れてしまうような気がする。今川はうなずき、ダイニングテーブルについた。原は、斜め向かいの位置に陣取る。

「で？　物騒な話みたいだけど」今川が切り出した。

「仮の話なんだけどな」原は慎重に進めることにした。ここではっきり、「お前の会社は本当に海外贈賄をやったのか」と訊くと、本部の捜査に影響を与えかねない。

「仮でも何でも、物騒な感じがする」

「仮にお前の会社が海外贈賄していたらどうする？」

「そういうことは、軽々《けいけい》には言えないな」

「もしもの話だよ。海外贈賄が分かったらどうする？」

「そんな際どいことで、仮定の話をされてもな……」

「社長としてはどうなんだ？」原は構わずさらに突っこんだ。「例えばあんたの会社でも、海外でビジネスは展開するだろう？　国内の企業の代理になるとか——そういうのも、コンサルティングの仕事としてはあるよな」

「ないとは言えない」今川がうなずく。「ソリューションを提案して終わり、のケースが多いけど、その後——実際のビジネスに絡むこともある。クライアントにすれば、最後まで面倒みろ、ということなんだろうな。こっちは、ちゃんと金さえ貰っていれば、そこまでつき合うよ」

「いろいろ大変だな……海外の公共事業関係で仕事をするのは難しいんだろう」

「一般的には……そうだな。商習慣も公務員の意識も、日本とは違うし」

「賄賂を貰って当然、みたいな国もあるんじゃないか？　そもそもそれが公務員の役得と考えているような」

「否定はできない。商社マン時代には、そういう人間をたくさん見てきたよ」

「そういう場合、どうする？　実際に仕事を進めるために、金を渡すのか？」

「俺は、そういうことはしない――幸いというべきか、そういう状況に追いこまれたことはなかった」

「そうか……」原は手を組み合わせ、そこに視線を落とした。具体的な話はできない――このままだと、禅問答になってしまうだろう。「仮に部下がそういうことをしていたら、社長としてはどうする？」

「何とも言えないな。どうしても取らなければいけない仕事もある。クライアントがいる商売だから、期待を裏切るわけにはいかないんだ」

「違法行為であっても、か」原は顔を上げた。

「もちろん、積極的に命令はできない。ただ俺は……俺の個人的な感覚では、賄賂を渡すぐらいだったらその仕事からは手を引かせる」

「もう起きてしまった場合は？」

「それは答えられないよ」今川が苦笑した。「ケースバイケースだろう」

「ＦＣＰＡは知ってるな？」

「アメリカの、海外腐敗行為防止法のことだろう？」今川はすぐに反応した。

「あれをモデルにして、日本でも不正競争防止法に賄賂禁止の規定が追加された。昔は、仕事を取るためには何でもやるのが普通だったかもしれないが、今はそうはいかない。海外でも贈賄をすれば、摘発されるんだ」

「それぐらいは分かってる」

「もしも……仮定の話だけど」原は念入りに繰り返した。「あんたがそういうことを知ったらどうする？　あんたは直接指示を出さず、部下が勝手にやったこと――それでも、社長としての責任はあるんじゃないか」

「あるだろうな」今川がうなずく。

「その場合、どうする？　もしも捜査が入るようなことがあったら」

「それは答えられないな。話が重過ぎるよ」

「司法取引は知ってるよな？」

「ああ」

「そちらから情報を提供してもらえば、会社の責任については軽減して処分する――そういうことを考えるか？」

「選択肢の一つとしてはあるかもしれないけど、あくまで仮定の話だろう？」

「ああ。もしもそういうことがあったら、あんたから教えてもらった方がいいな」

「仮定にしても、だいぶ失礼な話だぞ」今川が指摘した。

「すまんな……だけど、あくまで仮定の話だから」

「うちにそんなことがあると思っているのか？」逆に今川が訊ねた。

「いや――仮定の話だ」原としては繰り返すしかなかった。

「馬鹿言わないでくれ」今川が苦笑した。「俺は――うちの会社はちゃんとやってるよ。それより、安西を殺した犯人を早く見つけてくれ。このままじゃ、あいつも浮かばれない」

痛いところを突かれ、原は質問を続ける気力を失った。俺もすっかり弱くなったものだ……昔は、こういう腹の探り合いを何時間でも続けられたのだが。禅問答を続けるうちに、相手がぽろりと本音を漏らすタイミングを狙う。しかし今川は、絶対に本音を漏らしそうになかった。失敗だった。考えたらすぐに動けばいいというものではない。この件には熟慮が必要だったのだ。

翌日、特捜本部に顔を出す前に刑事課に寄ると、原が腰を下ろすタイミングを待っていたかのように電話が鳴った。

「原……余計なことをするなよ」同期の今宮だった。

「何の話だ」いきなり言われて、原は低い声で反発した。この男とは、相変わらず気が合わない。

「昨日、日兼コンサルタントの社長と会っていたそうだな。知り合いなのか？」

まさか、見られていた？　そうでなければ、わざわざ電話してこないだろう。原はとっさに、頭の中で言い訳を組み立てた――適当に真実と嘘を混ぜて。

「ああ、知り合いだ。ラグビー友だちだよ」

「本当かね」今宮はまったく信じていない様子だった。

「知らないのか？　あの社長は、大学時代に日本代表に選ばれた名選手だったんだぞ。そして城南大ＯＢだ」

「そんな人間とどうして知り合いなんだ？」

「ラグビーの世界は狭いんだよ。昔、たまたま観戦していて隣同士になって、それから時々一緒に試合を観るようになった。昨日もそうだ」

「呑気にラグビー観戦？　特捜を抱えているのに？」

「今時、特捜も働き方改革の影響を受けるんだよ。俺は、昨日は休みだった。何かあればすぐに対応できるように都内にいた。何の問題がある？」

「その後、二人で呑みに行ったそうだな。しかも家にまで上がりこんでいる。ずいぶん仲がいいじゃないか」

「それが何か、問題でも？」原はとぼけた。

「開き直るのか？」今宮が鼻を鳴らした。

「純粋なラグビーファン同士のつき合いだよ」

「日兼コンサルタントが、今どういう立場にあるか、分かってるだろう。うちの捜査対象だぞ。そういう会社のトップと、地元の所轄の刑事課長が気軽に会うのはいかがなものかと思うがね。疑われるぞ」

「何を」

「捜査情報の流出」

「まさか。俺は自分の立場を弁《わきま》えてる」

「俺がそれを信じると思うか？」今宮の声が一段低くなった。「社長は既に尾行の対象なんだよ。まったくお前も、脇が甘いというか……」

「純粋なラグビーファン同士のつき合いだ」原は繰り返した。「俺は、事件のことは何も話していない」

「お前には要注意のマークがついた。身辺には十分気をつけろよ」

「脅す気か？」

「まさか」今宮がまた鼻を鳴らした。「同期として忠告しただけだ。とにかく気をつけろよ」

今宮が電話を切る。鼓動が激しい……慎重に受話器を置いたが、鼓動はすぐには戻らなかった。

この件を今川に忠告しておくべきか？　お前、尾行されてるぞ？　できない。今や自分も、捜査対象になってしまっているのかもしれないのだ。

第四章　暗　闘

1

日兼コンサルタントの取締役会は、毎週月曜日に開かれる。しかし常にだらけた雰囲気になる……ある程度長期スパンで行なわれる仕事が多いので、取締役会で緊急課題が取り上げられることはまずないのだ。昼食後という時間帯もよくない。緊張した雰囲気になるのは、決算の時期と株主総会の直前だけなのを、今川は一年半の社長経験で学んでいた。

しかし日本選手権二回戦の翌日、今川は「爆弾」を落とすことにした。海外贈賄事件の調査報告——会社としてどうするか、取締役会として方針を決めるべき時期が来ていた。

役員たちの報告——報告とも言えない報告が終わった後、今川は立ち上がった。すぐに、役員たちが緊張するのが分かった。取締役会では、立ち上がって発言する人間はいない。

「去年契約を締結した高速鉄道計画の件だが……長年にわたって、現地の官僚に現金が渡っていたことが確認できた。金額は、日本円にして三千万円を超える」

即座にざわめきが広がった。役員たちは顔を見合わせて……困ったような表情を浮かべている者もいれば、眉間に皺《しわ》を寄せて怒りの表情を浮かべている者もいる。その中で、静かに腕組みをしてテーブルに視線を落としているのは、常務の浜本《はまもと》——このプロジェクトに最初から噛んでいた、いわば責任者だ。これまでの調査で、十年前から一貫して全体の司令塔だったのは間違いないと今川は判断していた。

「これは明らかに、海外贈賄に当たる。実は、捜査当局も動きだしているという情報がある。会社としては、このまま看過するわけにはいかない」

「つまり、どういう意味ですか？」浜本がいきなり反発した。

今川は立ったまま、彼の方に少し向き直った。図々しいタイプ——六十歳、髪は少し薄くなっているが、体は萎んでおらず、常に堂々と胸を張って歩いている。小柄だが首が太く、胸板も分厚い。ラグビーで言えば、スクラムハーフにこういう体型の選手が多い。小柄で俊敏、かつ強烈な接触プレーに耐えるため、分厚い筋肉の衣《ころも》を身につけるのだ。

彼は、社会でどんな衝突を経験してきたのだろう。

日兼グループの決まりとして、子会社の社長はプロパー社員ではなく、日兼物産から送りこまれてくるので、彼はもう「上がり」——あとは役員定年を待つか、最後に一花咲かせるために思い切って転職するかの選択を迫られる年齢になっている。しかし、実質的に社内最大の権力者なのは間違いない。

「どうすべきだと思いますか、浜本さん」今川は逆に訊ねた。

「どうでしょうねえ」浜本が頰を掻いた。

このタヌキが、と今川は心の中で罵《ののし》った。浜本はなかなか本音を漏らさない、秘密主義者として有名だ。昔から極秘プロジェクトを作っては好き勝手にやってきたと言われている。しかし一度たりとも会社に損害を与えたことはない——きちんと利益を上げてきたからこそ、このポジションまで上り詰めたのだ。

「この件を、捜査当局が既に摑んでいる可能性もある」

今川が告げると、ざわつきが広がった。浜本は険しい表情を浮かべ、「根拠のある話なんですか」と迫ってきた。

「捜査当局は極秘で動くから、確証はない。そういう情報があるというだけだ」

昨日の原との会話で、今川は確信していた。彼は、あくまで「仮の話」としていたが、あれはどう考えても日兼コンサルタントを念頭に置いた質問である。俺から何か探り出そうとした——そう考えると不安になったが、彼はやはり友人である前に刑事だ、と自分に言い聞かせた。

浜本が右手をテーブルに乗せ、人差し指で天板を叩いた。今川からは離れているのだが、他の役員が沈黙を守っているので、その音がやけに響く。リズムに乗らない音が、苛立ちを加速させた。

「それで、社長はこの件をどうされるおつもりですか」浜本が逆に聞き返した。

「決めかねている。海外で官僚に賄賂を渡していた事実は間違いなくあった——この中にも、事実関係を知っている人、知らない人、混ざっていると思うが、私ははっきりした証拠を摑んでいる」

「証拠というのは何ですか」浜本が嚙みつくように言った。

「そういうデータが残っている。データとして存在しているものは閲覧可能だ」

「社長自らがそんなことを調べたと？」浜本が身を乗り出す。

「いや」

「では、極秘プロジェクトですか？　誰がやったんですか？」

「それを言ったら極秘にならない」

「そういう調査をするのに、取締役会の決定を経ないのは、いかがなものかと思いますが」浜本の耳は赤くなっていた。ボールペンを握り締める左手の指は真っ白になっている。

「浜本さん、高速鉄道建設のプロジェクトについては、一貫してあなたがかかわっていた。現地に飛んだ駐在員を指揮したのもあなたです。東広鉄道との契約を進めたのもあなただ――現地で賄賂を渡す指示も、あなたから出たものではないんですか？」

ここだけが、極秘調査では分からなかったポイントだ。様々な数字はデータとして残っていたのだが、プロジェクトのトップである浜本以外の人間の役割が判然としない。現地に駐在した社員に対する事情聴取はまだ行なっていない――そんなことをすれば、あっという間に社内全体に情報が広がってしまうだろう。そうするよりも、取締役会できちんと話し合って、正式な調査に「格上げ」すべきタイミングが来ていると判断した。

「私はそういうことをした覚えはないですね」浜本が冷たい口調で言った。

「だったら、駐在員独自の判断でやったことだと？」

「東広鉄道から要請があったかもしれないじゃないですか。仮に賄賂が渡されていたとしても、財源は東広鉄道かもしれない。このプロジェクトに関しては、東広鉄道とうちは完全に協力して動いていましたからね」

「ではそれを、東広鉄道に確認してもいいですか？」今川は問いかけた。「クライアントを疑うようなことをしたら、後々問題になるかもしれませんよ。高速鉄道のプロジェクトはもう動きだしているから、影響が出るとは思えないが、今後の我が社の仕事にマイナスになる可能性もある。クライアントを疑うようなコンサルタントは存在しませんからね」

「だったら、どうされるつもりですか」浜本が明らかに焦れた口調で言った。

「まず、社内で正式に調査チームを立ち上げます。浜本さんは、鉄道プロジェクトの責任者だったんだから、ぜひ協力をお願いしますよ」

「それは構いませんが、社長はこの会社の最高責任者だということをお忘れなく」浜本の顔に薄い笑みが浮かぶ。「最終的に、あちらの政府と東広鉄道の契約書に、仲介者として判子を押したのは社長ですからね」

俺にも責任を押しつけるつもりか……もしかしたら浜本は、「自爆」するつもりかもしれない。自分が責任を取らされると決まったら、俺も巻きこむつもりか？　人間、自棄《やけ》になると何をするか分からない。

「調査チームに関しては、秘書室直属とします」今川は宣言した。「私が直接指揮を執りますが、皆さんの協力もお願いしたい」

同意の返事はなかった。

取締役会の後の不気味な沈黙……今川は夕方、取締役会に同席していた秘書室長の恩田を社長室に呼んだ。恩田はデスクの前で「休め」の姿勢を取ったが、不機嫌な表情を隠そうともしない。

「その後の役員たちの様子はどうだ?」

「どうだ、と言われましても……」恩田がもごもごと言った。

「探りを入れてくれないか? あの反応の鈍さは、少し異常だ」一人、浜本が挑発的だっただけだ。

「いきなり言われたからじゃないですか? まったく事情を知らない役員もいると思いますよ」

「しかし、知っている人間もいるだろう。誰がかかわっていたかを探り出さないと」

「まるで警察ですね」恩田が今川に鋭い視線を向けた。「社内で犯人捜しをして、それで最終的にはどうなさるおつもりなんですか」

「いざという時に備えるんだ。万が一、捜査当局の手が入った時に、『何も知りませんでした』では済まされない」

「そうですか……」恩田がわざとらしく溜息をついた。

「調査班の人選は終わったか?」

「こちらです」恩田が今川にメモを手渡した。五人……恩田を筆頭に、秘書室のスタッフなどの名前が並んでいる。

「この中に、浜本さんとつながりが近い人間はいるか？」

恩田が頰を引き攣《つ》らせる。しばらく黙って唇を引き結んでいたが、ようやく「浅井《あさい》ですね」と打ち明けた。

「どういう関係だ？」

「何度も同じプロジェクトで一緒に仕事をしています。浜本さんは、ずいぶん重宝しているようです」

「それが分かっているのに、どうしてここに入れた？」今川は追及した。「身内の人間がいたら、調査が甘くなるだろう」

「そもそもこれ自体が、身内の調査のようなものじゃないですか」

「君は、いちいち口ごたえしないと話ができないのか？」今川は厳しく指摘した。

「……失礼しました」

頭を下げたものの、恩田からは反省も誠意も感じられなかった。顔を上げると目が合ったが、白けた感じである。元々こういう男——熱がなく皮肉っぽい——だから仕方がないのだが、日兼コンサルタントプロパーの人間としては、親会社から送りこまれてくる社長がおかしなことを始めたと、複雑な気持ちを抱いているのかもしれない。

「今のうちに申し上げておいた方がいいかもしれませんが……」恩田の声が曖昧に消える。

「何だ?」

「歴代の社長も、この件を知らなかったわけがないですよね? これだけ大きなプロジェクトだと、当然社長も報告を受け、ゴーサインを出しているはずです」

「私は詳細を聞いてなかったぞ。簡単に引き継ぎを受けただけだ」

「それはもう、プロジェクトが最終盤に入っていたからじゃないですか? とにかく、歴代社長は、こういう状況を知ったら、必ず本社にも報告を上げていたはずです。正式な報告でなくても、雑談の形でも……もしかしたら、歴代社長の間でも引き継ぎがあったかもしれません。つまり、本社もこの事実を摑んでいて、何も対処しなかった——最終的には、日兼本体の方に責任問題が及ぶ可能性もありますよ」

「そんなことを気にしていたら、事実関係は摑めない」

「社長……事実を知ることが、会社を守ることより大事なんですか?」

「知らなければ、守ることもできない。違うか?」

「……承知しました。そういうことで理解しておきます」

恩田が社長室を出て行った時、今川ははっきり疲れを意識していた。これまでで最悪の一週間の始まりかもしれない。

しかも、嫌なことはまだ終わらなかった。この日は、本社の社長と会合予定があったのだ。身内の接待のようで馬鹿らしいが、日兼の社長は、関連会社の社長と定期的に会って情報を交換する。昼間、本社に呼びつければいいのに……歴代の社長は、酒が入ってリラックスした席でないと、本音で話し合えないと思っているらしい。

まるで昭和だ。平成も終わろうとしているのに。

今日、会合場所に指定されていたのは新橋にある料亭だった。料亭といっても、ビルの八階。昔ながらの戸建てで、旅館と見紛うような料亭は、最近はすっかり見なくなった。まあ、食事を楽しむというより、人に見られないで話をするのが大きな目的だから、戸建てだろうがビルだろうが問題はないのだが……いずれにせよ、今川は苦手だった。和室でくつろぎながら食事するのが、どうしても好きになれない。

指定された午後六時半よりだいぶ早く着いたのだが、既に相手は来ていた――予定していた社長ではなく、何故か柏木だったが。

「あれ、どうしたんですか？」今川はつい気楽に訊ねてしまった。

「社長が都合悪くなったんでね。俺が代打で来た。キャンセルするのももったいねえだろう」

「柏木さんが相手だと、厳しい査問にはならないですね」

一瞬間を置いて、柏木が「どうかな」と言った。途端に、不快感が胸の中に満ちてくる。社長は、今日の件に関して事情聴取させるために、副社長の柏木を送りこんできたのではないか？　社長自ら、いきなり話を聞くようなことになったら、事は一気に大袈裟《おおげさ》になってしまう。

「まあ、座れよ」

言われるまま、座卓の前に腰を下ろす。胡座《あぐら》をかいていると、十分ほどで痺《しび》れてくるのだが、これは足が太い――ラグビー選手時代の名残《なごり》だ――せいだ。両太腿の周囲は、未だに六十センチある。

柏木との差し向かいには慣れているが、これから出てくる話を想像すると、とても何か食べる気になれなかった。

「新潟料理の専門店も珍しいな」柏木がメニューを広げた。「料理はコースで頼んであるそうだが、飲み物はどうする」

「烏龍茶《ウーロンチャ》を」

柏木がメニューから顔を上げ、非難するような表情を浮かべた。

「おいおい。新潟といえば日本酒だろうが。新潟の料理に新潟の酒を合わせる――そうじゃないと、この店の真髄は味わえないよ」

「酒を呑みながらだとまずい話じゃないんですか」

「ああ――まったく」柏木が吐き捨てる。「俺は、こんな役目は引き受けたくなかったんだよ。酒を呑む時は酒に集中したい。仕事の話だったら、昼間にすればいいんだ」

「柏木さんが社長になったら、この習慣も廃止すればいいじゃないですか。中核十社全部とつき合うだけでも大変でしょう」

この会合に呼ばれるのは、日兼グループの中でも連結決算の対象となる「中核十社」の社長だけである。概ね、三か月に一度……社長の方では負担にならないのだろうかと心配になる。まあ、柏木だったら、「会社の金で呑み食いできる機会だ」と歓迎するかもしれないが。

結局今川は烏龍茶を、柏木は新潟の地酒を冷やで頼んだ。仲居に、何やら細かく注文をつけている。仲居はすぐに事情を呑みこんだようで、愛想のいい笑みを浮かべて一度部屋を去った。

「今日の、うちの取締役会のことでしょう」

「察しがいいな」柏木がうなずく。「お前、やり過ぎなんだよ……やり方を間違ったんじゃねえか？　いきなり取締役会にかけるのは、乱暴過ぎる」

「既に、極秘でやれるような状態じゃなくなっているんですよ」

「とは言ってもな……」

そこで飲み物が運ばれて来たので、会話は一度中断した。柏木は今川の酌《しゃく》を断わり、手酌で酒をガラス製の盃に注いだ。いかにも涼しげ……夏向きの呑み方に思えたが、そういえば柏木は昔から冷たい酒が好きだった。

「放っておくと、すぐに料理が出てくるぞ。その前に話すか？」

「話したら、飯が不味くなりそうですけどね」

「食う時はそれに集中したいんだよ。不味いと思ったら、食わなければいい」

「……そうですね」

すぐに先付の香箱《こうばこ》ガニが運ばれてきた。身をほじり出し、甲羅《こうら》に乗せてあるのでそのまま食べられる――普段なら喜ぶところだが、今日は食欲が湧かなかった。柏木は仲居に声をかけ、次の料理を出すのを少し遅らせるように頼んだ。

仲居がいなくなると、柏木はグラスを干していきなり切り出した。

「社長がお怒りなんだ」

「そうですか」軽く答えながら、今川は心がぶるぶる震えだすのを意識した。今の社長は「穏健派」で通っており、怒った姿を見た人はほとんどいないという。怒ると天変地異が起きると言われているほどだ。病気のせいで何か状況が変わったのだろうか。

「お前のやってきたこと——内部調査は、決して間違いではないと思うよ。事情が分からない限り、対応も取れないからな。問題は、本社に報告なしで、いきなりそっちの取締役会で話題にしたことだ」

「しかしこれは、あくまで日兼コンサルタントの問題ですよ」

「本社には本社の責任がある。こういう場合は、本社から人を送りこんで調査をするのが常道なんだ。それなら誰も文句を言えない」

「それだと、いろいろ問題があるんじゃないですか」

「非常時だからその方がいいんだ。とにかく社長は、自分が知らない間にいろいろと事が進んでいたことが気に食わねえんだよ」

「海外贈賄についてもまったく知らなかったんですか?」

「いや」否定して、柏木が盃にまた酒を注いだ。しかし呑もうとはせず、盃の上に手を置く。

「俺が知っていたぐらいだから、役員の中でも前々から話題になってはいた。ただ、大きな問題として捉える人間はいなかったけどな。俺たちの仕事には、いつでもどこでもこんなことがある。少し汚いことをしないと仕事が取れないのは常識だ」

「それは分かってますが……」

「お前がそういうことをやってきたと言ってるわけじゃねえ。むしろ一番縁遠い人間だろう……まあ、それはともかく、うっすらと分かっていても、実際に取締役会なんかで俎上《そじょう》に上げるとしたら、これは大問題だ」

「分かってますが、こちらで話し合うより先に本社に情報を上げるのは筋違いじゃないですか」

「筋もクソもあるか」柏木がいきなり凄《すご》んだ。「社長がまずいといったらまずいんだ」

それは理不尽……しかし今川は反論しなかった。「穏健派」の社長が本当に怒っているとしたら、こちらがどんなに理論武装して説明しても通用しまい。

「それで、私にどうしろと?」

「今後の調査はどうするんだ?」

「今まで極秘でやってきましたが、これからはオープンな形で——正式な調査チームを立ち上げて社内を調べます」

「分かった。その結果を——分かったことから逐一、本社へ報告してくれ。この件については俺が窓口になる」

それなら一安心だ……社長が激怒しても、柏木がクッションになってくれるだろう。しかし今の柏木の真剣な表情を見ると、彼もこの問題を非常に重要視しているのが分かる。

「本社ではこの問題をどう見てるんですか?」今川は訊ねた。

「今のところは静観だ。しかし、肩身の狭い思いをしている人間もいる」

「例えば、和木《わき》専務とか」


指摘すると、柏木が無言でうなずく。和木は、二代前の日兼コンサルタントの社長である。クーデター騒ぎが一段落して、高速鉄道計画がまだ生きていると分かった時期に社長を務めており、「引き続きゴー」のサインを出した張本人だ。その後本社に戻り、常務に就任した。こちらの調査が進めば、彼がトップダウンで賄賂攻勢の命令を下していたと判断されるかもしれない。彼にとっては、今後の人生を左右する問題になりかねないわけだ。


「お前も十分気をつけろよ。何しろ、最終的に判子を押したのはお前なんだから」

「私が社長に就任してからは、賄賂は渡っていません」今川は思わず反論した。

「それはそうだが、最終責任はお前にある……というふうにも解釈できる」

「脅すんですか」今川はすっと背筋を伸ばした。信頼していた先輩が脅迫者に変わってしまうとは。

「まさか」柏木が苦笑した。「お前と俺の仲じゃねえか。俺はちゃんとクッションになってやる。お前を痛い目には遭わせねえよ」

「そうですか……」

「何だ、信用してないって顔だな」柏木が不満そうに唇を尖らせる。

「そんなことはないですけど、こっちは純粋に正義感からやってるんですよ。私に責任を押しつけようとするのは、本末転倒じゃないですか」

「正義も大事だが、会社を守ることも大事だ」

「証拠隠滅しろとでも言うんですか？」

「だから、何をすれば一番会社のためになるか、本社も含めて知恵を絞るべきなんだ。今回の件は、お前の独断が過ぎたな……とにかく、少し大人しくしてろ。次に俺が連絡するまで、勝手なことはするなよ」

「……分かりました」ここは一度引いておくしかないだろう。本社に対して意地を張っても、どうなるものでもない。それに柏木は基本的に味方になってくれるはずだから、怒らせてはいけない。

「さあ、飯にしようぜ」柏木が香箱ガニに手をつけた。一口食べて、相好を崩す。「カニもいろいろあるけど、俺はこいつが一番好きだね」

松葉ガニの雌か……数年前に北陸に出張した時に食べた。内子《うちこ》の濃厚さが、日本酒によく合ったのを思い出す。一口食べてみた。味は記憶にある通りだったが、あの時と同じようには楽しめない。この後、新鮮な刺身やのどぐろの塩焼きも出てくるはずだが、今日は何を食べても味がしないだろう。

急に追いこまれてしまったと、今川は強く意識した。

九時過ぎに自宅に戻った。まったく酒を呑んでいない素面《しらふ》の状態がかえって辛い。酔っ払っていたら、これほど鋭敏に悩みを感じることもないだろう。

「お茶漬けでも食べる?」里江が気を利かせて言ってくれた。

「いや、今日はいい。十分食べた」

「じゃあ、お茶でも」

「そうだな……ハーブティーじゃなくて緑茶がいい」

今川はダイニングテーブルにつき、キッチンでお茶を用意する里江を見守った。彼女にもずいぶん苦労をかけてきた……金の面で苦労したことはないが、慣れない異国の暮らしが繰り返されるのは、大変なストレスだっただろう。今後は、海外に住んで仕事をするようなことはないが——いや、そもそも今後の生活がどうなるかも分からない。

「なあ」

「何?」

「今、うちの貯金はどれぐらいある?」

「正確に?」里江が振り返る。

「いや、丸い数字でいいけど」

「これぐらい?」里江が右手の人差し指、中指、薬指を立てた。

「三千?」

「それにちょっと足りないぐらい」

「結構貯めたな……君は有能だね」

「天下の日兼物産だから……それに、海外赴任が何回もあったのが大きかったわ」

確かに。今川は一人うなずいた。海外に行っている時は手当てが厚くなり、そこでがっちり貯金をする社員は多い。昔は――それこそ今川が新入社員の頃は、一度海外赴任すると家が建つ、と言われていたほどだ。真偽のほどは定かではないが。

「家のローンももうすぐ終わるし、贅沢してるわけでもないから、これぐらい普通でしょう」

「少しぐらい贅沢してもよかったけどな」

「でも、お金を使う趣味もないじゃない」

里江の言う通りだ。これがいいのか悪いのか分からないが……しかし、三千万円の貯金があっても安心できるものではない。

今川は会社を離れることを考えていた。いや、離れざるを得ないかもしれない。このまま本社の社長に目をつけられ、退職に追いこまれでもしたら、当てにしている退職金が手に入らなくなる。

「何か、気になることでもあるの？」

「いや、大したことはない」今川は首を横に振った。

この問題に答えはあるのだろうか。にわかに心配になってきた。

2

三川に断わりを入れて、原は署を出た。行き先は吉岡の家――今回は綾子を同行させている。

本当は一人の方が相手を緊張させないのだが、綾子は相手の心を解きほぐすのが上手い。彼女は吉岡の捜索も担当していたし、同行させるべきパートナーだ。

この件は、署長にも了解してもらっていた。あまりにも進展がないので、家族も焦っているはず――署長は諸手《もろて》を挙げて「行ってきてくれ」と原を送り出した。本来なら、署長自らが家に赴いてもいいぐらいの事案で、面倒な仕事を部下に任せられた、と内心ほっとしただろう。

吉岡の家は、JR三河島駅から歩いて十分ほどのところにある小さなマンションだった。なかなか便利な場所である。乗り換え一回で警視庁本部のある霞ケ関《かすみがせき》まで行けるし、品川中央署への通勤にも不便はない。

駅を出て、スマートフォンの地図を頼りに歩き出す。昔ながらのJR駅前の繁華街という感じで、安くて美味そうな飲食店が目につく。住みやすそうな街だ、と原は第一印象を抱いた。すぐに脇道に入る。商店街というわけではないようだが、ラーメン屋、カレー屋、居酒屋に八百屋と生活に密着した店が並んでいる。入り組んだ道路を、スマートフォンの地図を頼りに歩きながら、原は東京の下町の気配をたっぷり味わっていた。そこを通り抜けて明治通りまで出れば、吉岡の家まではすぐだ。小さなアパートやマンションが立ち並ぶ一角で、街全体がどこか古ぼけた感じがする。横にはコンビニエンスストア。毎朝早く、吉岡がこの道を歩いて三河島駅まで行く様を想像する。せっかちな男だから、たぶん早足で、脇目もふらずに駅を目指したことだろう。

マンションの一階には、インテリアデザインの会社が入っている。二階から上が普通の賃貸物件……建物自体は細長く、ワンフロアに二部屋の造りだった。会社の入口の脇にあるエレベーターを使い、四階まで上がる。止まる瞬間にがくんと小さなショックが襲い、建物の古さを実感させられた。この分だと、家賃はそれほど高くあるまい。狭く古い部屋で我慢して、早くマイホームを手に入れようとしていたのかもしれない。警察官は、とにかく早く生活を安定させるよう、上司から急かされる。さっさと結婚しろ、ローンを楽に返せるように若いうちに家を買え——四十歳になる前に戸建てを手に入れる警察官も少なくない。

一つ深呼吸して、インターフォンのボタンを押す。割れた電子音が響き、すぐに足音が聞こえてきた。ドアがゆっくりと開き、吉岡の妻、絵美子《えみこ》が姿を見せる。その顔を見た瞬間、原は愕然とした。事前に調べたデータでは、吉岡と同い年の三十五歳。しかし髪には白髪が一筋、二筋……化粧もしておらず、顔色はくすんでいるというより蒼白かった。頬がこけている感じがするのは、吉岡がいなくなって以来、きちんと食事を摂っていないからかもしれない。

「品川中央署の原です」

「お忙しいところ、すみません」絵美子がさっと頭を下げた。

「こちらは刑事課の木村です……ご主人の同僚です」

「木村です」綾子がさっと頭を下げた。

「どうぞ……散らかっていますけど」

家に上がると、絵美子は何か冗談を言ったのだろうかと訝った。狭いリビングルームはきっちり片づけられていて、塵一つ落ちていない。単に綺麗好きなだけかもしれないが、夫がいない不安を、徹底的に掃除をすることで紛らそうとしているなら、先行きが不安だ。

「お子さん――誠君は？」一人息子の誠《まこと》はまだ六歳だ。

「今、幼稚園です」

「誠君の様子はどうですか？」

「昼間は普通にしてますけど、夜になるとぐずるんです……父親が帰って来ないのが不安なんです」

「そうですか……」

「どうぞ」

絵美子がソファを勧めてくれた。原は綾子と並んで浅く腰を下ろし、居心地の悪い思いを味わった。これから説明をしなければならない――説明する材料がろくにないのが嫌だった。手帳をめくってみたが、ここに書いてあることを説明するには、二十秒もかからないだろう。

絵美子がお茶を用意してくれた。原は頭の中で喋る順番を整理し、結局一番彼女を安心させられそうな事実から始めることにした。

「最初に申し上げますが、吉岡君は無事だと思います」

向かいに腰かけた絵美子がすっと顔を上げる。明るいリビングルームで正面から向き合うと、目の下に隈《くま》ができているのが分かった。たぶん、化粧でも隠しきれないだろう。

「彼が自分の口座から五十万円ほどを引き出したことは、報告させていただきましたね？」

「はい」絵美子がすっとうなずく。

「これは、彼の当面の生活費——生活費と言っていいかどうかは分かりませんが、この金を使ってどこかに潜んでいるのは間違いないと思います」

「でも、どこにいるのか、全然想像もできないんです」絵美子の表情は一向に晴れない。

「出身は群馬でしたね」

「渋川《しぶかわ》です」

「ご実家の方から、連絡は？」

「何度か電話がかかってきましたけど、何も分からないと……私、一度渋川に行ってきたんです」

「いつですか？」初耳だった。メモしようかとボールペンを背広のポケットから引き抜いたが、隣に座る綾子が既に手帳を開いてペンを構えているのでやめておく。

「先週の水曜日……ご両親は一度、こちらに来てくれたんですけど、私も向こうの様子が知りたかったんです」

「お一人で？　お子さんは？」

「その時は実家に預けました」

「都内ですか？」

「ええ。近くなので」

「向こうはどんな様子でした？」

「あの」絵美子がすっと顔を上げた。「私、疑っていたんです」

「何をですか?」絵美子の必死な形相に警戒しながら原は訊ねた。

「ご両親は何か知っている……本当は実家にいて、私だけが何も知らないんじゃないかって」

「……どうでした?」原はできるだけ低い声で確認した。

「何も知らない——事前に連絡しないでいきなり行ったんですけど」

もしも夫が実家に隠れているなら、急襲すれば会えるかもしれない——そうやって必死になっていたのかと思うと、胸が詰まる。

「いなかったんですね?」

「はい。それで、主人の昔の友だち——高校時代の友だちにも話を聞きたかったんですけど、ご両親に止められました。みっともないからやめてくれと言われたんです。ひどくないですか? どこにいるのか、生きているのか死んでいるのかも分からないのに。こっちも必死なんです」

「分かります」田舎の両親には面子《メンツ》もあるだろう。警視庁で立派に仕事をしているはずの息子が失踪した。堅い職業に就いている人間が行方不明になるのは、よほどの事情があるからに違いない。その「事情」が明らかになったら、ご近所の笑い者になる——そういう発想は、栃木県の郡部出身の原には十分理解できる。

「向こうに——実家の方にいる可能性はないんでしょうか」絵美子がすがるような目つきで言った。

「可能性としてはありますが、もしもそうならとっくに分かっているはずです。誰かが匿《かくま》っているにしても、もう結構時間が経ちますから……いつまでもその状態ではいられないと思います。ご両親の耳にも入るでしょう」

「でも、皆で隠していたら……」

「私たちが聞いた限り、ご家庭には問題がなかったと判断しています。違いますか?」

「……はい」

「だったら、吉岡君のご両親や友だちが、彼をあなたから遠ざけておく理由はないでしょう」

「こういうことがあると、今までちゃんと夫婦をやってこられたのかな、と情けなくなります。裏表のない人だとばかり思っていたんですけど……もしかしたら私、主人のことを本当には知らなかったのかもしれません」

「それはないでしょう」原はすぐに否定した。「ご結婚されて何年になりますか?」

「八年です」

「八年も一緒にいれば、表も裏も分かりますよ」原は薄い笑みを浮かべた。「八年一緒に暮らした夫婦は、基本的に隠し事はできないものです」

「そうでしょうか」絵美子がふっと目を逸らした。

「何か、思い当たる節でもあるんですか?」

「このところずっと、ろくに話もできなかったんです。毎日帰りが遅くて、土日も出かけていて」

「それは、仕事だったからですよ。詳しいことは申し上げられませんが、彼は一人で、重要な事件の捜査をしていたんです。事実関係を確認しようと、必死になっていたんです。それでもなかなか上手くいかない――それだけ大きな事件だったんです」

「そうかもしれませんけど……」絵美子は不満そうだった。

「私にも経験がありますが、刑事というのは一生に一度か二度、全てを投げ打って事件に打ちこむ時があるんです。今の吉岡君は、そういう状態にあったと判断しています」日兼コンサルタントの海外贈賄事件――確かに大きい。大き過ぎて、明らかに一人の手には負えない事件だ。

「でも今まで、仕事のことも家ではよく話してくれたんです」

「それは、あまり好ましいことではありませんけどね」原は苦笑した。捜査のことは家族にも秘密――例えば誘拐事件が起きると、外部に情報が漏れないように、家族にも話さないようにと徹底される。捜査二課の扱う事件は、それほど緊急性を要するものではないが、機密保持が重視されるのは同じことだ。

「たぶん……女性かなと」

「何か根拠があるんですか？」原は身を乗り出した。

「いえ」絵美子が首を横に振る。「ただの勘です。でも、そういうことって何となく分かりませんか？」

助けを求めるように、絵美子が綾子を見た。綾子が静かに首を横に振る。

「すみません。私は独身なので、そういう感覚はよく分かりません」言い訳するように綾子が言った。

「そうですか……でも本当に、そういうのは何となく分かるんです。ちょっとした様子とか――話しかけても上の空だったり、電話で話す時に他の部屋に行ってしまったり」

「仕事の――捜査上のネタ元かもしれませんよ」女性の勘は確かに鋭いと思いながら、原は慰めた。

「そういうのとは違うんです」

「そうですか……」原は引いた。ここで言い合いをしても仕方がない。

「もしもそうなら、諦めもつくんですけど……そうならそうと、はっきり言って欲しかったです」

「諦めるのはまだ早いですよ」

「あの……実は、お見せしていないものがあるんです」

「何ですか?」

「主人のスケジュールです」

絵美子が立ち上がり、テレビの前のテーブルからスマートフォンを持ってきた。さっと操作して、原に示す。ネットのカレンダーサービスが起動していた。

「これは?」

「ですから、主人のスケジュールです」

「どうしてあなたが知っているんですか?」

「念のためにって、このサービスのパスワードを教えてくれていました」

「それは……仕事用ではないんじゃないですか？」

「そうなんですけど、何かあった時にって……本当に何かあるとは思ってもいませんでしたけど」

「ちょっと失礼します」

原はスマートフォンを受け取り、カレンダーの記載事項を確認した。画面が小さいのでパソコンより見辛いのだが、内容は分かる。一見したところ、大したことは書かれていないようだった。当直の予定、週一回の定例捜査会議の予定……主に仕事について記録していたようだ。その中で、すぐには意味が推測できないものがある。時間と「I」という一文字だけの記載――この「I」が誰かの頭文字であるのは明らかだった。面会の約束だろうか。しかし、やけに回数が多い。ざっと調べてみると、九月から十一月にかけて、週に二度は「I」の記載がある。規則性は特に見つからない。

この「I」がネタ元だとすれば、かなり頻繁に接触していたことになる――多過ぎるぐらいだ。ネタ元との接触は微妙で、とかく気を遣う。原も現役時代は四苦八苦した。大事なのは、他人に見られないこと。そして相手に絶対迷惑をかけないこと。あまりにも頻繁に会うと、その事実が漏れてしまう恐れもある。実際、今川をネタ元にして粉飾決算事件を調べていた時も、彼に直接会ったのは十回に満たない。原としては、仕事の件以外にラグビーの話もしたかったのだが、それも遠慮した。よく会うようになったのは、捜査が終了してから二年以上経ってからだった。今川の転勤もあったし、ほとぼりを冷ますためにはそれぐらいの時間が必要だったと思う。

「頭文字が『I』という人に心当たりはないですか？」原は確認した。

「いえ……はい、あの、私もそれには気づいて考えました。でも、思い当たる人が誰もいないんです」

せめて、普段吉岡が使っていたスマートフォンがあれば、と思った。通話やメールの記録などから、簡単に「I」の正体を探り出せただろう。

「これを記録しておいてくれないか？」

原は綾子にスマートフォンを渡したが、彼女は首を横に振った。

「ここでチェックしなくても、IDとパスワードを教えてもらえれば、いつでもログインできます」

「いや、ここで書き出してくれ」原は譲らなかった。「パスワードの書き換えもできるわけだから」

「ああ……じゃあ、スクリーンショットを取っておきます」納得したようにうなずき、綾子がスマートフォンを操作した。

かすかな違和感が残る。吉岡は何故、このカレンダーを放置しているのだろう。失踪したということは、居場所を探されたくない——その手がかりになりそうなものは全て処分するなどの対策を取るのが普通だ。このカレンダーサービスだったら、パスワードを変えてしまえばいい。あるいは過去の予定を削除するとか。

これはダミーなのかもしれない。自分の本当の行動を隠すために、嘘のスケジュールを書きこんで工作していたのではないか？　吉岡はそこまで知恵が回る人間だろうか？

しかし原は、ある可能性を思いついていた。

「I」――「今川」のイニシャルではないか。吉岡は日兼コンサルタントのトップをネタ元にして、海外贈賄事件に迫ろうとしていたのか？　今川が、二十年前に続いて自社の不正を告発しようとしていた……彼の正義感を思えばあり得ない話ではないが、今はあの頃とは立場が違う。彼は日兼コンサルタントの社長――自分が代表を務める会社を告発しようとするだろうか。自傷行為のようなもので、どれだけ正義感のある人間でも、そんなことをするとは思えない。ただ、不正は全て部下によって行なわれ、後にその事実を知ったらどうだろう。

いや、その場合も、今川はまず自分に連絡するはずだ。新たに通報先を探すより、顔見知りの刑事に話す方が気が楽なはずである。逆に、吉岡の方で今川にアプローチしたのだろうか。しかし、どうやって？　会社に直接電話をかけて面会を要求しても、そう簡単にはいかない――まず不可能だろう。どこかで偶然に出会って意気投合した？　一介の刑事と、日本を代表するコンサルタント会社の社長の人生が交錯するとは思えない。吉岡がラグビー好きという話も聞いたことがないし。

直接訊いてみるか……しかし今、今川との接触は難しい。電話では話せないことだから直接会うしかないのだが、彼には監視がついているだろう。監視の目を誤魔化して会うこともできるのだが、わざわざ危険を冒すことはない。彼にも迷惑をかけかねない。

三十分ほど話して、この面会は失敗だったと原は暗い気分になった。結局、絵美子を慰めることもできず、むしろ落ちこませてしまったようだった。

家を辞すると、思わず吐息をついてしまう。肩が凝った……歩きだしたが、綾子がついてこない。振り向くと、真剣な表情で自分の手帳を見ていた。

「どうした?」

「あ、すみません」綾子が手帳を開いたまま近づいてきた。「ちょっと気になったことがあるんですけど……」

「何だ?」

「さっきの『I』なんですが、課長は誰だと思われました?」

「日兼コンサルタント内のネタ元かな。情報を探るために会っていたとか」

「確証はないんですけど、恋人——愛人の可能性はないですか?」

「吉岡に愛人?」原は目を見開いた。「あの四角四面な男が、家族を捨てて愛人に走ったと言うのか?」

つい声を張り上げてしまったことに気づき、原は一度口を閉ざした。周囲に人の姿はないが、誰かに聞かれるとまずい。

「愛人と一緒に逃げた、ということはないでしょうか。それなら家族を捨てて、職場にも連絡しないで……ということも考えられると思います」

「一般的にはそういうこともあるが……吉岡の場合は考えにくいな。あいつの性格を考えてみろ。真面目一辺倒で、公務員になるために生まれたような男だぞ」

「公務員だから不倫しないっていうことはないと思いますけど」綾子が不満げに唇を尖らせた。

「いや、どうかな」首を横に振って否定してから、原は歩きだした。その瞬間、糸が一本につながる。

「おい」

「はい」綾子がびくりと顔を上げる。原の口調が、それまでと変わっていることに敏感に気づいたようだった。

「岩城奈緒美」

「まさか……」綾子が目を見開く。「奈緒美さんが不倫相手だって言うんですか？」

「吉岡は日兼コンサルタントの不祥事を内偵していた。内部にネタ元がいた可能性は高い。そしてイニシャル『I』――岩城奈緒美さんも、吉岡と同時期に失踪している」

「ネタ元と不倫相手じゃ、全然違うと思いますけど」

「ネタ元にしているうちに、恋愛関係に陥る――あり得ない話じゃないぞ」

実際、不謹慎な刑事は一定の割合でいるものだ。事件の関係者と恋愛関係になり、その結果トラブルが起きたことも少なくない。原が苦い事件として今でも覚えているのは、もう三十年近く前――所轄時代のことだった。暴力団担当の刑事が、捜査対象であった暴力団組長の愛人といい関係になってしまい、捜査情報を流してしまった。その結果、逮捕予定の前日になって組長は逃亡、逮捕するまで三か月かかった。情報漏れが疑われ、結局問題の刑事は「自供」した。彼にすれば、組長の愛人に騙されたも同然なのだが、厳しい処分が下され、最終的に辞職してしまった。

今回は、その時とは事情が違うわけだが、一度思いつくと、どうしても気になってくる。ネタ元から愛人関係になった二人が、手に手をとって逃亡した——しかし、吉岡の狙いは何だったのだろう。とにかく真面目で堅い男だったから、捜査と不倫を「両立」することができず、全てを投げ出して東京から逃げてしまったのかもしれない。口座から引き落とした五十二万円は、二人の逃走資金……しかし、失踪から既に一か月近くが経っているから、その金もいつまでも持つわけではあるまいし、逃避行は限界に近づいているのではないだろうか。

「岩城奈緒美にも恋人がいた——不倫していたという話じゃないか。条件は合致するぞ」

「ちょっと……すぐには信じられないんですけど」自信なげに綾子が言った。

「想像しろ。想像するのも刑事の仕事なんだ……おい、君は吉岡の周囲を洗い直してくれないか？　岩城奈緒美の件を任せていたついでだ」

「分かりました。でも、今まで話を聴いていない人、いますか？」

「人間は、生きて仕事をしているだけで、多くの人とつながるんだよ。例えば、警察の中で特に仲のいい人間——昔の同僚や、警察学校の同期、そういうところに、何でも話せる親友がいるかもしれない。奴の経歴を洗い出して、その辺を探り出せ」

「何だか、嫌な予感がするんですけど」

「ああ、俺もだ」

この件は、刑事と関係者の不倫だけで終わらない予感がする。日兼コンサルタントの捜査自体にも、影響を及ぼすのではないだろうか。

3

「表」の調査委員会はまだ動きだしていない一方で、今川の極秘調査はなおも続いていた。そのチームのメンバーと動きを、取締役会に知られるわけにはいかない。花沢と会うだけでも気を遣わざるを得ないので、ストレスが溜まる一方だった。

その夜、今川は一度帰宅してから外へ出た。会社からも自宅からも離れた場所——高円寺《こうえんじ》で花沢と会うことになっている。この辺に住んでいる社員はいないので、目撃される恐れはない、という判断だった。

しかし花沢は、今川が待ち合わせの喫茶店に入ると、「すぐ出ましょう」と切り出してきた。

「本社の人間に会うかもしれません」

「中央線沿線はまずかったか……」日兼物産の本社は新宿にあり、社員は中央線や丸ノ内線沿線の住人が多い。実際花沢も、荻窪《おぎくぼ》に住んでいる。

花沢がうなずいて、スマートフォンを覗きこむ。すぐに顔を上げて、「バスで移動しましょう」と提案した。

「どこにする?」

「永福町《えいふくちょう》でどうですか？　あの辺りなら、うちの社員も少ないはずですし、話ができる場所はあるでしょう」

「君は先に出てくれ。私は後からタクシーで追いかける」

「ああ、その方がいいですね」うなずき、花沢が素早く立ち上がった。彼が頼んだコーヒーはまったく減っていない……しかし、それを飲んで時間を潰すのは店に失礼な気がして、今川は自分用にアイスコーヒーを頼んだ。真冬に飲むものではないが、五分だけ時間を潰して花沢を追うのにはちょうどいい。

しばらく前から、今川は誰かに監視されているように感じていた。街を歩いている時にふと視線を感じたり……被害妄想だと否定しようと思ったが、その度に、二十年前に原から受けた忠告を思い出した。

当時、原とは頻繁に会うわけではなかった。平均すれば二月《ふたつき》に一度ぐらいだったか……会うためには煩雑な取り決めがあった。例えば原の方から会いたいという場合は、まず、原が日兼物産の今川の直通番号に電話をかける。今川が出ればそのまま切って、今度は今川が公衆電話を使って原に連絡を入れる。そこで落ち合う場所と時間を決めるのだが、それはダミーで、必ず原が先に待ち合わせ場所に行き、実際に会う場所をそこで指定しておくのだった。そのためによく使われたのが、駅の掲示板である。携帯電話が今ほど普及していなかった二十年前には、まだどの駅にも掲示板が生き残っていた。

アイスコーヒーをブラックのまま半分ほど飲んで、今川は席を立った。二人分の料金を払って店を出ると、駅を通り過ぎて環七《かんなな》通りに出てタクシーを拾う。駅の北口か南口にはタクシー乗り場もあるはずだが、そういうところは見張られている可能性もある。いきなり路上でタクシーに乗りこむ方が、目くらましになるのではないか？

用心し過ぎかもしれないが、原の忠告は今でも頭に残っている。「警察の動きを舐《な》めたらいけませんよ」――そんなことは考えてもいなかったのだが、現職の刑事にそう言われるとさすがにぞっとした。

環七は渋滞していた。永福町まではどれぐらいかかるのだろう。ずっと環七通りを南へ下って、どこかで右側へ入る感じだと思うが……地図を確認しようと思った瞬間、メールが届いた。花沢。バスに乗って、永福町付近の店を検索したようだ。

「永福町駅で降りて、井《い》の頭《かしら》通りを西へ五分ほど歩いたところにファミレスがあります。ファミレスで申し訳ありませんが」

謝ることではない、と苦笑してしまった。むしろ、ファミリーレストランはいい隠れ蓑《みの》になるだろう。人が多い場所で監視するのは難しいはずだ。

タクシーは途中で脇道に逸れ、方南町《ほうなんちょう》交差点を右折した。ここを入った先の道路は方南通りだったか……このまましばらく走れば、永福町駅の近くに行けるはずだ。

今川は何度も振り返った。目に入るのは、後続の車のヘッドライトだけ。心持ち渋滞しているのは、年末のせいだろうか。最近は「師走」といっても昔ほどばたついた感じはないが、それでも交通量は増える。

しかし……こう何度も後ろを確認していると、運転手に怪しまれるかもしれない。まあ、一応スーツと上質なコートを着ているから、変な人間には見られないだろう。そういう意味でも服装は大事だ。

杉並《すぎなみ》区内の細い路地を抜けるように走り、永福町の駅前に出ると、そこは井の頭通りだ。今川は井の頭通りを右折するように指示した。通り沿いは、典型的な東京郊外の住宅地……背の低い建物が建ち並んでいるものの、歩いている人は少ない。ほどなく、自動車販売店の手前にファミリーレストランがあるのを見つけ、停車するよう命じる。道路の反対側……普段なら絶対に横断歩道を渡るのだが、今夜は気が急いた。車が来ないのを確認して、小走りに道路を渡って店に入る。

待ち合わせだ、と告げて店内をぐるりと回ったが、花沢はまだ来ていなかった。何かあったのかと心配になったが、遅れているだけだろうと自分に言い聞かせる。ここへ来るには、バスよりタクシーの方が速い。今川は禁煙席に陣取り、店内をぐるりと見まわした。ボックス席ではないので周囲に対して開けた感じだったが、これは仕方がない。

それにしても、客が少ないのが意外だった。午後八時といえば夕飯時で、店は一番混み合う時間帯のような印象があるのだが……最近、ファミリーレストランは不調で、二十四時間営業を見直すチェーンも出てきているという。考えてみれば当たり前だ。そんなに安いわけではなく、同じような値段でもっと美味い料理を食べさせる店はいくらでもある。子どもを連れてきても、周囲の目を気にせず食事ができるぐらいしかメリットはないのではないか。

コーヒーを頼んで——飲み過ぎで今夜は眠れなくなるかもしれない——五分ほど経つと、花沢が息急《いきせ》き切って前の席に座った。額には薄ら汗が浮かんでいる。

「すみません、遅れました」呼吸は乱れていた。

「途中で追い抜いたかな」彼には、永福町の駅から歩いて来たハンデもある。「何か食べないか？　コーヒーだけで粘るのも申し訳ない」

「いいですか？」申し訳なさそうに花沢が言った。「今日は夕飯を食べてないんですよ」

「奥さんが飯を用意して待ってるんじゃないのか？」

「いや、今日はいらないと言ってあります。時間も読めなかったので」花沢がメニューを一瞥《いちべつ》して店員を呼び、クラブハウスサンドウィッチとコーヒーを頼んだ。

「君は……相変わらずサンドウィッチが好きだな」今川は思わず苦笑してしまった。

「クラブハウスサンドは完全食なんですよ。糖質、脂肪、タンパク質……全部一緒に摂れます。野菜もあるからバランスもいいですし」

「アメリカ赴任で一番影響を受けたのがサンドウィッチというのもどうかね」

花沢自身が認めていたことだ。最初の海外赴任地、ニューヨークでサンドウィッチの魅力にはまったのだという。特にお気に入りは、ローワー・イーストサイドにあるカッツ・デリカテッセン。創業から百年以上経つ老舗《しにせ》だが、いかにもアメリカらしいというか……名物のパストラミサンドウィッチを頼むと、薄くスライスしたパストラミを十センチ近く重ねたものが出てくる。パンは、手を汚さずにパストラミを食べるための「ホルダー」にすぎない。つけ合わせのピクルスは、巨大なきゅうり一本。今川は一度行ってこりごりした。あれのどこが完全食なのか分からない……しかしとにかく、花沢のサンドウィッチ愛は本物だった。

「ここのサンドウィッチ、結構いけるんですよ」

「そうなのか？」

「悪くないですよ。まあ、こういうファミレス自体、アメリカのダイナーを日本風にアレンジしたものですから、アメリカ風の料理に関しては悪くないんです。和食はイマイチですけどね」

「その辺は好き好きだな」今川は、アメリカ赴任時代も、現地の料理にははまらなかった。栄養バランスの面で大いに問題があるし、味つけが「甘いか塩辛いか」しかないのも自分向けではなかった。

料理が出てくるまでの時間を利用して、花沢が素早く報告を始めた。

「取締役会の中に、不穏な動きが出ているようです」

「不穏？　私を解任でもするつもりか？」

「ええ」

花沢があっさり認めたので、今川は目を見開いた。解任動議を発動されたら、逃げ場はない――取締役会のメンバーは、全員が敵になり得る。

「ずいぶん簡単に、思い切った攻撃に出るものだな」わざと軽く言って、深呼吸する。

「まだ決まったわけじゃありません。でも、そういう動きが出ているのは間違いありません」

「中心は浜本か?」

「浜本さんは急進派ですね。あとは、恩田さん」

「秘書室長がねえ。飼い犬に手を噛まれるようなものか」あの男の動きには、もう少し目を配っておくべきだった。

「犬の方が、もう少し可愛げがありますよ。やっぱりプロパーの人は、普段から我々に対して微妙な感情を持っているんでしょうね」

「そうだな」今川は両手で顔を擦った。「中核十社の中にも、プロパーの社長を出す会社もある。それに比べてうちは……という感覚もあるだろう。中核十社の中でも、利益率は常に上位に入るのにな」

「そういう会社だからこそ、本社も完全にコントロールしておきたいんでしょうね」

だったら俺は、本社の意向も守れていないわけだ、と今川は皮肉に考えた。このままだと反乱が起きる。ただし、いきなり取締役会で解任動議でも出したら、本社でも問題になるだろう。それをスムーズに行なうためには……今川はコーヒーを一口飲んで喉を湿らせた。

「取締役会で、本社と一番近いのは誰だろう」

「そうですね……敢えて言えばケリーかな」

「ああ、そうか」納得して今川はうなずいた。

ケリー・ディーはアメリカ生まれアメリカ育ちの純粋アメリカ人だが、大学の時に留学してから日本の魅力に取り憑《つ》かれ、卒業後もずっと日本で働いている。金髪碧眼《へきがん》で外見は完全にあちらの人なのに、普段の会話はコテコテの関西弁——留学していたのが京都の大学なので、自然に身についた日本語が関西弁だったわけだ。キャリアのスタートは外資系のシンクタンクだったのだが、そこでの活躍に目をつけた日兼コンサルタントの昔の社長が、十五年前にヘッドハンティングして迎え入れた。以降、順調にキャリアを重ね、二年前には執行役員になっている。その間、日兼物産本社にも三年ほど出向した。日兼コンサルタントから本社への出向は、エリートコースに乗っている証しである。

「奴が本社で親しいのは誰だ？」

「専務の荒川《あらかわ》さんですね。ケリーが本社に出向していた時の直属の上司です。ケリーを日兼コンサルタントの役員にする時も、荒川さんの強い推しがあったようですよ」

いつも思うのだが、会社というのは神経組織のようなものだ。細かい糸であちこちがつながっているので、どこかを刺激した時に、思いもよらない場所が反応する。

「ケリーから本社に情報が上がっている可能性もあるな」

「ええ。気をつけておきましょう」

そこで花沢のサンドウィッチが運ばれてきて、会話は一時中断した。シビアな話の最中だというのに、花沢は気楽にパクつき始める。すぐに不機嫌な顔になった。

「何だか味が落ちたな」

「ファミレスで、味が落ちるなんてことがあるのか？　全部マニュアルで作ってるだろう」

「こっちの舌が肥えたのかもしれませんね。最近、美味いサンドウィッチ屋ばかり探して食べてるから」

「そもそもサンドウィッチが美味い店なんてあるのか？」

「最近はレベルが上がってるんですよ。一時、グルメバーガーのブームがあったでしょう？　それがサンドウィッチにも影響したんじゃないかな」

「なるほどね」気楽だが空疎《くうそ》な会話だ……花沢は少し危機感が弱い気がする。それも当たり前か……自分は直接首がかかっているのだが、花沢にまで影響が出る可能性は低い。

「それより、どうします？　もしも社長を解任されたら、日兼コンサルタント自体が潰れるかもしれませんよ」

フレンチフライをつまみながら喋る話題ではない……思わず苦笑してしまったが、今川はすぐに表情を引き締めた。

「どうしてそう思う？」

「いずれにせよ、この件は表沙汰になるからですよ。今川さん、捜査当局が動いているという話をしてたでしょう？　あれ、どこまで本当なんですか？」

「確証はないが、間違いないと思う」

「だったら、誰が社長をやっていようが、捜査は進められるでしょう」

「だろうな。しかし、取締役会はそこを狙っているのかもしれない」

「どういう意味です？」花沢が、フレンチフライをつまんだ手を宙に浮かした。

「私に全責任を押しつける気じゃないかな。最終的に判子を押したのは私なんだから、知りませんでした、では済まされない」

「そんな馬鹿な」花沢の顔から血の気が引いた。「それじゃ、筋違いでしょう」

「向こうにすれば、誰でもいいんだよ。それが結果的に、会社内の勢力争いでどちらかの勢力に力を貸すことになっても」

「簡単に言わないで下さい」花沢が口を尖らせる。「今川さんにやばいことがあったら、私もまずいんですよ」

「君には被害が及ばないようにするよ」

「言うのは簡単ですけど、もしも逮捕……会社を出るようなことになったら、何もできないじゃないですか」

「本社筋で、ちゃんと君を任せられる相手はいる」反射的に柏木の顔を思い浮かべたが、それも当てにならないかもしれない。そもそも社長が怒っているのだから、柏木でも抑えられないのではないか。

「どうします？　このままだと八方塞がりになりますよ。何もしないまま追い出されたら……本社の人に頭を下げて、取締役会を抑える方法も考えた方がいいんじゃないですか」

「この件は、本質的に会社内部の争いじゃないんだ。外部の人が気にする問題があって、それを何とかしないとどうしようもない。会社が空中崩壊してしまう」

「何か手はあるんですか」

「ある」

だが、頭の中で考えていることを、そのまま実行に移せるとは限らない。まさに取締役会を説得しなければ、どうしようもないのだ。しかし取締役会は、おそらく全ての責任を自分に押しつけようとするだろう。まずは、解任動議を出されないよう、手を打たねばならない。日兼コンサルタントの定款には、社長解任に関する記載はないから、基本的には取締役会に出席した役員の過半数が賛成しないと解任は決まらない。取締役会の中に、完全に今川派と言える人間は一人もいないが、中庸――浜本のような社長解任の「急進派」ではない人間もいる。そういう人間を個別撃破して、何とか自分の身を守るべきだ。

しかしそれも難しい。というより、そんなことをやっている暇があるとは思えなかった。そうこうしているうちに、捜査の手が迫ってくるのではないだろうか。その日――Xデーは、残り少なくなった年内に来るかもしれない。

二十年前のことを思い出す。今川が最初に原に会ったのは、十二月だった。こういう捜査は時間がかかるものだと原は言っていたのだが、その後頻繁に連絡が入るようになり、結局年内に逮捕者が出るに至った。原曰《いわ》く、「捜査の年越しは嫌われる」。内偵事件に関しては切りのいいタイミング、例えば年末や年度末までに着手したがる、というのだ。特に年度末に関しては絶対。三月中に着手できそうなら、絶対に先伸ばししない。来年度の予算措置にかかわるからだと言われ、妙に納得できたのを覚えている。利益を追求する一般の会社でも同じことだ。今年度はこれだけの実績が見こまれるから、来年度も同等の、あるいはそれ以上の予算をつけて欲しい――。

追いこまれたか？ これで「詰み」なのか？ 花沢は部下としては役に立つ人間だが、「計画立案」の面ではまだまだ頼りない。ブレーンがいないのが痛いな……その時、今川の頭の中に一人の人間の顔が浮かんだ。

二十年前と同じように、的確な指示を貰えるのではないか？

4

原は、刑事課の中で特に頼りになる人間を集めた。本部の係長の三川には、既に断わりを入れている。「吉岡の件が大きな問題になるかもしれない」と告げると、事情も聞かず、特捜本部の戦力を割くことを許してくれた。殺人事件の捜査には大きな動きがない——彼自身、行き詰まっていて、今数人の人間がいなくなっても大した影響はないと諦めているのかもしれない。だとしたら情けない限りだが。

とにかく、まずは吉岡の問題を解決しなければならない。最初に甘く見ていたと反省しながら、原は刑事たちの顔を見渡した。

「今日は吉岡の件で集まってもらった」自分の家とも言える刑事課の中なので、誰にも遠慮せずに話せる。「皆事情は知っていると思うが、吉岡が失踪してもう一か月近くになる。今のところ、行方につながる手がかりは見つかっていないんだが、非常に憂慮される可能性が出てきた」

少し分かりにくい言い方かもしれないと反省し、原はよりダイレクトな言葉を選んだ。

「吉岡が、ある女性と不倫関係にあった可能性がある。その相手は、日兼コンサルタントの女性社員かもしれない」

一瞬、刑事たちが凍りつく。よし、事の重大さは身に沁みたようだ……原は少し早口で説明を始めた。

「実際には、吉岡が誰かと浮気してどうしようもない状況に追いこまれていたという、はっきりした証拠はない。ただ、その相手と推定される日兼コンサルタントの女性社員、岩城奈緒美に関しては、不倫関係で苦しんでいたという複数の証言がある。さらに吉岡は、日兼コンサルタントの海外贈賄事件について、一人きりで内偵捜査をしていた。そして吉岡のスケジュール帳――カレンダーには、頻繁に頭文字『I』が登場する。言わずもがな、岩城奈緒美の頭文字は『I』だ」

ざわめきが広がる。それが不満のざわめきだということは原にはすぐに分かった。その証拠では弱い、証拠とも言えない――刑事というのは非常に疑り深い人種だから、最終的には自分の目で見たものしか信じない。この程度の話で納得して動きだすとは考えられなかった。

「吉岡の失踪が、海外贈賄事件の捜査と何らかの関係があるとしたら、こちらで見つけ出して状況を確認しなければならない。そのために、皆には集まってもらった――しばらくは特捜の仕事を離れて、吉岡と岩城奈緒美の捜索に全力を尽くして欲しい。上原《うえはら》、この件のキャップを頼む」

上原は古株の刑事で、今年五十歳を迎えた。経験豊富だから、こういう微妙な問題では頼りになる。

「分かりました」上原がうなずく。

「まず、これまでの二人の捜索について、チェックし直してくれ。それで、今後何をすべきか、方針を決めて欲しい。今日中に、だ。明日からは実際に捜索にかかりたい」

「了解です」

「以上だ——俺もこれから関係者に会って来る。何か分かれば、後で報告する」

散会すると、原はすぐにコートを着こんで、綾子に向かってうなずきかけた。綾子も急いで準備を整え、最後にスマートフォンを摑む。原に続いて刑事課を出た。

綾子は意外な能力——もう「意外」と言うと失礼かもしれない——を発揮して、吉岡の「親友」を見つけ出していた。警察学校の同期で、本部の捜査二課でも一時は一緒だった永田《ながた》という刑事。永田の方は優秀で、去年警部補の昇任試験に合格し、係長として所轄に赴任していた。ただし、その場所が遠い——八王子《はちおうじ》西《にし》署だ。

電車を乗り継いで行くとかなり時間がかかるので、原は覆面パトカーを借り出していた。ハンドルは綾子が握った。人の運転だと何となく落ち着かないのだが、綾子は若い自分が運転するのが当然だと思っているようだった。

「結構遠いですよね」

「実は、八王子西署に行ったことは一度もないんだ」

「そうなんですか？」綾子は本気で驚いている様子だった。

「八王子の方で、二課が担当するような事件は起きなかったんだ」

「でも、聞き込みなんかで行くことはありませんか？」

「俺の場合、それもなかったな。君は？」

「知らないわけでもありません……生まれが日野《ひの》なんです」

「だったら、地元みたいなものじゃないか」

「そこまで詳しくはないです」綾子が苦笑した。「八王子西署の最寄駅は中央線の高尾《たかお》――日野から見ても結構遠いですよ」

「しかし、八王子はでかい街だ。遊びに行くこともあったんじゃないか？」

「日野に住んでいて、八王子に行くことなんかないですよ。買い物に行く時も、立川《たちかわ》とか吉祥寺《きちじょうじ》、新宿に出ます」

「わざわざ八王子――山梨方面に行く意味はないわけか」

「ええ」

軽口を叩いているうちに、覆面パトカーは首都高に入った。ここから一時間ほどだろうか……東京は東西に広いから、多摩《たま》地区への移動は結構時間を食う。

「向こうへは、もう通告済みなんだな」

「アポを取りました。八王子まで行って空振りだったら、ちょっと悲しいですからね。まずかったですか？」

「いや、当然の措置だ」

首都高、そして中央道は珍しくガラガラだったが、八王子第2出口で降りて国道一六号線に出ると渋滞に摑まった。一六号線は首都圏の大動脈だから、だいたいどこでも渋滞しているのだが……午後二時。この分だと、事情聴取を終えて署に戻る頃には、勤務時間を過ぎてしまうだろう。綾子もこのところ超過勤務が続いているから、どこかで調整して少し休ませないと。

中央道の高架下を走り抜けると、そこが小さな峠の頂点になっている。その先、浅川《あさかわ》を越えると甲州《こうしゅう》街道にぶつかり、すぐに八王子の市街地に出るはずだ……浅川橋を渡り終えると、急に車の流れがスムーズになった。あとは甲州街道を西へ向かって一直線。広く真っ直ぐな道路で、沿道はマンションだらけだ。さすが、人口五十万人を超える街である。新宿へ出るのにJR、京王線の両方が使えるし、便利で住みやすいのだろう。

似たような風景の街並みが続く。しかし西へ進むに連れ、道路脇に立派なイチョウの並木が立ち並ぶようになった。既に葉は落ちているが、もう少し早かったら黄金色のヴェールが延々と続いているように見えただろう。

西八王子駅の前を通過すると、次第に建物が低くなってくる。ほどなく、八王子西署の庁舎が右側に現われた。この辺では目立つ、高い建物――たしか、八王子中央署から分離独立したのは二十数年前、警視庁の中では新しい所轄である。人口約五十万人超の八王子市に所轄が三つ――あと一つは南多摩署だ――というのは少ない気もするが、治安に関してはあまり問題のない地域なのだろう。

庁舎は甲州街道に面しているが、信号のある交差点のすぐ手前なので、右折して駐車場に入れない。綾子は交差点を右折して狭い道路に入り、右左折を繰り返して甲州街道に戻ると、左折して駐車場に入った。

「微妙に入りにくい場所に建てたな」シートベルトを外しながら原は言った。

「そうですね……行きましょう」綾子はさっさとドアを開けて外へ出た。妙に気合いが入っている。自分が主役のようなつもりで動いているのかもしれない。若い刑事というのはこういうものだ。褒めて、それなりの負荷をかけてやるのが大事……そういうことを考えるのも面倒臭いものだが。

永田は、刑事課で待っていてくれた。やや緊張した面持ち――同時に沈痛な雰囲気もある。吉岡が失踪していることは知っているはずで、心配はしているだろう。ただし彼は、東京の西の端の所轄に勤務しているので、空いた時間に個人的に捜すわけにもいかないはずだ。心配だが手を出せないもどかしさは、原にも十分想像できる。

挨拶を終えると、永田は二人を刑事課の隣にある小さな会議室に誘った。準備よく、すでに小さなお茶のペットボトルが二本、用意してある。原たちが座るなり、「お茶、どうぞ」と愛想よく声をかけてきた。

「気を遣わなくていいのに」言いながら、原はペットボトルを取り上げてキャップを捻り取った。喉を濡らすお茶の苦味が快い――自分も緊張して喉が渇いていたのだと意識する。

永田は中肉中背の男で、別れたら五分後には忘れてしまいそうな顔つきだった。刑事としては理想的とも言える――目立たないのが何よりなのだから。八王子辺りは都心部より冷えるのだろう、ワイシャツの上にウールのベストを着こんでいる。

「吉岡がご迷惑をかけて……申し訳ありません」永田がさっと頭を下げる。

「君が謝ることじゃないだろう」こんな状況だというのに、原はつい苦笑してしまった。

「そうなんですが、本当に申し訳なく思っています。俺も、何か手伝いたいんですが……」

「所轄の係長にそんな時間はないだろう」

「すみません」永田がまた頭を下げた。本来腰が低い男なのか、今回の件を本当に申し訳なく思っているのかは分からない。

「まあまあ……とにかく話を聴かせてくれ」原はペットボトルのキャップを閉めた。「君たちは、警察学校で同期だったそうだね」

「はい」

「捜査二課でも一時は一緒だった」

「そうです」

「親友、と言っていいんだろうな」

「はい」短く言って、吉岡が素早くうなずいた。

「彼はどんな男だった？ 俺から見ると、クソ真面目で、仕事を放り出して失踪するようなことは絶対にしない感じなんだが」

「それは……その通りです。本当に、警察学校にいる時からクソ真面目で、俺たちは『教官』

と呼んでました」

「それは、警察学校の教官っていう意味か？」

「はい。それぐらい真面目で、規則にも厳しい、という意味です。あいつは絶対にいい警官になると思っていたんですけどね」

「ならなかった？」

「組織の中では、クソ真面目過ぎると上手くいきませんよね。ちょっと遊びがないと」

「確かにそういうことはあるな」原はうなずいた。永田という男は、警察の組織の中での立ち回り方を上手く身につけたようだ。「最近、いつ会った？」

「もう、一年ぐらい前ですよ。俺がここへ赴任する時に……まあ、昇進祝いみたいなことでした」

「その時、どんな様子だった？」

「普通――つまり、いつものあいつそのままです」

「何か、いいヤマを追いかけてる感じはなかったか？」

「それは……ありましたね」

当たりだ。原はちらりと綾子の顔を見た。綾子が前方を見たままうなずく。

「具体的な話は聞いたか？」

「いえ。あいつからは聞いてません。ただ、かなりいい話じゃないかと想像してましたけどね。それこそ、一世一代のネタのような感じです。あいつはクソ真面目で興奮しない男だけど、事件になると目の色が変わりますから、すぐ分かるんですよ」

「具体的には？」原は繰り返した。

「それは聞きませんでした。あいつが秘密主義なのは、課長もご存じでしょう？　二課の先輩として」

「ああ。俺たちは何でも一人で抱えこみがちだからな。もう一つ、訊いていいか？」

「もちろんです」永田がうなずく。

「あいつ、女がいなかったか？」

一瞬、間が空く。永田の唇が薄く開いたが、言葉は出てこなかった。原は敢えて声をかけなかった。迷っている……しかし話せないことではあるまいと判断した。

「いたと思います」

「愛人か」

「そう……なりますね。結婚してたわけですから」

「相手が誰か、知ってるか？」

「いや、そこまでは……聞いてないです」

「その話、どうして分かったんだ？」

「二か月ぐらい前ですけど、珍しくあいつから電話がかかってきたんですよ。しかも酔っ払って」

「それも珍しいな」吉岡が酒を呑まない——呑まないようにしていたのは、原も知っている。

刑事課の宴会で、一人烏龍茶を飲んでいるのを見て、思わず「吞めないのか」と確認したのだ。結婚してから酒は控えている。嫁に嫌味を言われるので——どこの家庭でもあることだと、原は納得した。

「ですよね？　結婚してからあまり吞まなくなって……結婚前は結構吞んでたんですけど、それもクソ真面目な吞み方だったんです。酒に強いわけじゃないけど、酔っ払わないように必死に頑張ってたみたいで。そんなふうに酒を吞んでも、美味くも何ともないと思いますけどね」

「まったくだな」原は苦笑した。実に吉岡らしい話だ……。

「それが、いきなり呂律《ろれつ》も回らない口調で電話してきたんで、驚きましたよ」

「それで？」

「俺は駄目な男だって言い始めて……泣いてたんですよ。そんなこと初めてだったから、こっちも動転しました。仕事で何かあったのかって訊いたら、すぐに白状しましたけどね」

「浮気している、と」

「それが、浮気じゃなくて本気だったみたいなんです」永田が渋い表情を浮かべる。

「ああ……それならもっと面倒だな」原はうなずいた。「相手が誰かは聞いたか？」

「いえ、本当に名前までは聞いてないんです。ただ、まずい相手だったみたいですよ」

「事件の関係者だな」誰に聞かれる心配もないのだが、原は声を低くした。

「そうだと思います——いえ、それは認めました。あいつがまずい相手だったたって言うから、すぐにピンときて追及したんですよ。本当に仕事関係の相手だったら、いろいろ問題があるでしょう？」

「そうだな。で、その相手は？」こちらから名前を出してもよかったが、原は永田の反応を待った。「何かヒントはないのか？」

「……ネタ元ですよ」永田がようやく打ち明けた。

「ああ」細い線が少しだけ太くなった。「もしかしたら、奴が追いかけていた事件のネタ元か？」

「そうだと思います」

「そのネタが何なのか、結局分かったのか？」原は身を乗り出した。

「日兼コンサルタントですね……たぶん」

「本人が認めたのか？」

「いえ」永田が否定した。先ほどは知らないと言っていたのだが……原は疑いを深めた。「この前、捜査二課時代の同僚と久しぶりに呑んだんですよ。その時に、日兼コンサルタントの海外贈賄事件を内偵しているっていう話が出て……所轄の刑事が勝手に嗅ぎ回っているから、面倒なことになりそうだってこぼしてました。名前は出ませんでしたけど、すぐに吉岡だって分かりましたよ。日兼コンサルタントの本社って、品川中央署の管内ですよね？」

「ああ……つまり、吉岡はネタ元と恋愛関係になったことは認めた。君は傍証から、そのネタ元が日兼コンサルタントの関係者だと当たりをつけた——そういうことだな」

「ええ」暗い表情で永田がうなずく。

「それをもっと早く言ってくれれば、こっちの手間がかなり省けたんだが。たどり着くまで、一か月かかったぞ。どうして言ってくれなかったんだ？」

「すみません」額がテーブルに激突しかねない勢いで永田が頭を下げた。顔を上げた時には、表情が歪《ゆが》んでいた。「奴が失踪した話を聞いた時、すぐにピンときたんです。でも、本当にそうなのか確証はなかったし、何となくそちらには連絡を入れにくくて、迷っているうちに今になってしまいました」

「吉岡のことが心配じゃなかったのか」原は声を荒らげた。

「すみません」永田が、うなだれるようにまた頭を下げた。

「まあ、係長は忙しいからな」原は彼を救済にかかった。「普通に仕事をしていれば、仕事と関係ない人間の面倒を見ている暇はない。ましてやここは八王子西署――東京最西端の所轄だからな」

基本的に所轄勤務の警察官は、プライベートでは管内を離れないように命じられている。出てはいけないわけではないのだが、その場合は必ず上司に報告が必要だ。そういう内規を無視して平然と出かける者もいるが、あまり褒められた話ではない。全員が携帯を持っていつでも連絡が取れる時代であっても、肝心な時にそこにいないと問題になる。

「問題は、その女性だ……何とか特定したいな。何か手がかりはないのか？　君以外に、そういう話を聞いていそうな人間はいないか？」

「そうですね……」永田が顎に拳を当て、少し目線を上に向けた。すぐに目を閉じ、必死に考えている様子が分かる。

「例えば、他の同期とか」

「もしかしたら、あいつかな」

「誰かいるのか？」原はテーブルの上に身を乗り出した。

「もう警察は辞めたんですが、もう一人、仲がいい奴がいたんです」

「辞めた？　今、何してるんだ？」

「俺は知らない――連絡は取っていないんですが、実家に帰っているはずです」

「実家は東京か？」

「いえ、静岡です。沼津《ぬまづ》」

「辞めたのは、どういう事情だったんだ？」

「所轄に配属になってすぐに、父親が交通事故で亡くなったんですよ。それで、家業を継がなくてはいけなくなって……元々、いずれは警察官を辞めて家を継ぐ予定ではあったようですけど」

「実家の商売は？」

「地元ではかなり有名な、海苔《のり》とお茶の販売店です」

「警察官から海苔屋か……ずいぶん極端な転身だな。しかし、いずれ家を継ぐことが分かっているなら、わざわざ警察官にならなくてもよかったのに」真偽のほどは定かではないが、「警察官は次男、三男が多い」という話を原は聞いたことがあった。少子高齢化が進んで、一人っ子が多い今の時代には、この常識はもう崩れているとは思うが。

「警視庁の刑事に憧れていたんですよ。それこそ、純粋な憧れです。『大捜査』、ご存じでしょう？」

「ああ」原は思わず顔をしかめた。九〇年代——二十年ほど前に大ヒットしたテレビドラマで、連続ドラマが三シーズン、映画も二本作られた。若者を中心に大人気を博して話題になったので、原も観てみたのだが、すぐに呆れてしまった。所轄と本部が無意味に対立したり、キャリア官僚が所轄の平刑事になっていたり——あまりにも現実を無視した設定だったのだ。警察官の中にも、刑事ドラマ、警察小説のファンは多いのだが、時には「リアリティがない」と憤慨させられることもある。そういう場合は、「これは別の国の話だ」と自分を納得させながら楽しむ。

「俺もそうなんですけど、そいつも『大捜査』のファンで……あれに憧れて、警視庁で警察官になりたかったそうなんです」

「実際に警察官になってみたら、あのドラマの荒唐無稽《こうとうむけい》さが分かっただろう」

「まったくですね」永田が苦笑した。「もうちょっと監修をちゃんとやればいいのに……ＯＢで、そういう仕事をしている人もいるでしょう？」

「そうだな」脱線してしまった……原はすぐに話を引き戻しにかかった。「それで、その海苔屋の若大将は、今でも吉岡と連絡を取り合ってるのか？」

「そうだと思います。吉岡からは、よくそいつの話を聞いていましたから。家族で遊びに行ったりもしていたようですよ。沼津だと、いろいろ遊ぶ場所もあるでしょう」

「分かった」原は表情を引き締めた。「そいつの名前は?」


沼津は意外に近い——八王子からは圏央道経由で東名を走って一時間半ほどだったのだが、それでも五時前にはすっかり夜の気配になっていた。冬の日暮れは早い。

「意外に都会なんですね」ハンドルを握る綾子が感想を漏らした。覆面パトカーは国道一号線の沼津バイパスを走っている。周辺は典型的な郊外の光景だった。家電量販店、大きな駐車場を備えた牛丼屋やファミリーレストランにガソリンスタンドと、どこかで見たような景色……住居表示を見ないとどこにいるか分からなくなってしまう。「意外にって言ったら失礼かもしれませんけど」

「実際、結構大きな街みたいだぞ」原はスマートフォンから顔を上げた。「人口十九万人以上だからな。観光地だし、シーズン中は混んで大変だろう」

沼津そのものではなくても、西伊豆《にしいず》へ遊びに行こうとする人は、ここを経由していくことが多いはずだ。原にはほとんど縁がない街だったが。

「海苔はこの辺の名物なんですか?」

「特にそういうわけでもないようだが……海苔だけじゃなくてお茶も扱っている」

「ああ、静岡らしいですね」

「儲かっているかどうかは分からないけどな」

ここへ来る途中、原はネットで問題の店について調べておいた。昔ながらの商売なのにちゃんとホームページを開設しているのは、いかにも今風だ。「社長からご挨拶」として、これから自分たちが会いに行く男——松中《まつなか》の顔写真とコメントも載っている。すっかり流行遅れになったソフトモヒカンに大きな笑顔。何というか……いかにも商工会議所青年部の幹部という感じだ。あるいは若手地方議員。この店——「松中商店」は明治時代から続く老舗のようだ。こういう店の主人が、周囲から担ぎ出されて選挙に出馬するのはよくある話である。

「連絡してないけど、大丈夫ですかね」綾子が心配そうに言った。

「空振りなら出直すだけだよ」

「でも、静岡ですよ？　そんなに頻繁には来られないでしょう」

「何だ、運転に疲れたか？　帰りは代わるぞ」

「運転は大丈夫ですけど……無駄足が嫌いなんです」

「連絡すると、向こうは用心するかもしれないからな。人に話を聴く時には、相手に準備をさせないのが大事なんだ。いきなり警察官が訪ねて行ったら、誰でもびっくりするだろう。そういう時、人は大抵本音を喋ってしまう」

「そういうものですか？」

「君も経験を積めば、分かるようになるよ」

原はスマートフォンを背広のポケットに落としこんだ。もう、バッテリーが心許ない。先ほど副署長の東に電話を入れて、八王子から静岡に転進すると報告した時に、つい長話になってしまったのだ。いきなり県外出張は困る。ちゃんと届け出てからではまずいのか？　その時車は既に神奈川県に入っていたので、引き返すのは馬鹿らしかった。それに急を要する——形式主義者で、何より手続きを大事にする副署長はしつこかったが、明日きちんと書類を出すということで納得してもらった。

「松中商店」は、ＪＲ沼津駅から歩いて五分ほどの場所にあるビルの一階に入っていた。二階から上はマンション……元々の店をビルに建て替え、上階は賃貸で家賃収入も得ているのかもしれない。そうだとすると、松中はなかなかのやり手だ。

一度店の場所を確認してから、綾子が駐車場を探して車を入れた。久しぶりに外へ出ると、少しだけ暖かい——もうすっかり暗いのに、この辺は八王子辺りよりも気温が高いようだ。よくある地方都市の駅前の光景……ファストフードの店や全国に展開している進学塾の看板などが目につき、ローカル色はあまり感じられない。

「松中商店」は閑散としていた。店頭には海苔やお茶などがずらりと並んでいるのだが、品定めをしている客は一人だけ。いかにも地元の人という老婦人だった。レジに入っている若い女性店員も手持ち無沙汰の様子——原は迷わず声をかけた。

「社長ですか？　今ちょっと、駅前の方に行っていまして」バッジを見て多少引きながら、店員が答えた。

「駅前？」

「駅の南口……仲見世商店街にも店があるんです」

「こちらに戻りますか？」支店もあるのか……かなり羽振りはいいようだ。

「はい、そろそろ戻ると思いますけど――あ、今、来ました」

見ると、ちょうど松中が店に入って来るところだった。ホームページで見た通りの、時代遅れのソフトモヒカン。暖かそうなジャケット姿でネクタイは締めていない。コートは着ていないが、ジャケットだけでもぎりぎり耐えられる陽気だ。

原が彼に向かって歩み出すと、松中はすぐに気づき、怪訝そうな表情を浮かべた。明らかに警戒している――警察を辞めてもう十年は経つはずだが、未だに「勘」のようなものはあるのかもしれない。

原はすぐにバッジを示して名乗った。松中は警戒する雰囲気を崩そうとしなかった。

「はあ……何でしょうか」

「事件というわけじゃないんです」元後輩ではあるが、原は丁寧にいくことにした。

「あなたと警察学校で同期だった吉岡のことなんです」

「吉岡？　吉岡がどうかしたんですか？」

「何も聞いてませんか？」親友という話だったのではないか？　原はかすかな違和感を抱いた。

「ええ、何も……何かあったんですか？」松中が心配そうに訊ねる。

「行方不明なんです」

「行方不明……」一瞬声を張り上げてから、松中が口をつぐむ。低い声で「どういうことですか」と続けた。

「本当に何も聞いていないんですか?」

「初耳です」素早く店内を見回してから、店の奥にあるベンチに目を向けた。「あの、どうぞ……取り敢えず座って下さい」

促されるまま、松中と綾子はベンチに腰を下ろした。二人がけのベンチが二つ、小さなテーブルの二辺に向き合う格好で置かれている。どうやらお茶の試飲などができる場所のようだ。松中がワイシャツの胸ポケットから煙草のパッケージを引き抜いたが、はっとしたような表情を浮かべて急いで戻す。店内は当然禁煙のはずだが、それすら忘れてしまったのだろう。

「どういうことなんですか? 本当に、初耳なんですけど」松中が食い気味に訊ねる。

「今言った通り、行方不明なんです」

「いつからですか?」

「もう一か月になります」

「そんなに前からですか?」松中が眉を吊り上げる。

「ええ。あなたは最近、連絡は取っていないんですか?」

「少なくともここ一か月は」

「最後に話したのはいつですか?」

「十月……そう、十月ですね」

松中がスマートフォンを取り出した。友人と電話で話したことまで記録しているのだろうかと原は訝ったが、彼は通話記録を確認しただけだった。

「間違いないです。十月三十日ですね」

「何を話したんですか？」

「ちょっと……」松中が言葉を切る。いかにも話しにくそうだった。「ややこしい話なんですけど」

「女性問題ですか？」

原がずばり訊くと、松中は一度吐息を漏らしてから素早くうなずいた。そこへ、女性店員がお茶を運んでくる。まずいタイミングで……と原は心の中で舌打ちした。

「どうぞ」松中がお茶を勧めた。「うちのお茶ですけど」

「どうも」原は湯呑みを摑み上げた。綾子もそれに倣《なら》う。美味い――さすが、本場だ。淹れ方も上手いのだろう。

「あいつがそんな話で……とびっくりしたんですけどね」

「女っ気はない人間だったんだ」原は丁寧な言葉をかなぐり捨てた。一番重要なポイントは確認できたのだから、ここからは一気呵成《いっきかせい》に行くしかない。

「ないですね。結婚するまで、女性とつき合ったこともなかった――本人はそう言ってましたよ」

「そういう人間が、どうして女性問題で悩んでいたんだ？」

「それは分かりませんけど……男と女のことなんて、どこでどうなるか分からないじゃないですか」

「確かにそうだな」

「相当悩んでいる様子で、警察を辞めなくちゃいけないかもしれないって言ってました」

「そこまで深刻だったのか？」もちろん深刻だ。誰にも相談せず、辞表を提出するのではなく、いきなり失踪した——泥沼の事態に陥っていたと言っていい。

「そうだと思います。あんなに困っているあいつの声を聞いたことはないですよ」

「どういうアドバイスをしたんだ？」

「落ち着けって言うしかなかったですよ。こっちも、まさかそんな話だとは思わなかったから、動転してしまって」

「分かるよ」原はうなずいた。「そんな話を聞かされたら、びっくりして何も答えられなかっただろうな。あいつはクソ真面目だから、そんなことを言い出すとは思わなかっただろう？」

「大変な話なんですね？　課長が自ら捜索するなんて、普通はないでしょう」

「俺にも責任があるし、こういうことは内輪で極秘でやらないとまずいから……その後、電話以外で何か接触は？」

「ないですね」

「相手が誰かは聞いた？」

「いえ」

「日兼コンサルタントという会社の社員なんだが」

「それは聞いていませんけど……マジですか？　日兼コンサルタントって、結構大きな会社じゃないですか。日兼物産の子会社ですよね？」

「ああ」

「何でそんなところの社員と……どういう縁なんでしょう」

「いろいろあったみたいだ。本人に会えていないから確認しようもないが」

「でも、二人揃って失踪って……要するに、駆け落ちですよね？」

「そういうことになるな」そこで原のセンサーが反応した。しかし敢えて無視して話を進める。

「どこか、彼が行きそうな場所に心当たりは？」

「そう言われましても……実家ってことはないですよね？　女関係で失踪して、実家の近くに行くなんてあり得ませんよね？」

「普通の感覚ではそうだろうね」

「とすると、まったく分からないですね」松中が首を傾げた。「しかし、あいつが女と失踪ね……信じられないな」

「女性に対して免疫がなかったのかもしれない。奥さんとは、昔の先輩の紹介で結婚したんだろう？」

「ええ。所轄の先輩も、ああいう堅い人間は早く結婚させた方がいいと思ったんじゃないですか？　吉岡も、あっさりその話に乗ったんですけどね」

「吉岡自身、結婚を急いでいたんだろうか」

「そういうわけじゃなくて、先輩の紹介だから断われない――一種の命令だと思ったんじゃないでしょうか」

「しかし、家族仲はよかったんじゃないか？　奥さんも心配してるぞ」

「ああ、そうですね。息子も猫可愛がりしてましたし。家族でこっちへ旅行へ来たこともありましたよ。そういう時は、うちの家族と一緒に飯を食ったりして……家族仲はいい感じでした」

「そうか――本当に、行き先に心当たりはないか？」

「ないです。お役に立てなくてすみませんが……あの、ちょっと連絡を取ってみていいですか？」

「構わないけど、あいつはもう携帯を処理していると思う」

「でも一応、念のために……こんなことなら、もっと頻繁に連絡を取っておけばよかった」松中が電話をかけた。しばらくスマートフォンに耳を押し当てていたが、すぐに顔を歪め、「駄目ですね」とぽつりとつぶやいた。

「あいつは刑事だ。失踪しようとするなら、どうすれば見つからずに済むか、よく分かっているはずだ」

「そうですよね……」残念そうに言って松中がうなずいた。

「君は、警察学校時代の同期で、親友と言ってもいい存在だったそうだね」

「ええ。私はすぐに辞めちゃいましたけど」

「家業を継がなくてはいけなかったからだろう？」

「そうなんです」松中がうなずく。「まったくいきなりで……しょうがないんですけどね。私は一人っ子だったし、母親も体が弱かったから。店を潰すわけにはいかなかったんです」

「でも、上手くやっているんじゃないか？　駅前に支店もあるんだろう？」

「あれは支店じゃないですよ」松中が苦笑した。「単なる出店《でみせ》です。ちょっとビルの一角を借りて商品を並べているだけで」

「この建物もまだ新しい——君の力で建てたんじゃないか？　上の方はマンションだよね？」

「単なる相続税対策ですよ。こういうふうにしないと、うちみたいな商売は続きませんからね」松中が皮肉っぽく言った。

「それで、子どもさんにも店を引き渡すわけだ」彼の左手薬指に結婚指輪があるのを確認して原は訊ねた。

「いや、子どもには——子どもは二人いるんですけど、警察官になるように今から刷りこんでます。自分が中途半端で——駆け出しの頃に辞めなくちゃいけなかったのは、今でも悔しいんですからね」

「そういう気持ちを持ってくれる人がいるのはありがたいね。当時の同僚や先輩で、今でも連絡を取り合っているのは、吉岡ぐらいかい？」

「ええ。あいつとは不思議と気が合ったんですよね。性格は正反対なんですけど……あいつは四角四面でクソ真面目な男でしょう？　私はどちらかというとはみ出したい方で」

「それは『大捜査』の影響かな？」

「どうして分かるんですか？」松中が目を見開いた。

「君たちの世代は、あの番組を見て警察官になった、という人が多いからな。あの番組の主人公は、いわゆるはみ出し刑事だった。実際には、はみ出した途端に居場所がなくなるけど」

「でも、憧れてましたよ。ただ私の場合、実際にはみ出して自分一人で捜査をするようなチャンスが来る前に、警察を辞めることになりましたけど」

「それで正解だよ。変に暴走して、処分を受けるよりはましだろう。とにかく今は、こんな立派な店を切り盛りしているんだから、大したものだ」

しばらく話を続けて、二人は店を辞した。外へ出た瞬間、原は振り向いて中を確認した。特にドアはなく、開け放してあるので、中の様子は手に取るように分かる。レジのところで、松中が女性店員と話していた。結構深刻な様子……女性店員を問い詰めているような雰囲気である。

それを見て、原の頭の中で嫌な予感が広がった。

「松中さん、嘘をついてましたね」車に乗りこむなり、綾子がぽつりと言った。

「どの部分が？」

「吉岡さんが女性と失踪した——それが既成事実のように言ってました」

「よく気づいた」原は思わず頬が緩むのを感じた。自分も先ほど抱いた違和感を、綾子も共有していたわけだ。「そんなことは、俺たちは一言も言っていない——そもそも二人が一緒にいる確証もない」

「ええ。思わず言ってしまったんでしょうけど、絶対に何か知ってますよね。知らないふりをして、実は匿っているとか」

「可能性はあるな」

その可能性はどれぐらいだろう……原は、ここで部下を張り込ませる作戦を考えた。店の上はマンションだから、家主である松中なら、一部屋ぐらい提供することはできるだろう。しかし、具体的な証拠は何もない。部下を沼津に貼りつけておくだけでも経費は発生するのだし、副署長と署長が許可してくれるとは思えない。それでなくても、特捜本部を抱えているせいで、予算は逼迫《ひっぱく》しているのだ。

しかし、何とかしなければならない。今のところ、これが唯一の細い手がかりなのだ。

第五章　裏切り

1

　精力的な商社マンも歳を取る。それでなくても八十歳も半ばとなると、若い頃と同じようにはいかなくなるものだ。しかし秋間はまだまだ元気——耳も遠くなっていないし、背筋もぴしりと伸びている。もしかしたら自分の歯も、二十本以上残っているかもしれない。

　久しぶりに会った今川を、秋間は嬉しそうに迎えてくれた。場所は熱海のマンション——退社してから、終《つい》の住処《すみか》としてこの街を選んだのだ。温泉つきのマンションは、余生をのんびりと過ごすには最高の場所だろう。

「元気そうじゃないか」秋間は嬉しそうだった。

「秋間さんこそ、お元気そうで」

「まだ十年は頑張れそうだな」秋間がニヤリと笑い、コーヒーカップを持った。

　コーヒーを出してくれた秋間の妻は、すぐに別室に引っこんでしまった。話し始める前に、今川はリビングルームの広い窓から外の景色を見やった。この部屋は、斜面に貼りつくように建つマンションの最上階にあり、相模湾が一望できる。熱海でも間違いなく一等地で、この光景を毎日見ているだけで健康にいいのでは、と今川は感心した。この立地なら、そんなに安い物件ではないはずだ……熱海もバブル崩壊後は寂《さび》れてしまったのだが、いつの間にか賑わいを取り戻している。地価も下がってはいないはずだ。

「えらく久しぶりだな」

「ご無沙汰してしまって、申し訳ありません」今川はかつての先輩に頭を下げた。「最近はどうなんですか?」

「なかなか悠々自適とはいかない――熱海に、『二十一世紀リゾート協議会』というのができてな。そこであれこれやってるよ」

「どういう組織なんですか?」

「この辺の旅館やホテル――観光関係の若手経営者の集まりなんだ。バブルの頃の痛い経験を繰り返さず、永続可能な観光地として熱海はどうあるべきかを真面目に検討しているんだ……俺は若手じゃないけどな」秋間がニヤリと笑った。

「昔、うちも熱海のリゾート計画に手を出したことがありましたね」

今川がまだ若手の頃――入社したての頃はバブル全盛期で、全国各地でリゾート計画が立ち上がった。日兼物産も熱海でリゾート施設を計画していたのだが、結局上手くいかずに多額の損失を出して撤退した。今思えば、あれが粉飾決算につながる原因の一つだったのだ……。

「俺は、あの件にもちょっと噛んでたんだよ。だから熱海には縁がなかったわけじゃない。そういうこともあって、今も首を突っこませてもらってるんだ」

「だからお若いんですかね」

「爺さんになってる暇もないってことだろうね。ありがたい話だ……で、お前はどうだ？　社長業にはそろそろ慣れてきたか？」

「そちらはぼちぼちなんですが……いろいろ厄介な問題がありまして」

今川は、コーヒーカップ越しに秋間の顔を見た。秋間はきょとんとした表情――最近俺が巻きこまれた厄介ごとについてはまったく知らないのだな、と今川は悟った。昔から考えていることがすぐ顔に出る人で、隠し事はできなかった。

「社長ともなれば、いろいろ問題もあるだろうが、どうした？」

「秋間さん、最近本社の方とは何か……今でもつながっている人はいますか？」

「いやあ、もう全然だな。辞めて二十年も経つと、昔の関係は徐々に精算されていくんだよ。仲が良かった奴も、何人も亡くなってるし。俺もそういう歳さ」

「だったら、最近の問題はご存じないですよね」

「ない。興味もないしな。正直言って、もう生臭い話は勘弁して欲しいよ。現役時代は、よくあんなに際どい仕事ができたと思う……で？　何があった？」秋間がいきなり切りこんできた。現役時代の鋭さを感じさせる口調だった。

「日兼コンサルタントの中で、海外贈賄の話が出ているんです」

「リベートか？」秋間が声をひそめた。

「公務員相手ですから、リベートとは言えません。賄賂です」

「しかしそういうのは……よくある話じゃないか」秋間が困惑の表情を浮かべる。「正直、俺も贈り物というには高価過ぎるものを贈ったことがあるぞ」

「今はそうはいきませんよ。法律で問題になるんです」

「ああ……聞いたことがある」

「日兼コンサルタントは、十年にわたって海外贈賄を行なってきたんです」

今川は事情を簡潔に説明した。秋間はあまりピンとこない様子――目的のためには手段を選ばずでやってきた世代だから、「何が悪い」とでも思っているのだろう。しかし、捜査当局が目をつけているようだ、という話をすると目の色が変わった。

「警察が入るのか?」

「その可能性は否定できません」

「そうか……何とかならないのか?」

「何ともなりません。この件は、本社ももう把握していて、日兼コンサルタントの取締役会では私を排除する動きもあります」

「ひどい話だな」秋間が皺だらけの手で顔を擦った。「だけどどうして、俺にそんな話をする? 対策を取りたいんだろう?」

「ええ」

「俺は二十年も前に辞めた人間だぞ? 今さら知恵を求められても困る。当てにしないでくれ」

「知恵は求めていません。欲しいのは考え方です」

「考え方？」

「二十年前、秋間さんは日兼物産の不正追及のきっかけを作りました。あの時……どう考えていたのか、知りたいんです。そうしようとした理由の一つは派閥争いですよね？　次期社長レースでは、秋間さんが推していた大木さんが勝って社長になりました。あの作戦は成功したんですね」

「ヒヤヒヤものだったがな」秋間の顔から血の気が引く。あの件はついに、よき想い出にはならなかったようだ。「俺も逮捕されていたかもしれない。何度も地検の取り調べを受けて……結局、上手く逃げ切ったが」

「秋間さんは、言われるままにやっていただけじゃないですか。でも結果的に派閥争いには勝ったし、いいことだらけだったでしょう」

「ただし、大木社長は苦労されたけどな。あの事件で日兼物産はがたがたになった。世間の信用を回復するために、社長になったようなものだ」

「そうなることは予想できていたでしょう」ずっとコーヒーカップを持っていたことに気づき、今川はそっとテーブルに置いた。「リスクが大き過ぎる。それなのに私を使って事件化したのはどうしてですか？　派閥のためだけですか？」

「こういうことを言うと照れるんだが」秋間がコーヒーを一口飲んだ。真顔になっている。

「俺は日兼物産を愛していた——今でも愛している。日兼魂は健在だよ」

「ええ」

「しかし、上の方へ行けば行くほど、経営陣が腐っているのが分かった。あれを正さないと、いずれ会社は駄目になっていたと思う。たとえ自分が退社した後でも、会社が潰れるような場面は見たくなかったんだ。商社というのは、クライアントのためだったら多少の無理はする。しかし、経営で無理をしてはいけない——単純な正義感もあったよ」

「大きな賭けでしたね」

「お前も今、賭けに出ようとしているのか？」

「分かりません」今川は首を横に振った。「言い訳のようですが、私はこの件についてまったく知りませんでした。契約書に最終的に判子を押したのは私ですが、実態が分かったのはその後です」

「よくあることだな」秋間がうなずいた。「日兼コンサルタントの社長は、基本的に二年か三年で交代する。実務をやっているのはプロパーの連中だから、社長がよく把握しないまま進んでいる長期のプロジェクトもあるだろう」

「それは言い訳になりますけどね。私は、実態の調査をしました。十年間、どういうふうに金が動いていたかも、ほぼ把握できたと思います。問題はこの後……取締役会に裏切られかけているんです」

「お前を追い出そうとしているわけか」秋間の目つきが鋭くなった。「プロパーの連中にすれば、本社からお飾りでやって来た社長が勝手に中をひっくり返したようにしか見えないだろう」

「でしょうね」

「かなり追いこまれているんだな?」

「解任動議を準備しているようです。今の取締役会の構成だと、あっさり通るでしょうね」

「そいつはまずいな……お前だけじゃなくて、会社にとってもまずい。本社から来た社長が解任されたとなったら、大問題だぞ。世間も騒ぎだすだろう」

「分かってます。だから何とか無難に抑えたいんですが、そのための手がないんです。私が残っても、捜査当局が動きだせば事件が明るみに出て、間違いなく騒がれます。会社にとっては致命的になるかもしれません。辞めれば辞めたで、勘ぐられます。まあ、取締役会も本社も、私に全責任を負わせて幕引きしようとするかもしれませんが」

「お前は判子を押しただけだろうが」

「つまり、最終責任者ですよ」

「そうだな……」

秋間が立ち上がり、窓を開けた。ふっと冷たい風が吹きこんだが、気にする様子もなくそのままベランダに出る。手招きされたので、今川も後に続いた。

陽だまり……外へ出ると風もなく、陽光がふんだんに降り注いでいる。広いベランダには、プランターがいくつか置いてあった。丁寧に手入れされているようで、緑が目に痛いほどだった。

「何か育てているんですか?」

「女房が、ハーブをね。季節によってあれこれ……俺はあまり好きじゃないんだが」秋間が苦笑した。「ハーブと言えば洋食だろう? もう、和食だけでいい年齢なんだが」

「そうですね……」

今川はベランダの手すりに右手を置き、遠くに目をやった。つづら折りの道路の両側には民家や保養所、リゾートマンションが建ち並んでいる。しかしちょうど景色が抜けているので、相模湾《さがみわん》ははっきりと見えた。師走らしからぬ穏やかな陽気のせいで、陽光を照り返した海は白く輝いている。

穏やかな日常……会社が潰れるかもしれない「仕かけ」——クーデターと言ってもいい——を仕組んだ秋間も、今はこうやってのんびりした老後を送れているわけだ。金に困っている様子もない。自分は二十五年後——いや、数年後に、こういう生活に入れるだろうか。日兼コンサルタントの社長に転身した時は、本社での社長の目もあると期待していた。しかし今は、将来が全て危うい物に思えてきている。自分はどうなってもいいが、妻に迷惑をかけるのだけは我慢できない。散々苦労をかけてきたのだから、もう少し頑張って、仕事の総決算を終えたら楽な老後を送らせてやりたい。

「一つだけ、手がある。会社もお前も生き残る方法だ」

「何ですか」今川は体を捻り、横に並ぶ秋間に顔を向けた。

「この件の主犯格が誰か、分かってるのか？」

「役員の一人です。プロジェクトは十年がかりで、多くの人間がかかわってきましたが、一貫して担当していたのはその男です」

「そいつを殺せ」

「殺す？」今川は目を細めた。

「いや、それは言葉の綾だが、そいつを犠牲にすればいい。捜査当局にそいつを差し出す――実際に強制捜査に入られる前に、情報を提供するんだ。それで、会社は許してもらう」

「司法取引ですか」

「そうだ」秋間がうなずく。「そういう制度があるんだから、利用した方がいい。そうしないと、会社全体がガタガタにされるぞ。その役員一人の責任にしてしまえば、会社自体は生き残れるかもしれない」

「しかし、日兼コンサルタントは、世間的には悪役になってしまいますよ」今川は表情を引き締めた。

「司法取引に関しては、まだ珍しい――適用例がほとんどないはずだ。ということは、司法取引を使った捜査については、しっかり報道される。それで多少は、ダメージを軽減できるんじゃないか？　そうなるように、記者を動かすこともできる」

「日兼コンサルタントは、マスコミとのつき合いはあまりないですよ」

「何言ってるんだ。本社を使うんだよ。日兼物産なら、マスコミも上手く動かせる。今、本社

「副社長の柏木さんです」その柏木も、今は信用できるかどうか分からないのだが。そもそも本社サイドは、自分の行動を問題視している。

「柏木か……まあまあ、使える男だな。あいつを通じて、本社サイドに司法取引を相談してみろ。日兼コンサルタントの取締役会は飛ばしてしまえ。お前を敵視するような連中を説得するのは無理だからな。そこに無駄なエネルギーを使う必要はない」

「取締役会全部を敵に回すわけですか……恨まれるでしょうね」

「お前と会社が生き残るためには、多少は荒っぽいことも覚悟しないといけない。こんなことで潰されたら馬鹿らしいぞ」

「そうですね……」

考えながら、遠くへ視線をやる。自分の「老後」は、もうそれほど遠い先のことではない。しっかり仕事ができるのも、あと十年ぐらいだろう。今までは具体的な老後のことは考えていなかったが、これから少し、妻と話しあってみてもいい。残りの人生を確実な――豊かでなくてもいい――ものにするには、今回のダメージを最小限に抑えねばならないのだ。

自分は二十年前、実質的に日兼を救ったのだと思う。あの時粉飾決算の強制捜査が行なわれなければ、事態はもっと悪化していただろう。告発するとしたら、あのタイミングしかなかったのだ。

しかし、あの時自分が内部告発者になったことは、どうやら本社の中で知られてしまっているようだ。子会社の社長にまではなれたものの、基本的に「危険人物」の認定を受けている恐れがある。柏木に相談を持ちかけても、上手くいくかどうかは分からない。

「俺がまだ影響力を持っていたら、何とかしたいところだが、今はこういうシビアな話をできる相手もいない」申し訳なさそうに秋間が言った。

「いえ、知恵を貸していただいただけで十分です。司法取引が可能かどうか、考えてみますよ」

考えるまでもない。このまま東京へ引き返して柏木と会おう、と今川は決めた。

熱海駅のホームから電話を入れると、柏木は移動中だった。

「今日はゴルフですか?」そういえば柏木の週末は、だいたいゴルフで潰れるのだった。

「ああ、こういうことは相変わらずでね……どうかしたか?」柏木は警戒している様子だった。

「ちょっとお会いできませんか?」

「今からか?」柏木の声が低くなる。

「ご相談したいことがあるんです。どうでしょうか」

「まあ、いいよ」柏木が渋々応じた。「今、移動中だけど、どうする?」

「どこでも、柏木さんの都合のいい場所でいいんですが」

「お前、今どこにいるんだ」

「ちょっと東京を離れています」熱海、とは言えなかった。言えば、柏木は自分が秋間に相談しに来たことを悟るかもしれない。秋間は完全に日兼物産とは切れているものの、彼に迷惑がかかるようなことがあってはならない。

「そうか。家はちょっとな……今、改築中なんだ」

「そうなんですか？」

「久々に狭いマンション暮らしだよ。そんな狭いところに、天下の日兼コンサルタントの社長さんをお迎えするわけにはいかない」柏木の口調は、ひどく皮肉っぽかった。「取り敢えず、目黒駅の近くまで来てくれないか？　うちの近くにいいビストロがあるから、そこで軽く一杯やろう」

「ええ」

「お前、目黒までどれぐらいかかる？」

熱海から品川までは「こだま」で四十分ほど。山手線に乗り換えて目黒までだと一時間見ておけばいいだろう。一時間と告げると、柏木は「後で店の場所をメールしておく」と言って電話を切ってしまった。

さあ、ここで柏木の本音を探らねばならない。こちらとしては頭を下げ、アドバイスと助力を請うのみ――彼がそれを受け入れてくれるかどうかは、何とも言えない。

午後四時少し前に目黒駅を出る。指定された店は、ここから歩いて五分ほど。目黒通りから一本入ったところにあるようだ。目黒も、駅の周辺はともかく、少し離れると閑静な住宅街になってしまう。指定された住所は、飲食店があるような場所には見えなかったが……すぐに、マンションの一階に小さな看板を見つけた。とはいえ、灯りは灯《とも》っていない。ドアのところに、「17：00〜」と手書きされた小さな札がかかっているので、今はランチとディナーの間の休憩時間なのだろう。柏木は営業時間が分かっていてここを指定してきたのだろうか。電話で確認しようとスマートフォンを取り出した瞬間にドアが開き、コックコートを着た若い男が顔を見せる。

「今川様でいらっしゃいますか？」丁寧な対応だった。

「ああ」

「柏木様がお待ちです。どうぞ」

促されるまま、中に入る。五分歩いただけで体が冷えてしまったので、店内の暖房がありがたい。頭がぼうっとするぐらい暖まっていた。

柏木は、店の一番奥のテーブルに一人で陣取っていた。当然ながら、他に客は一人もいない。今川に気づくと、軽く右手を上げて見せた。紺色と灰色が混じったような色合いのジャケットにグレーのパンツという、ゴルフ場通いの平均的な服装である。彼の横の壁には、濃緑色のコートがかかっていた。

「今日のスコアは？」

「それを訊くな」柏木が渋い表情になった。「過去五年で最悪だ。ショットもパットも上手くいかなかった。イップスかもしれんな」

「イップスは、もうちょっと上級者がなるものじゃないんですか？」

「ゴルフもやらん男に、そんなことは言われたくない」

柏木は本気で怒っているように見えたが、冗談だということは分かっている。ゴルフの話題は、サラリーマンにとっては挨拶代わりのジャブのようなものなのだ。今川自身は、ゴルフには縁がなかったが……日兼物産では、自分たちより上の世代の人間は、ほぼ全員がゴルフをやる。下の世代では少数派だ。自分たちの世代が汽水域《きすいいき》のようなものだろうか。

「ワインでいいか？」

「ええ」

柏木がカウンターに向かってうなずくと、すぐに白ワインの入ったグラスが二つ、運ばれてきた。軽いおつまみも――オリーブにチーズ、トマトのサラダだ。

「夜の開店前じゃないんですか？」

「特別に開けてもらった。五時の開店までは、静かに話ができる」

「馴染みなんですね」

「オープン当時から通ってるんだよ。シェフが、若いのにしっかりしてな。この店にいくら注ぎこんだか――それだけの価値がある店だが」

柏木がワインに口をつけた。既に耳が少し赤い――ゴルフ後の昼食でビールをきこしめしてきたのだろう。今川もワインを軽く呑んだ。ワインはあまり好きではないのだが、辛口ですっきりした味わいで、これは口に合う。

「日曜にわざわざどうした」

「ご相談があります」

「俺に相談しても何も出ないぞ」

「知恵を貸していただきたいだけですよ」

「この頭から知恵が出るかねえ」皮肉っぽく言って、柏木が耳の上を突いた。

「司法取引」今川は短く言った。

「それで勝負するつもりか？」柏木が目を細めた。

「本社で私がどう見られているかは分かりません。この件の責任者だと吹きこまれている可能性もある。しかし実態は違うんです。私は自分と、さらに会社を守らなければなりません」

「司法取引するということは、誰かを売るわけだな？」

「日兼コンサルタントの中で、誰がこの件を進めてきたかは分かっています。そいつの首を差し出す——そうすれば、全て丸く収まりますよ」

「しかし、どうやって？　取締役会で決めるような話じゃないぞ。お前が個人的にやるのか？そんな当てがあるのか」

「あります」

頭の中には原の名前があった。彼なら、二十年前と同じように上手く処理してくれるのではないだろうか。粉飾決算については、警視庁からの情報提供で東京地検が動き、最終的に事件を立件したのは特捜部だ。しかし、最初に情報を摑んだ——今川が提供した——原は特別に地検の手先として動き、起訴まで手伝いを続けてきた。今回も、同じようにできるのではないか?

「お前……二十年前と同じことをするつもりか?」

「何のことか分かりませんが」今川はとぼけた。

「二十年前にお前が何をやったか——社内の然るべき人間は知ってるんだぞ」

「知られていても、必ずしもマイナス評価にはなっていないでしょう」やはりそうかと思いながら、今川は反論した。「上が私を裏切り者だと判断したら、とっくに潰されてますよ」

「一回上手くいったからといって……柳の下に二匹目のドジョウがいるとは限らないぞ」

「それは分かってます」今川はうなずいた。「二十年前のことはともかく、会社を守るためにはこれが一番いい方法なんです。本社から見たらどうですか? うちの役員を一人犠牲にすることで、日兼コンサルタント本体には傷をつけずに守れるかもしれない」

「お前自身も、か」柏木が皮肉っぽく言った。「要するにお前は、自分が生き残りたいだけじゃないのか?」

「生き残るも何も、私はこの件にはほとんどノータッチです。あらぬ疑いをかけられたらたまりませんからね……自分の潔白を証明するためにも、司法取引がベストなんです。本社サイドからしても、傷を最小限に抑えられるなら、それに越したことはないんじゃないですか?」

「悪くはない考えだが……ベストとも言えないな」柏木が渋い表情を浮かべる。

「どうしてですか」

「事件が発覚しないことがベストだからだ。社長としては、その方法を探るべきじゃないのか」

「無理ですよ。捜査当局はもう動きだしている。何もないでは済まされませんよ。こちらとしては、いち早く恭順の意を示して、許しを請うしかない」

「天下の日兼コンサルタントがねえ」呆れたように柏木が言った。「だいたいこんなこと、海外で事業を展開する会社ならどこでもやっている。どうしてうちだけが狙われるんだ？　そもそも、先に情報を提供した人間がいるんじゃないか？　いくら日本の捜査当局が優秀でも、海外で行なわれる経済活動までは把握していないだろう」

「それは……」

頭の片隅にずっと引っかかっていた疑惑だった。司法取引というわけではないだろうが、社内の人間が捜査当局に情報提供した可能性は高い。この件には国内のライバル企業は嚙んでいなかったから、そこから情報が漏れるとも考えられなかった。

それが誰なのか、見当もつかない。しかししばらく前から、今川は二つの事件が気になりはじめていた。社員が一人殺され、一人が行方不明になっている。この二人が、海外贈賄事件と絡んでいたのではないか？

疑い始めるとキリがない。しかし、極秘プロジェクトで調べた限り、この二人の名前は贈賄事件に絡んではいなかった。

「どうなんだ？　誰かがタレこんだんじゃないか」

「それは分かりません」

「調べておくべきじゃないか？　そういうことを把握しておかないと、後ろから刺されるかもしれないぞ」

「それは調べます」いつまでも忠告を聞いているわけにはいかないので、今川は一歩譲った。「司法取引、どうですか？　ベストではないかもしれませんけど、次善の策です。それとも、柏木さんには何か、もっといい案があるんですか？」

「もしも完全に隠蔽《いんぺい》できれば……事件がなかったことにしてしまえば、何も起きない」

「そんなことはできませんよ」

「データがあるんだよな？　金の流れを証明するようなデータが」

今川は無言でうなずいた。嫌な予感が頭の中で膨れ上がる。

「それを破棄したらどうなる？　捜査も上手く進まないんじゃないか？」

「もう、資料は捜査当局に渡っているかもしれませんよ――本当に、タレこんだ人間がいるなら」

「やってみるべきかもしれんな」真剣な表情で言って、柏木が手の中でワイングラスを回した。

「司法取引は、取締役会がノーと言ったらできない。それでも強引に進めたら、日兼コンサルタントの内部はぐちゃぐちゃになるぞ」

「そうかもしれませんが、会社を生き残らせるためには、司法取引がベストの方法だと思います」

「状況が変わってきた」

「状況?」

「社長の容態は、俺たちが知っていたよりも深刻なようだ。退任は避けられない。となると、これから日兼社内は混乱する。最終的にそれを抑えるのはお前だ」

「私に何を……」

「次の次——お前が社長になれば、混乱は収拾できる。そのためには、お前には一つも傷がついてはいけないんだ。司法取引で日兼コンサルタントの犯罪が立件されれば、お前の責任も問われるだろう。それよりも、闇に葬れ——余計なことをしなければ、立件されるかどうかは五分五分の賭けだろう。その方がいい。何もなければ、お前は何年後かに日兼の社長になる。本社の経営を混乱させないために、お前は切り札になるんだ。ここは、本社のことを考えて行動してくれないか」

師走の風が吹く道を、目黒駅に向かって歩きながら、今川は首が落ちているのを意識した。背中を伸ばさないと……背中が曲がったら視線が落ちる。目の前を見るだけで、先が見通せなくなる。思い切って顔を上げると、ひときわ冷たい風が頰を叩いた。熱海では春のような暖かさを味わったのに……数十キロ離れているだけのあの街が、はるか遠い異国のように思えた。

柏木の言い分は理解できる。しかし何もしなければ立件される可能性は五分五分——今川は常に、マイナス面を考えてやってきた。それは現役時代から変わらず、仕事でも……「失敗するかもしれない」と考えながら、手を打ってきた。何もせずにやり過ごすことなどできない。やってやる。この苦境を抜け出して、必ず這い上がってやる。

2

「弱いな」署長の橋田は静かに首を横に振った。

原は目の前に座る副署長の東に視線を向けた。顔を伏せ、目を合わせようとしない。まったく……役に立たない副署長だ。

「今のところ、唯一の手がかりです」原は低い声で宣言した。

「だからと言って、絶対の手がかりじゃない」橋田は乗ってこなかった。

「何もしないと、吉岡は——二人はまたどこかへ逃げるかもしれませんよ」

「そもそも、その海苔屋の男が嘘をついていたとしても、吉岡が沼津にいる証拠にはならん」

橋田が言っているのは、ごく当たり前のことだ。ベテランの捜査員からすれば、こんな弱い証拠で人を動かすわけにはいかない、ということだろう。実際、二十四時間態勢で張り込みをさせると、人の手当てだけでも大変だ。しかも、場所は都内ではなく静岡……仁義を切っておけば、地元の所轄は問題視しないだろうが、協力までは期待できまい。基本的にこれは、犯罪捜査ではないからだ。

「もう少し客観的な証拠はないのか」橋田がソファの肘かけを指先で叩いた。

「残念ながら追跡はできていません。二人とも携帯電話は処分したようですし、金の動きもありません」

「吉岡は、いくら持って出たという話だったかな？」

「約五十万――五十二万円です」

「もしもその海苔屋――友人が匿っているとしたら、五十万もあれば、しばらくは隠れていられるだろう」橋田が話しながらうなずいた。

「ただし、我々の動きが分かってしまえば、逃げるかもしれません」

「海苔屋から情報が入れば、か……しかしそれは、現段階では犯罪ではないな。吉岡に何かの容疑がかかっているわけじゃないから、犯人隠避《いんぴ》の要件は満たさない」

「それはそうなんですが……」

確かに、失踪に手を貸したからといって犯罪にはならない。しかし原は、何となく釈然としなかった。吉岡と奈緒美が手に手を取り合って東京を出たのは、単に恋愛感情からだけか？

それをぶつけると、橋田が呆れたように首を振った。

「吉岡はクソ真面目な男だという話だったな」

「ええ。警察学校時代は『教官』と呼ばれていたそうです」

「わずかな規則違反さえ許せず、先輩にも突っかかり、先輩の推薦した女と迷わず結婚し……そういう四角四面な男が、突然女に溺れることだってある。いや、実際そういうケースは多いんだ」

「分かりますが……」

「舞い上がって、自分たちだけの世界に入って、周りの状況が見えなくなる――正直言えば、放置しておきたい」橋田が吐き捨てる。

「まだ、二人が一緒に逃げたと決まったわけではないですが」

「そっちの方向へ話を持っていこうとしたのは、刑事課長、お前だ」

原は唇を引き結んだ。署長の指摘はもっともで、言葉もない。実際原自身、ここから先どうしていいかはまだ分かっていないのだ。仮に二人を見つけたとしても、何と言うべきなのか？ 行方不明者届が出ているから、家族には報告しないといけないのだが、そこから先は家族の問題として手を引いていいものか。吉岡は、刑事課にとっては貴重な戦力でもある。仕事に復帰してもらいたいとは思うが、果たしてそれが許されるだろうか。失踪してしばらくは有給扱いにしていたが、それももう使い果たしてしまっている。今の吉岡は無断欠勤が続いている状況で、仮に戻って来ても処分は免《まぬが》れない。いや、そもそも戻れるかどうか……橋田に確認してもよかったが、この署長は簡単には腹の内を見せないだろう。

その時、スマートフォンが鳴った。急いで手にしてみると、綾子――何か出たか？ 今日は署長に無断で彼女を沼津に向かわせ、近所の聞き込みをさせていたのだが、何か手がかりを見つけたのかもしれない。

「すみません、出ないといけない電話です」

橋田に断わりを入れ、原は署長室を飛び出した。警務課を通り過ぎながら電話に出ると、綾子の弾《はず》んだ声が耳に飛びこんでくる。

「沼津にいるようです」

「間違いないか?」原は急ぎ足で裏口——駐車場に向かった。

「はい。あの海苔屋の近くのコンビニで……吉岡さんが目撃されていました」

「間違いないか」

「間違いありません」綾子の口調は自信に満ちていた。「ほぼ毎日、決まった時間に顔を出します」

「時刻は」

「夜、十一時ぐらいです」

「何でその時間なんだ?」

「理由は分かりませんが、毎回煙草を買っていくそうです」

「なるほど」

納得したのと、外へ出たのがちょうど一緒だった。原も煙草を一本引き抜いて火を点けた。最近、煙草の自動販売機はどんどん減っており、買う時はコンビニエンスストアで、ということが多い。吉岡も同じか……自動販売機を探して街を歩き回るよりも、近所のコンビニで買う方が安全だと思っているのかもしれない。しかしそれなら、カートン買いした方がさらに安全なのだが——さすがに、ずっと部屋に籠《こも》りきりだと気が滅入るから、一日に一度ぐらいは外の空気を吸おうとしているのかもしれない。その気持ちは分からないでもないが、甘い。

「奴がどこにいるかは分かるか？」

「さすがにそこまでは……」

「分かった。よくやった。取り敢えず、一度こっちへ引き上げてきてくれ。今、署長を説得しているんだが、君が直接話した方がいいだろう」

「了解です。一時間で戻ります」

綾子が戻り次第詳しく報告させると橋田に告げ、一時的に会議は中断した。目撃証言が出たと聞いても、橋田は嬉しそうな表情を見せなかったが……問題が複雑化するのを心配しているのかもしれない。

綾子は結局、一時間半後に戻って来た。刑事課に上がって来た時には、額に薄らと汗……車を運転してきただけなのに、焦りが体を熱くしたのかもしれない。

「すみません、遅れました！」本気で申し訳なさそうに頭を下げる。

「沼津から一時間で来られるわけがないだろう」原は苦笑しながら受話器を取り上げ、内線の番号をプッシュした。署長の電話は話し中——構うものか。少し遅れたが、改めて報告させると言ってあるのだ。原は綾子を伴って、一階に降りた。

橋田はちょうど電話を終えたところだった。先ほどとは微妙に表情が変わっている。何かあった——今の電話がその「何か」かもしれないと原は推測した。

綾子の背中を押して、署長席の前まで行かせる。直立不動のまま報告を始めようとしたが、橋田は「座ってくれ」と柔らかい声で言った。

原と綾子がソファに腰を下ろすなり、橋田が切り出した。

「今、本部の警務と話したんだ」

「はい」原は相槌《あいづち》を打ったが、戸惑った。何のことだ？

「何か……本部で何かあったようだな」橋田が慎重な口調で言った。

「何かとは……警務が何か言っていたんですか？」

「捜査二課が急かしているそうだ」

ああ、と言いかけ、原は唇を引き締めた。捜査二課は、吉岡が日兼コンサルタントの海外贈賄を一人で追いかけていたことを知っている。それで文句を言われたこともあった。しかし今になって何の話だ？

「先ほど刑事課長が話をした後、警務に相談した。向こうも『待て』だったんだが、今電話がかかってきて、手がかりがあるならすぐに吉岡を捕まえて欲しい、という話になった」

「捜査二課が、警務に何か言ってきたんですね？」相変わらず、警察の中では情報――噂が広まるのが早い。警務に入った連絡がどういう形で捜査二課に伝わったかは分からないが、二課の然るべき立場の人間が「緊急だ」と判断したに違いない。

「俺は詳しい事情は聞いていない。二課のことなら、刑事課長に探りを入れてもらった方が早いと思う。実際、何があった？　どうして吉岡が、二課にとって重要人物になったんだ？」

原は少し躊躇した後、事情を話した。吉岡と同様、捜査二課も海外贈賄事件を追っていたこと。両者は協力せず、捜査二課は妙にカリカリしていたこと――納得したように橋田がうなずく。

「捜査二課は、海外贈賄の捜査を急いでいるんだろう。しかし、いい筋がない——吉岡が何か手がかりを摑んでいると推測したんじゃないか？　吉岡の手がかりが欲しくなって急に発破をかけてきた——そんなところじゃないか？」

「仰る通りかと」原はうなずいた。

「こうなると、人手を割かざるを得ないな。他の課からも手を借りて、一気に現地で捜索するか？」

「いえ」原は首を横に振った。「それでは吉岡を刺激してしまうかもしれません。刑事は敏感なものですから……それは避けたいんです」

「だったらどうする？」

「取り敢えず、吉岡が夜に姿を現わすという情報は入っていますから……木村君、詳しく報告してくれないか？」

綾子が話を始めると、橋田の眉間の皺が次第に浅くなってきた。いい手がかりだと判断したのだろう。その様子を見て少しほっとしながら、原は吉岡を捜索する手順を考えた。

「——今の状況を考慮して、目立たない張り込みがベストかと」

「そうだな」原の提案に対して橋田がうなずいた。「人はどうする？」

「最低四人、欲しいですね。問題のコンビニと海苔屋に二人ずつ」

「海苔屋の上のマンションに潜んでいると思うか？」

「可能性はあります。いずれにせよ、吉岡が動くのは夜でしょうから……できれば、今夜から張り込みを始めたいと思います」

「人の手当てはできるか？」

「何とかします。特捜の方は、少し手を抜かざるを得ないですね」

「それは俺が何とかする。刑事課長、こうなったら先を急ぐしかないぞ。どうも嫌な予感がする」

「同感です」

あまりそりの合わない署長だが、この時は自分たちの考えは完全に合致していると原は確信した。

綾子はすぐにでも沼津に引き返すと言ったのだが、さすがに原は止めた。

「私は大丈夫なんですが」不満そうに唇を尖らせて綾子が言った。

「君が大丈夫でも、俺が困るんだよ。君の超過勤務は、とんでもないことになってる。回り回って、署長が本部の警務から怒られるんだから」

「でも、手がかりを見つけたのは私です」綾子は自分の手柄を最後まで持ち続けたいようだった。

「これはラグビーなんだ」

「はい？」綾子がきょとんとした表情を浮かべる。

「ラグビーでは、誰がトライしたかは問題じゃない。どんなトライでも、チーム全員で奪ったものなんだ。警察の仕事も同じで、誰が犯人を逮捕したかなんて、どうでもいいんだよ。そこに至るまでは、多くの刑事が汗を流しているんだし、全員が平等に評価される……それより君には、他にやってもらいたいことがある」

「何ですか？」

「岩城奈緒美の関係なんだが——君が会った彼女の友人に、俺も会ってみたい。吉岡と彼女が本当に関係があるのか、探りを入れたいんだ。その確証が得られれば、吉岡を捕まえる前にもう少し事情が分かると思う」

「それでしたら、他に当たれる人がいます——もっと適切な人が」

「不倫している、ということをそんなにたくさんの人に話しているとは思えないが……一度会った人に、もう一度別の人間が会えば、また何か別の情報が出てくることもあるからな。俺が浅倉那美に会ってみるか」

「彼女からは完全に絞り出しています。もう何も出ませんよ」

大した自信だ、と原は苦笑したが、同時に頼もしくもなった。最近の若い刑事はさらりとしているというか、仕事に対する執着心が薄い。徹底して一つの事件に打ちこんでこそ、刑事の仕事の面白さが分かるのだが……ミスをするわけではないが、熱のない仕事ぶりを見ていると、警察の将来が心配になる。しかし綾子のように、やる気満々の若手もいるわけだ。彼女にはさらに経験を積んでもらい、近い将来は「鬼軍曹」として後輩たちを鍛《きた》えてもらいたい。

「それで、他に当たれる人間というのは?」

「奈緒美さんの一番の親友です」

「そういう人間に、まだ事情聴取できていなかったのか?」

「物理的に不可能だったんです」綾子が反発気味に説明した。「すぐに割り出していたんですけど……」

「どういうことだ?」

「病気で入院していて、事情聴取できなかったんです。でも昨日、退院したと連絡がありまして——向こうからわざわざ連絡してくれたということは、こちらと会う意思があるはずです」

「そうだな」原はうなずいた。「これから会えるか? こうなったら、早い方がいい」

「連絡します」

うなずき、綾子が自席に戻って電話をかけ始めた。それを横目で見ながら、原は沼津に派遣する人間をリストアップし始めた。四人の刑事を確保するのが難しい……刑事課は全員、超過勤務の状態が続いており、後で署長が渋い表情を浮かべるのは分かっている。これなら、すぐにも生活安全課や地域課の人手を借りた方がいいのだが、原は今夜に賭けていた。本当に毎日のようにコンビニエンスストアに姿を現わすとしたら、できるだけ早く身柄を確保したい。勝負は、自分の部下に任せたかった。

派遣する四人を決め、招集の電話をかけ終えたところで、綾子が課長席にやって来た。

「摑まりました。自宅で会えるように手配しましたが、すぐ出かけられますか?」

「ああ、行こうか」十一時に沼津で張り込みを展開するためには、十分余裕がある。

綾子が見つけたもう一人のネタ元、早見《はやみ》麗華《れいか》は、お台場《だいば》海浜公園《かいひんこうえん》駅近くにあるタワーマンションに住んでいた。

「そこは？　実家なのか？」今度は原が自らハンドルを握っていた。沼津から帰ったばかりの綾子を少し休ませてやろうと思った。

「いえ。結婚して、夫婦二人暮らしのようです」

「お台場のタワーマンションね……億物件じゃないかな」

「そうかもしれませんね」綾子はよく分かっていない様子だった。

「この辺の不動産価格は、東京オリンピック後に暴落するだろうな。日本で最後の不動産バブルだよ」

「そうなんですか？」

独身の綾子なら分からなくても仕方ないか。原はバブル崩壊後、地価が暴落していた時期に戸建てを手に入れたので、必然的に不動産事情には詳しくなった。

「本人は、仕事は？」

「二年前に結婚して、今は専業主婦です」

「だったら、旦那が相当な金持ちなんだな」

「そうなんですかねえ……まだ詳しい事情は聴いていないんですよ」綾子の口調は、まだのんびりしていた。

二棟並んだタワーマンションは、見上げるような高さだった。高所恐怖症の人なら、まず見向きもしない物件……原は、家を買う時にマンションも検討してはいたのだが、タワーマンションだけは候補から外していた。災害時の様々な問題を恐れたからだ。大災害——地震の時などに、先頭に立って市民を助けなければならない警察官が、家から出られないような状態になっては困る。

麗華の家は二十五階だった。間違っても窓の外を見ないようにしよう、と原は決めた。高所恐怖症だけは、いつまで経っても克服できない。

麗華は一見したところ元気そうで、退院したばかりには見えなかった。ほっそりした体型。ウールのカットソーに長いスカートという気楽な部屋着だったが、上品な雰囲気は損なわれていない。街を歩けば、十人中九人が振り向く容貌だ。

「退院後で大変な時に申し訳ありません」綾子がまず切り出した。

「とんでもないです。すみません、入院していてお話しできなくて」

高いマンションに住んでいる割には高慢な雰囲気がないな、と原は思った。何も、タワーマンションに住んでいる人が全員高慢なわけではないのだろうが。

しかし、やはり金がかかった家だ——高そうなものは一つも置かれていないのだが、ソファに座った途端に原は確信した。革の座面はパンと張っていて、座り心地がいい。目立たない部分に金をかける、いい趣味の持ち主なのだろう。

「病気の方は、もういいんですか?」原は訊ねた。

「一応は……胃潰瘍だったんです」

「ああ、それは大変だ」原はうなずいた。常に時間に追われてイライラしている警察官にも患者は多い。

「昔だったら、胃を全摘出だって脅かされました」

「そんなにひどかったんですか」

「でも、入院して五キロ痩せましたから、ラッキーでした。しばらく薬を飲まないといけないんですけど、今はもう何ともないですし」

五キロ痩せる必要があったのか、と原は呆れた。概して日本の女性は、体重を気にし過ぎではないだろうか。

「今日は、岩城奈緒美さんのことでお伺いしました」原は話題を引き戻した。

「はい」向かいに座る麗華がすっと背筋を伸ばした。

「あなたは、岩城さんとはつき合いが長いんですよね？」原は念押しした。

「高校時代からです。大学も一緒でした。実は会社も同じです」

「日兼コンサルタント？」

「はい……珍しいですよね。日兼コンサルタントはそんなに大きな会社じゃないのに、高校時代の同級生が一緒に入社するなんて」

「二人で話し合って決めたんですか？」

「まったく偶然です」麗華が微笑んだ。何となく余裕が感じられる……この豊かな生活の故だろうか。

「仕事も一緒にしていたんですか?」

「いいえ。奈緒美は総務系で、私はシンクタンクの方——そちらの雑用が主でしたから、全然別でした」

「結婚されたのは二年前、でしたね。それであなたは、会社も辞められた?」

「はい」

麗華は海外贈賄事件について知っているのだろうか。シンクタンク部門は、直接コンサルタント業務にかかわることはないだろうから、知らなかった可能性が高い……。

「ご主人は?」

「仕事で知り合いました。日兼コンサルタントの人ではないですよ」

「お仕事は何を?」

「IT系の会社を経営しています」

右も左もIT系か、と原は少し皮肉っぽく思った。そんなに儲かるものだろうか? まあ、若くして会社を興《おこ》し、金儲けできるようになったら、あとは美人の嫁さんを貰って……というメンタリティは理解できないでもない。

「若いのに大したものですね」

「いえ……主人は四十五歳です」驚いたような表情を浮かべて麗華が言った。

「ああ、失礼しました」

一回り以上年上か……この勘違いが話の腰を折らないといいのだが、と原は心配になった。そこで、この先を綾子に任せることにする。目配せすると、綾子が素早くうなずいて手帳を広げた。

「最後に奈緒美さんと会われたのはいつですか？」原は本筋に入った。

「三か月前です」

「入院前ですけど……もうだいぶ調子は悪かったです」麗華が胃の辺りを掌で摩《さす》った。「食事をしたんですけど、あまり食べられませんでした。胃が痛いせいだけじゃなかったですけど」

「どういうことですか？」綾子が身を乗り出す。

「不倫しているって聞いて……奈緒美は、そういう子じゃないんですよ」

「不倫なんかしそうにないタイプということですか？」

「去年ぐらいまでは、『私はずっと仕事だから』と言っていたんです。あの……こんなこと言っていいかどうか分かりませんけど、彼女、三年前にひどい失恋をしたんですよ。結婚も考えていた相手だったんですけど」

「それで、恋愛よりも仕事、という方針になったわけですね」

「その時、もう三十近かったので、仕事か結婚か、悩んでいたんだと思います。私は、結婚を諦める必要はないよって慰めたんですけど、奈緒美は不器用なところがあるから。仕事と決めたら仕事。そこに集中したら、恋愛している暇はなかったと思います」

「でも、不倫の話を聞かされたんですね？」綾子が相槌を打った。

「びっくりしました」麗華が両手を胸に当てる。「奈緒美に限って、そういうことだけはあり得ないと思っていたので。でも、本気だったみたいです」

「相手は？　名前や職業は聞いていませんか？」綾子が畳みかける。

「いいえ」麗華が静かに首を横に振った。

原は、希望が静かに萎むのを感じた。結局、吉岡と奈緒美の関係は、原の妄想の産物に過ぎなかったのか……がっかりし始めたところで、綾子が機転を利かせた。

「あの、顔は見ませんでしたか？　写真とか」

「写真ですか？　一瞬見ました。奈緒美がスマホで写真を見せてくれたんです」

「本当ですか？」

原も思わず声を上げた。あまりにも大きかったのか、麗華がすっと身を引く。しかしすぐに、冷静な声で「本当です」と認めた。

「ちょっと見て下さい」

綾子がスマートフォンを差し出した。麗華が体をよじるようにして、テーブルに置かれたスマートフォンを覗きこむ。綾子が「手に取って見て下さい」というので、恐る恐るスマートフォンを摑んだ。

「ああ……はい」

「この人ですか？」

「この人だ……と思います——いえ、間違いないです。これだけ耳が大きい人って、あまりいませんよね」

　そうだった。吉岡は署内では「福耳」として知られている。顔が細いので、より耳たぶの大きさが目立つのだ。縁起がいいはずなのに、今回はとんでもない問題を引き起こした……。

「間違いないですね？」綾子が念押しした。

「ええ。でも、警察の人だったんですか？」

　綾子が麗華に見せた写真は、身分証明書に使われる正式なものだ。制服を着ているので、警察官だとすぐに分かる。

「警察の人と不倫って……」麗華の顔に影が射した。「どういうことなんですか？　それで二人で駆け落ちでもしたんですか？」

「一緒にいる可能性もあります」綾子が認めた。

「そんな馬鹿馬鹿しいこと……だいたい、どうして奈緒美が警察の人と知り合ったんですか？　接点がないでしょう」

「それについては今、調べています」綾子が淡々とした口調で言った。「それより、奈緒美さんはどんな様子でした？　悩んでいたんですか？」

「悩んでいなければ、私に話したりしません。私は体調が最悪だったんですから。それでも奈緒美は、どうしても会いたいって」

「あなたはどうアドバイスしたんですか？」

「別れた方がいいって、すぐに言いました。奥さんのいる人を好きになっても、絶対にいいことはないから……仮に向こうが離婚して奈緒美と結婚できても、幸せになれる保証はないよって説得しました」

「それに対して奈緒美さんの反応は？」

「やっぱりそう言われると思ったたって、諦め顔で……関係を続けていたらまずいことは、奈緒美にも分かっていたんですよ。でも、自分一人では決められないから、誰かに背中を押して欲しいと思ったんじゃないですか？　奈緒美はちょっと弱い——決断力が弱いところがありますから」

「長年のつき合いがあるから、性格も分かるんですね」

「ええ。でもその後、私は胃潰瘍が悪化して入院してしまって……入院があんなに長引くとは思いませんでした」

「一か月近く、でしたね」

「はい。たかが胃潰瘍と思ってたんですけど……その時に、奈緒美が行方不明になったって聞いて、ああ、私の言うことを聞いてなかったんだなって、悲しくなりました」

「どこか、奈緒美さんが行きそうな場所に心当たりはないですか？」

「それは全然分かりません」

「沼津はどうですか」原は二人のやり取りに割りこんだ。

「沼津ですか？　沼津って、静岡の……」

「そうです。そこに彼女がいる可能性があるんですが——」

「ああ、はい」麗華が顔を上げた。

「何か心当たりが?」

「はい、でも、どうかな……」麗華が首を傾げる。自信なげだった。

「何でもいいんです。手がかりになりそうな情報なら何でも欲しい」

「大学の友だちが、たしか沼津出身で……今はどこにいるか分かりませんけど」

「その人の名前と連絡先を教えて下さい」

簡単な話に思えたが、意外に時間がかかった。麗華はその女性とはあまり親しくなく、連絡先を知らなかったのだ。何人かに訊いて、ようやく住所と電話番号が分かったのは、三十分後だった。

「沼津に戻ったみたいですね。向こうで、高校の同級生と結婚したそうです」

「まさか、相手は松中という男ではないでしょうね?」原は思わず突っこんだ。冷静に考えれば、同級生であるわけがない——松中は吉岡と同期だから、少なくとも奈緒美の同級生より三歳以上年上のはずである。

「違いますよ」

あっさり言われて、原は焦って勘違いしてしまったと気づいた。どっしり構えて推理を働かせたいのに、これでは駆け出しの刑事だ——いや、駆け出しの刑事でも、もう少しましな推理をするだろう。

とにかく、大きな手がかりが手に入った。吉岡も奈緒美も沼津に縁があるなら、逃亡先としてあの街を選んでも不自然ではない。そこそこ大きい街だから、人に紛れるのも難しくないだろうし。

しかしその逃亡は、もうすぐ終わりを告げるはずだ。警察は、一度摑んだ手がかりは絶対に離さない。そんなことは、吉岡は当然分かっているはずで――大事なのは、隠密行動を貫くことだ。刑事は敏感なものだし、万が一自分たちが沼津で動いていると察知したら、すぐに逃げ出すだろう。そうなったら一からやり直しだ。

年末が近い。

殺人事件の捜査はまだ動きがないままだが、せめて吉岡だけでも無事に発見したかった。そうしないと、正月に吞む酒は苦いものになるだろう。いや、そもそも酒を吞む暇さえなくなるかもしれない。

署に戻り、沼津に派遣する四人の刑事と打ち合わせをした。午後九時前後から二か所で張り込みに入り、午前一時まで続行。何かあればすぐに連絡するのは当然として、何もなければ午前一時の段階で報告して張り込み解除。その後は覆面パトカーで東京へ戻る。明日はそのまま非番にしていい――真夜中に仕事から解放されて、昼間が非番でも、大して休んだ気にはならないのだが。

四人を送り出すと、綾子が遠慮がちに切り出した。

「奈緒美さんの大学の同級生――和田真奈《わだまな》さんは放っておいていいんですか？　彼女を頼って

いる可能性もありますよ」

「話は聞きたいが、今は刺激しないようにしよう。二人に察知されたくない」

「でも、因果を含めておけば、情報は漏れないんじゃないですか?」

原はゆっくりと首を横に振った。綾子が焦る気持ちも分かるし、捜査の手法として対象人物の周辺を調べるのは常道なのだが、今回はとにかく慎重にいかねばならない。情報漏れは厳禁だ。

「人間関係が、今ひとつはっきり分からない。危険を冒して二人を匿うほどの関係なのかどうか……それより、一つ気になることがあるんだ。君の意見を聞かせてくれるか?」

「はい」緊張した面持ちで、綾子が気をつけの姿勢を取った。

「そう固くなるなよ」原は苦笑した。「君はまだ、知能犯捜査に関する経験がない。専門を決めるには早過ぎる……その前提で話してくれ。純粋に意見が聞きたいだけなんだ」

「はい」綾子の緊張は解けなかった。

「吉岡と岩城奈緒美が愛人関係にあったのは間違いないと思う。しかし、二人が知り合うきっかけは何だ? 妻子ある刑事と、一流企業に勤める女性社員——接点があるとは思えない」

「日兼コンサルタントの本社はうちの管内にありますし、街で偶然知り合うこともあるんじゃないですか? 食事や、呑んだりしている時とか」

「木村君、材料はある程度出揃っているんだ。もう少し想像力を働かせてくれ」原は顎の下で両手を組み、ヒントを与えた。「失踪する前、吉岡は何の仕事をしていた?」

「日兼コンサルタントの海外贈賄に関する内偵――まさか、岩城さんがネタ元だったっていうんですか？」綾子が目を見開いた。

「俺は、その可能性が高いと思う」原はうなずいた。

「でも、普通の社員がいきなり会社の不正をタレこんだりするものですか？　ちょっと勇気があり過ぎるというか、思い切りがよ過ぎますよね」

「そういうケースもある」

原は自分の経験を思い出していた。今川も、いきなり本部の捜査二課に電話を入れるという思い切った手段に出たではないか。自分がたまたまその電話を受け、会ってからはラグビーの話で意気投合し、事件は無事に立件された――似たような事例はいくらでもある。

「私は、そういう電話を受けたことはないですけど」

「そのうち嫌でも経験するよ。今回の殺しの特捜本部にも、情報提供の電話が何本もかかってきた。そういうものの九割はガセネタなんだが、宝の山を探り当てるためには、全部の情報をきちんと精査しなければならない」

「はい……吉岡さんのことですけど、ネタ元になった岩城さんと恋愛関係になった――そういうふうに考えていいですか？」

「俺はそう考えた。ただ、二人揃って失踪する理由は未だに分からない。普通にしていればよかったんだ――普通というのはおかしいかもしれないけど、事件は事件で立件して、自分たちの恋愛問題には別途片をつける……しかし吉岡は、捜査を途中で放り出して失踪した。あいつは女性に慣れていなかった——免疫がなかったから、発作的にそういう行動に出たのかもしれないが、仕事を途中で放り出すような男じゃない」

「でも、恋は盲目って言うじゃないですか」

「まあな」一原は右手で顔を擦った。「特に免疫のない人間は、一度ハマると他の全てを放り出してもがむしゃらに突っ走ってしまうのかもしれない。それにしても、不自然じゃないか。彼女の方では、どういう理由で失踪した？」

「吉岡さんから誘われたんじゃないですか？」

「ちょっと考えにくいな……彼女が吉岡のネタ元だったとして、優先事項は、まず会社の不正を正すことだと思う。それを途中で放り出して、ネタを提供した刑事と一緒に失踪する——何にもならないじゃないか」

「二人とも、状況が見えなくなっていたのかもしれません。手に手を取ってとか……自分たちを悲劇の主人公だと思っていたんじゃないですか？」

「そんなものかね」

「私もよく分かりませんけど」綾子が首を傾げる。

恋に落ちた二人が暴走するというのは、いかにもありそうなことだ。しかし、それだけでは動機として不十分——二人の行動を後押しした材料が、まだあるのではないだろうか。

しかしこればかりは、想像してもどうにもならない。結局は、二人を捕捉して確認するしかないのだ。

その夜、課員たちを帰した後も、原は署に居残った。一度自宅へ帰って着替えようかとも思ったのだが、もしかしたら沼津に飛んでいる刑事たちが二人を見つけるかもしれない。そうなった時にいち早く動くためには、署にいた方が効率的だと居残りを決めた。

十一時……連絡がないまま「定時」を過ぎた。さらに十五分が経過し、焦れて、現地に派遣した刑事たちに電話を入れようかと思った瞬間、スマートフォンが鳴った。

「原だ」

「井川《いがわ》です」井川はコンビニエンスストアを見張っているはずだ。「今のところ、動きはありません」

「姿を見せないか……」

「はい。予定通り、一時まではここで張ります」

「何かあったら、いつでもいいから連絡してくれ」

電話を切ると、失望感がじわじわと広がっていく。綾子の動きで感づかれてしまったか？ あるいはその前——自分たちが松中の店を訪ねて行ったことが契機になってしまったかもしれない。

溜まっていた書類を処理するか……しかし考えただけで、そんな気になれなかった。おそらくこのまま——あと二時間、連絡がないままに時が過ぎる。次に連絡が来るのは、連中が張り込みを解除する午前一時の予定だ。

ふと、今川の顔を思い浮かべる。

事態が動いていく中、今後今川がどう出るかは想像がつかない。果たして彼が、海外贈賄でどんな役目を果たしているかも……吉岡が摑んでいた事実を知りたいと強く願った。あいつは、全体の流れを摑んでいただろうか。もしも癒着《ゆちゃく》がずっと以前から続いていたら、今川は絡んでいなかった可能性もある。最終的に、社長として追認しただけとか……その場合、彼がどのような立場に立たされるか微妙だ。自分だったら立件しない。その代わりに会社としての責任を認めさせ、情報提供を求める——一種の司法取引と言えるだろうか。

持ちかけてみるか……しかし彼が乗ってくるかどうか、自信はない。今川も、二十年前とは立場が違うのだ。二十年前の彼は、純粋な正義感、それに会社を守ろうという愛社精神から情報提供をしてくれた。しかしその中に彼自身の出世欲が絡んでいることを、原はやり取りの中で摑んでいた。会社の腐敗した部分を排除すれば、彼自身、上に覚えめでたくなる、と判断していたのではないだろうか。その狙いは当たった——実際彼は、日兼物産の「中核十社」の一つである日兼コンサルタントの社長に就任したのだから。二十年前の一件が、彼を出世コースに乗せたのだ。次は本社で一段上の役員、さらに社長の目もあり得る……。

二十年前、事件捜査が一段落した時のことを思い出す。その時初めて彼と酒を吞んだのだが、今川が安堵と悲嘆の入り混じった不思議な表情をしていたのを思い出す。

「知り合いが逮捕されるのはきついものですね」彼はぽつりと打ち明けた。

「それは分かりますが……」

「昨日まで一緒に仕事をしていた人がいなくなって、この後会うこともない……その原因が自分だと分かったら、何を言われるでしょうね」

「胸を張っていればいいんじゃないですか？　間違ったことは一つもしていない。それに私は、あなたに感謝して、尊敬しています。身を賭して思い切ったことをしてくれたおかげで、社会の暗部が抉《えぐ》り取られたんですよ」

「そういう暗部が自分の会社にあったことも嫌なんですよね。これから、会社は大変になると思います」

「それを立て直すのが、あなたの仕事じゃないんですか？」

「私はただの平社員ですよ」今川が鼻に皺を寄せる。

「いや、あなたは結果的には日兼物産を救った人になるはずだ。私はそうなると信じています」

その直後、今川はロンドン駐在員になった。おそらく、彼には社内に「庇護者」がいたのだろう。今川が「タレこみ屋」として社内で厳しい目で見られないように、一時的に隔離したに違いない。インターネットで世界がつながり、グローバル化が進んでいるといっても、海外にいる人間の責任を追及するのは難しい。商社ならそういう人事も可能なのだ、と妙に感心したのを覚えている。

ロンドンに赴任した今川から最初に送られてきたのは、「レッドドラゴンズ」の愛称を持つウェールズ代表の試合のビデオだった。

3

年内最後の取締役会で、今川は思い切って司法取引を提案した。柏木に言われたことは気になっていたが、今は司法取引に心が傾いている。

「会社としてこの苦境を乗り切るためには、思い切った手に出る必要がある。捜査当局が立件できると確信するだけの事実はあるのだから、これは隠しようがない。だったら、こちらから先に話を持ちかけて、免責を求める――」

「ちょっと待ってください」低い声ですかさず反対の声を上げたのは、やはり浜本だった。目が据わっている。「それはつまり、誰かを犠牲者として差し出す、ということですよね」

「会社としてはそういうことはしない」今川は否定した。

「誰かを主犯格として差し出す代わりに、会社は助けてもらう――そういうことじゃないんですか」浜本が繰り返した。

「誰が主犯格か判断するのは、捜査当局の仕事だ」

「要するに、私の首を差し出して、それで終わりにするつもりですか」

「現段階では、具体的に誰を、とは考えていない」

否定しながらも、今川はまったくその通りだと思った。浜本はプロジェクトの責任者であると同時に、最初から最後までかかわっていた人間だ。捜査当局が血祭りにあげるとしたら、まず浜本だろう。そしてこれまでのデータを提供すれば、捜査当局はすぐに浜本の名前を割り出すはずだ。

「自分が逮捕される可能性も考えている」今川は言った。

「まさか……会社を助けるということは、社長ご自身は無事でいることになるわけですよね」

浜本がねちっこく言った。

「私は会社を代表しているだけで、この会社は私のものではない」

「しかし、会社が無事ということは、代表者も無事——違いますか?」

「それは筋が違う」

「だいたい、こんなことが事件になるわけがないんだ」浜本が立ち上がった。今川の正面に座っているので、きっちり向き合って対決する形になる。「海外でのビジネスで、相手に金品を提供することはよくある。賄賂自体が、公務員の収入として考えられている国だって少なくないんですよ。社長はアメリカやヨーロッパでしか仕事をしていないから分からないでしょうが、そういう金を動かさないと、政府高官と話すらできない国だってある。この件が立件されたら、他の商社も東南アジアやアフリカでは仕事ができなくなりますよ。一罰百戒《いちばつひゃっかい》でうちをやり玉にあげるつもりかもしれないけど、それだったらうちである必要はない。わざわざ自分の首を差し出すのは、自殺行為です。それとも、もう捜査当局の手が迫っているんですか?」

「それは分からない」

「だったら、わざわざ蛇の穴に首を突っこむ必要はない。自殺行為です」

「これは賭けかもしれない」今川は認めた。「それでもやるしかない。何よりも守らなくてはいけないのは会社だ」

「会社のために利益を出した自分たちが、非難されるいわれはない！」浜本が声を張り上げた。

「もしも我々に責任があるというなら、それはすなわち会社の責任です」

「だったら全員共倒れするか」

「そういうことはありませんね」

浜本が突然ニヤリと笑った。その笑みに、今川は背筋が冷たくなるのを感じた。こいつ、何かしかけたな……やはり全ての責任を自分に押しつけて、自分だけは罪を逃れようとしているのではないか。

しかし、彼の企みが想像もつかない。本社と通じて何か画策しているかもしれないが、捜査当局は「証言」だけでは立件しようとしないだろう。データが揃っていてこそ――そのデータは自分たちも摑んでいる。仮に浜本たちが、同じデータを全てまとめて処分したとしても、こちらにはコピーがあるのだ。

浜本が、そんな簡単なことをするわけがない。何かもっと複雑なしかけで、自分は罪を免れ、逆に俺に責任を押しつけてくるに違いない。

しかし……この取締役会で解任動議が出ないのは不思議だった。まだ意見が一致していないのか、あるいは何か別の手を考えたのか。別の手だろう、と今川は想像した。解任されるよりもひどいこととは何だろう？

「とにかく、余計なことはするべきではありませんな」どこか余裕を感じさせる口調で言って、浜本がゆっくり腰を下ろした。

「では、司法取引はしない——それが取締役会の総意ということでよろしいか？」

全員が黙ってうなずく。負けた、と今川は実感した。自分は所詮、本社から送られてきたお飾り社長なのだ。プロパーの役員たちが一致団結したら勝てるわけがない。


二十年前、粉飾決算事件の捜査のきっかけは、今川が提供した「裏帳簿」だった。その後、原から何度か接触があり、他にデータが手に入らないかと打診があった。それこそ過去の決算報告書から、社員の名簿まで……そうやって着々と捜査の準備を整えていくのが分かった。

今回はどうだろう。捜査当局が何らかのデータを入手しているかどうかは分からない。今のところ、原と話して「何かが始まっている」予感がしているだけだった。

取締役会後の夕方の社長室。ぽっと空いた時間に一人きりになると、今川の脳裏に様々な考えが去来した。

原に接触しようか、と考える。司法取引というわけではないが、思い切って彼に相談し、アドバイスを貰う……その時に、集めたデータを渡してしまう手もある。そうしたら彼は、どんなふうに動くだろう。今は刑事課長として捜査を指揮する立場だから、二十年前よりも上手く、そして迅速《じんそく》に対応するかもしれない。

二十年前……何度目かに会った時、原が沈鬱な表情で訴えた。

「実はこの件は、私の手を離れることになりました」

「捜査しないんですか？」今川は思わず目を見開いた。リスク承知で情報を提供したのに、立件できないというのか？　十分な証拠も揃っているのに。

「捜査はします。しかしうちはやらないということで……」原が唇を噛む。

「すみません、意味が分からないんですが」

「上司には報告しました。それがいつの間にか——回り回って、東京地検特捜部に入ったんです。こういう事件——大きな企業の粉飾決算事件は特捜部が捜査するという、暗黙の了解があるんです。社会的な影響も大きいですからね……今回は、うちでやれると私は思っていました。警察が捜査してはいけないという決まりはないですから、新しい実績にもなる。しかし、過去の実例から考えて、今回も捜査の主導権を特捜部に渡すことになったんです」

「捜査当局の動きは私には分かりませんが……」今川は困惑した。要するにこれは、陣取り合戦のようなものか？　だとしたら自分たちにはまったく関係ない。捜査が潰れないことを祈るだけだった。

「すみません」原が頭を下げた。「私の功名心は関係ないですね。ただ、自分で捜査できないのは悔しいんです」

「インターセプトされたようなものですか？」

「いや、特捜部は敵ではないですからね」原が苦笑する。

「そうですか……それで、私はどうなるんでしょうか」

「この件では引き続き、私が窓口になります」原の顔が少しだけ明るくなった。「今回、情報がどこから出たか——誰がネタ元かは、私は誰にも言っていません。自分だけのネタ元を隠すのは、捜査二課としては当然ですから、それは受け入れてもらえました。大事なネタ元を保護するために、今後もあなたとの窓口は私一人に絞る——そういうことで特捜部とは話をつけました。ですから、まったく知らない人間があなたに接触してくることはありません。そういう人がいたら、怪しいと思ってもらって構いませんから」

「そうですか……あなたの手柄にはならないんですか?」今川は念押しした。何度か会って、彼の人柄は信用できると判断している。その彼に手柄を渡せないのは残念だ。

「分かりません。あくまで特捜部の事件になるわけで——きっかけは私ですが、特捜部から見れば部外者ですからね。まあ、また機会はあるでしょう」原が寂しそうに笑った。「正直、事件を自分で手がけられないのは、刑事としては痛い。はっきり言えば、私のこれからの仕事は、特捜部の使いっ走りです」

「それは私には何とも言えませんが……」今川は困惑した。

「ただし、警察的には悪い話ではない。この場合は、警察の組織的には、ということです」

「警察の組織について、詳しいことは知りませんよ」原が何を言いたいか分からず、今川は遠慮がちに言うしかなかった。

「私は今、警部補です」

「ああ……はい」階級名ぐらいは分かる。

「警部補になったのは、遅くはないんですよ。一昨年——三十三歳の時だから、むしろ早かったと言っていいでしょう」

「一般企業だったら、どれぐらいのポジションですか?」

「主任から課長補佐ぐらいの感じですかね」原が微笑んだ。

「だったら、相当早いですね」

「ただ……正直、今の私は煮詰まっているんです」

「そうなんですか?」

「捜査二課の仕事というのは、どんどん事件を解決していくものじゃない。裏で情報を集めて、密かに立件を狙う——しかし、多くの情報は事件にならずに終わります。だから、二課の刑事の評価は難しいんですよ。それが、昇任試験では不利に働くこともあります。最近の私は、事件に関してはいい運がなかった」

「なるほど」事情は分かった。「言い方は悪いですけど、この件を出世の足がかりにしたいんですね?」

「足がかりというか、きっかけ……私は今、停滞しているんです。そこから一歩踏み出したい。あなたも同じでは?」

一瞬間を置いて、今川はうなずいた。歩んできた道は違うが、原は同い年であり、何となく互いの腹の内も読める。ラグビー経験者という共通点は関係あるかどうか……。

「あなたは出世街道に乗っているんじゃないんですか?」原が不思議そうに訊ねた。

「どうせなら、最高のポジションまで行きたいんです」

「つまり、社長ですか？」

「まあ、どうなるかは分かりませんけど」今川は軽く笑った。「何しろ人が多い……同期だけで、五十人以上いるんですよ。それで社長になるには、前後五年ぐらいから一人だけですからね」

「高い倍率ですね。だったら私の方が可能性があるな」原がニヤリと笑った。

「そうなんですか？」

「我々は、警察組織の中で絶対にトップになれない。それは、いわゆるキャリア組のポジションです」

「聞いたことがありますよ。あのドラマ――『大捜査』でしたっけ？　そこでよくそういう話が出て来ますよね」

「あれは、作り話がかなり混じっているんですけどね」原が苦笑した。「分かりやすいところで言えば、警察署長になれれば、我々としては御《おん》の字です。警視庁管内の警察署は九十八――今年、九十九か所になったんです」

「約百、ですか」百もあればかなり広き門のような感じがするが、続く原の言葉でその想像はひっくり返された。

「警視庁の全職員は四万人――その中の百人ですから、単純に考えれば倍率四百倍です。実際には、警察官ではない技官や事務職員もいますから、もう少し倍率は低くなりますけど」

「それにしても、狭き門だ」今川は首をゆっくりと横に振った。「警察というのも、なかなか大変なんですね」

今川のイメージでは、警察官と言えば街のお巡りさん、それに原のように地面を這うように捜査する刑事なのだが、組織である以上、管理職がいるのは当然だ。

「お互いに、この事件でいい道が開けるといいんですが」原が自分に言い聞かせるように言った。

「これぱかりは、何とも言えませんよね。自分では調整できない部分もある。俎板《まないた》の上の鯉《こい》みたいな気分ですよ」

「あなたは容疑者ではない」

「会社の中で、です」

「ああ……」原がうなずく。すぐに表情を引き締めて「警察からは絶対情報が漏れないようにします。それだけは徹底します」と保証してくれた。

あれから二十年。今川は順調に出世の階段を上がってきた。原はどうだろう。「警視になった」と聞いたのは二年前。あまり嬉しそうではなかった。警察官人生は残り八年で、目標にしていた署長になれるかどうか、微妙なところだという。試験で昇任できるのは警部まで、そこから先、警視、警視正は人事の事情で決まる。原は結局、警部から警視になるまで十三年ほどを要した。

「署の課長で二年、本部の管理官で二年、副署長で二年……そこまで勤め上げた時点で五十九歳だから、署長の目はないと考えた方がいい」警視になった直後に会った時、彼は暗い表情で指折り数えたものだ。

しかし今回、彼が中心になって海外贈賄の件を立件すれば、一気に評判が上がるのではないだろうか。階段を何段か飛ばして、署長への道が開ける——しかしそれは、今川にとっては本社社長への道が閉ざされることを意味するかもしれない。

いっそ、このまま原に全ての資料を渡してしまおうか。司法取引ではなく、内部告発者として——いや、社長自らが内部告発者になるなど、聞いたこともない。

何もないことを祈りながら、ただ時が過ぎるのを待つだけか……しかし、「何もない」確率は極めて低いと今川は読んでいる。捜査当局は、悪事があれば必ず摘発するわけでもない。そこに必ず「重要かどうか」という、いわば政治的な判断が入る。マスコミが興味を持って大きく取り上げ、その結果一罰百戒の効果も得られるかということだ。二十年前の粉飾決算問題で、今川はそれを学んでいた。

立ち上がり、窓辺に寄る。社長室からの眺めはそれほどよくない——いや、悪い。海辺が近い環境とは言え、窓が向いている西側に見えるのは隣のビルの窓だけなのだ。もちろん、東京ではどこへ行ってもビルの外には同じような光景が広がっている。ただし、日兼物産だけは別である。あそこの上のフロアからは新宿中央公園を見下ろせる。都心部では数少ない、緑豊かな空間を自分の手の中に置けるのだ。

あそこを手に入れたい——サラリーマンとして働いているからにはトップを目指したい。自分はそこに手が届くところまで来ているのだ。

働き始めて十年——三十代の前半ぐらいまでは、ラグビー選手としての栄光を懐かしむことはまったくなかった。しかし最近になって、「やめるべきではなかった」という思いが、年に一度ぐらいの頻度で不意に湧き上がってくる。自分が選ばなかった人生……卒業後に、当時は社会人ラグビーの「王道」チームであった重厚長大産業に就職し、日本代表でもキャリアを重ねる。現役生活は、おそらく三十代前半まで——大学卒業後十年ほどだろう。二十四歳の時にはワールドカップが始まっていたから、最低二回……上手くいけば三回出場して、日本の司令塔としてチームを率いていたかもしれない。引退後は社業に専念し、同期の仲間から十年遅れで必死に仕事をするか、あるいは仕事はそこそこでラグビーにずっとかかわっていく方法もあった。母校の監督、あるいは日本代表の監督として……そう、懇意にしてもらった、大田製鉄所の五十嵐がたどったように。

引き返せない。後悔しているわけではないが、自ら今の人生以外の全ての可能性を潰してしまったことが正解だったかどうか、迷うことはある。

スマートフォンが鳴った。花沢。あいつ、何を考えている？　直接電話はしないように、あれほどきつく言い渡しておいたのに。しかし無視するわけにもいかず、今川はすぐに電話に出た。

「電話はまずいぞ」すかさず忠告する。

「データが消えました」

「何だと？」

「我々が発掘したデータのオリジナルが全て消滅したんです」

緊急事態なので、極秘プロジェクトに参加した全員がすぐに集まった。というより、花沢の方から今川にきちんと説明したい、と申し出てきたのだ。

目立たない場所を選ぶ余裕もなく、五人は有楽町にあるホテルのロビーで落ち合うことにした。ここは昔から、ビジネスマンが打ち合わせに使うことが多く、夜になっても賑わっている。五人で固まって話をしていても、さほど目立たないだろう。ただしホテルへは、全員違うルートでばらばらに向かうこと——今川はそれだけは徹底した。尾行でもつけられたら、たまったものではない。集合時間は、余裕をもって午後七時にした。

今川自身は、六時五十分にホテルに到着した。既に城島康と沢居玲子は到着しており、五分遅れで花沢が、七時ちょうどに田岡吾郎が姿を現わす。全員が緊迫した表情を浮かべていた。

「事情を聞こう」今川は早速切り出した。「どういう状況で今回の件が分かったんだ？」

「トラップをしかけておいたんです」城島が控えめに打ち明けた。「元のデータに何かあった時に備えて、誰かがファイルをいじろうとしたら、すぐにアラートが来るようにしておいたんです」

「そういうプログラムを作ったわけか」今川は合いの手を入れた。

「はい」城島がうなずく。「それで今日の午後、立て続けにアラートが——おかしいと思って確認したら、データが次々に消去されていました」

「止めることはできなかったのか？」

「不可能ではないんですが、それをやると、監視していることが向こうにバレる可能性があります」

「そうか……」今川は顎を撫でた。伸びてきた髭の感触が鬱陶《うっとう》しい。「黙って見守るしかなかったんだな」

「すみません」城島が頭を下げた。「もう少し何か手を打っておくべきでしたが……サルベージは不可能ではないんですが、そのためには個別のPCを回収する必要があります」

「PCの入れ替えを名目にできないか？」

「時期的に無理ですね」城島が力なく首を横に振った。「半年前に全社で入れ替えたばかりです」

「ファイル削除に関する詳細なデータはあるか？」

「こちらに」

玲子が、ノートパソコンの画面を今川の方に向けた。表計算ソフトに、ファイル名と削除された時刻がずらりと並んでいる。最初は、今日の午後三時二十五分——取締役会が終わった直後だった。

浜本だ……取締役会の後、部下に命じて証拠書類の一斉削除を行なったに違いない。愚かな、と今川は皮肉な笑みを浮かべた。ハッキングしたデータは全てこちらの手元にコピー済みだ。

さらに「削除」した証拠も残っているから、海外汚職にかかわっていた人間に対して「データを消しただろう」と迫ることはできる。

「拙速だったかもしれません」田岡がぽつりと言った。

「拙速？」

自分が責められているように感じ、今川は目を見開いた。田岡は顔を伏せたまま、今川と目を合わせようとしない。しかし、続く言葉もはっきりしていて、非難のニュアンスが感じられた。

「取締役会で話を切り出すのは、もう少し先でよかったんじゃないでしょうか。こちらではしっかりデータを摑んでいたわけですから……証拠は手にあった、ということです。取締役会で正式に話をする前に、役員個別に切り崩しをしておくべきだったかと」

「取締役会は、全員が日兼コンサルタントのプロパーだ。私の味方は一人もいない」

「私もプロパーといえばプロパーです。普通の会社勤めはここが初めてで、ずっといますから」田岡がむっつりした表情を浮かべる。信頼されていないのか、とむっとしたに違いない。

「役員となると話がまた違う」

「確かに私には、何の影響力もありませんが」田岡が皮肉を吐いた。

何か不満があるのだろうか、と今川は心配になった。社長の権力を使い、正義感に訴えて動いてもらっただけで、彼らには何ら報いていない。

「私が言うべきではないかもしれませんが、まったく違う作戦を考えた方がいいと思います。

これまで話した限り、作戦は……一つが司法取引、一つがこのまま座して捜査当局の動きを待つ、三つ目がこの中の誰かが密かに捜査当局に情報提供する、です」田岡が親指から順番に指を折った。

「取締役会から見れば、逆に私を人身御供《ひとみごくう》にすることもできる。それこそ取締役会の誰かが捜査当局に情報提供して、その際に証拠をでっち上げて、私が首謀者だったことにすればいい」

「それはあり得ないでしょう」花沢が不満そうに顔をしかめる。「社長はプロジェクトに直接かかわっていないんですから。いくら証拠をでっち上げても無駄です。調べればすぐに分かるでしょう」

「仮に私が逮捕されたら、全て終わりだな」今川は首をゆっくり横に振った。「無実だと分かっても、そんなことは関係ない。日本では、逮捕されたという事実が重いんだ」

「分かりますけど……」花沢が唇を尖らせた。

「もう少し考えさせてくれ。それと田岡君、シンクタンクのフェローとして何かアイディアがあったら、迷わず言ってくれ」

「考えますが……あまり期待しないで下さい」田岡は早くも腰が引けていた。

「我々はどうしますか?」城島が遠慮がちに切り出す。

「目立つ動きは控えてくれ。監視は続行……もちろん、肝心のデータは削除されてしまったが、この後何か変な動きがあれば、すぐに知りたい」

「分かりました」城島がうなずいたが、目には力がなかった。

「順次解散してくれ。一緒に動かないように……それと、何かおかしなことがあったら、私に直接報告してくれ。携帯でも構わない」

「では、私から失礼します」玲子がノートパソコンを閉じ、一礼して立ち上がった。パソコンは小脇に抱えたまま、大股でロビーを横切る。背中が怒りで盛り上がっているようだった。

残された四人はしばらく雑談を続けたが、盛り上がるはずもない。そもそも共通の話題もないのだ。城島も田岡も遠慮がちだし――仮にも自分は社長なのだと強く意識させられる。しかし所詮はサラリーマン社長なのに。親会社から来て、二年で去って行く。日兼コンサルタントの社員にすれば、「お客さん」のようなものだろう。今川はかつて、原から聞いた話を思い出した。

「キャリア官僚というのは、我々にとってはお客さんだ。一番怖いのはミスだ。我々のミスがそのまま彼らの失点につながって、将来の出世に響く。そういうことがないように気をつけて、最後は笑顔で送り出すのが彼らとのつき合い方だ」

原が俺の動きを知ったらどう思うだろう。失点を重ねないのがキャリア官僚の一番の狙いだとすれば、自分の動きなど真逆だろう。原は馬鹿にして鼻を鳴らすか……それともこの動きを理解してくれるだろうか。

自宅へ戻って軽く夕飯を済ませ、今川は原に電話をかけた。声がおかしい……運転中なのだとすぐに分かった。

「かけ直そうか?」

「いや、ハンズフリーだから大丈夫だ」原が叫ぶように言った。

「まだ仕事なのか?」

「仕事は仕事だが、移動中だから」

「どこへ?」

「……馬鹿なこと訊くなよ。言えるわけないだろう」原の声が急に低くなる。「それより、どうした? 何か急ぎの用事か?」

「いや……」運転中となると、ややこしい話はできない。今川は、原とある種の禅問答をしたかっただけなのだ。全ての事情を打ち明け、アドバイスを求めるわけにはいかない。そんなことをしたら、自分がまたネタ元になってしまう。それがバレたら……。

「本当は、こうやって電話しているのもまずいんだが」原の声が急に低くなった。

「どういう意味だ?」

「誰に聞かれるか分からないからさ。盗聴が怖い」

「どうして急にそんなことを言い出す?」今までも用心してはいたが、ここまで露骨《ろこつ》ではなかった。

「いや……」原が言葉を呑む。何かを気にしているが、自分には言いたくない様子だった。彼が隠し事をするのは珍しくないが、「どうして言えないか」は常にきちんと説明してくれる。大抵が「捜査上の秘密」という理由だが、今回は少し様子が違っていた。

「昔、キャリアの人たちのことを話してくれたよな」先ほど思い出した彼の話を持ち出す。

「ああ……話したかな」

「結局お前たちにとって、キャリアの人たちはどんな存在なんだ？」

「難しい話だな。やっぱりお客さんなのは間違いないけど……ドラマの『大捜査』みたいに、キャリアと我々現場の人間が個人的につながって協力し合って、なんていうことは絶対にないぞ」

「例えば、キャリアの人が暴走したら——警察の決まりを破って勝手な捜査をしたらどうなるだろう。警察は、そういうことにはうるさいよな」

「ああ。ルールはルールだ。警察は常にルール最優先だから……キャリアの中にも、とんでもないことを言い出す人もいたけどな」原の声は平静に戻っていた。「例えば暴力団対策で、法律ぎりぎりの作戦を考えたりとか。挑発して何かやらせて、そこを現行犯逮捕しようと言いだした人もいた」

「そんなこと、本当にやったのか？」

「もちろん、現場の反対で潰した。暴力団っていうのは、今でも面子の生き物だから、こっちがそんなことをしたら、とんでもない反発を食らう。まあ、反発されても大したことはないけど、ネタ元が切れるのを恐れる刑事は多くてね。暴力団捜査は、いかに内部にネタ元を多く持つかで決まるんだ」

「暴力団が警察にネタを流すのか？」

「もちろん、自分たちについてのやばいことは何も言わないよ。ただ、対立している他の組に関しては、あれこれ喋る。そういうのが捜査の端緒になることも珍しくないんだ」

「そうか……ちなみに、とんでもないことを言いだしたその人、どうなった？」

「なぜそんなことが気になるんだ？」

「話の流れだよ」今川は慌てて言った。

「どうだったかな。追跡はしていないけど、出世ルートからは外れていると思う。キャリア組も、全員が偉くなるわけじゃない——警察庁長官、警視総監になれればベストだろうけど、それは同期でも一人——いや、二年に一人だから、かなりの狭き門なんだ。四十代後半になると、自分が最後はどこまで行けるか、だいたい分かるそうだよ」

「一番上まで行けない人はどうなるんだ？」

「途中で辞めて天下りする人もいるし、最後まで任せられたポジションで仕事を全うする人もいるよ。様々だ、としか言いようがないな」

「滅私奉公《めっしほうこう》みたいな人もいるんだ」

「そりゃあ、公務員だからな」原が笑った。「ただ、保身に走る人もいるし、俺はそれを非難はしない。公務員なんて——いや、働く人は全部同じだろう。まず自分の身を守ることが一番だ。そうしないと、希望の仕事だってできないからな」

「分かるよ」

「多少卑怯な手を使っても、何とかしがみつかないとな。俺も同じ感じだ。いや、公務員がこんなこと言っちゃいけないんだろうけど」

「そうか……」

「何だよ、らしくないな。どうかしたのか？」

「まあ、いろいろあるんだ」今川は話を誤魔化した。

「そのうちゆっくり話そう。今は監視が厳しいけど、いつまでも続くわけじゃない。俺なんかで相談に乗れるなら……」

「迷惑はかけないよ。自分のことは自分で守る」今川は断じた。

「――おい、何があったんだ？」

「いや、何でもない。運転中に悪かった」

電話を切り、今川はじっと目を閉じた。様々な方法、可能性が脳裏を去来する。「多少卑怯な手を使っても」「何とかしがみつく」原の言葉が盛んに蘇った。

そう、彼の言っていることは正しい。このポジションでないとできないことはいくらでもある。追い出されたら立場が悪くなり、何もできなくなる。現役時代がいつまで続くか分からないが、五十五歳にもなったら、まずは転げ落ちないように気をつけるのが一番大事だ。

司法取引。内部通報。無視。

三つの方法が頭の中でぐるぐる回る。しかしいつしか、もう一つの方法が浮上してきた。

積極的な無視。

取締役会の連中がやった方法がこれだ。つまり、証拠隠滅。捜査当局の動きを挫《くじ》く――証拠隠滅が発覚したら大変なことになるが、逆に言えば、これで捜査を始められないようにできるかもしれない。

それは卑怯か？

卑怯だ。法律にも違反する行為だ。

だが、自分も会社も、あるいはあのクソッタレの取締役会の連中も救うための手段はこれしかないかもしれない。

スマートフォンが鳴った。柏木……こんな時間に電話してくるのは、何か重大なことがあった証拠だ。

「社長が亡くなった」

「何ですって？」

「癌とは直接関係ない心筋梗塞で、いきなりだった。いいか、これで社内はしばらく混乱する。お前は混乱を鎮める切り札になるんだ。絶対に手を汚さないようにしろよ。事件が漏れないようにしろ」

柏木はいきなり電話を切ってしまった。日兼コンサルタントの事件、そして親会社の人事の混乱。自分には、日兼本社に対する責任もある。ここは傷一つ負わずに本社に戻るべきではないだろうか。そうしないと、日兼本社も日兼コンサルタントも、大変な混乱に陥る。

社会的な正義——しかし日兼のように大きな会社をきちんとコントロールするのも一つの正義だ。日兼が混乱すると、クライアントだけでなく、社会に与える影響も大きい。日兼の社長になるのは、もはや自分の出世欲だけの問題ではないのか……自分に期待してくれる人がいる限り、応えるべきではないか。

今川はスマートフォンの画面を見詰めた。しばし躊躇《ためら》っていたが、結局花沢を呼び出す。

「ああ、俺だ」

「はい」

「ハッキングしたデータを全て廃棄してくれ」

「どういうことですか！」小声だが嚙みつくように花沢が言った。「あれを集めるのに、相当のリスクを冒しているんですよ。連中も苦労しているんです」

「分かってる。それについては何らかの手当てを考える。しかし状況が変わった……とにかくすぐに、データを破棄してくれ」

「証拠隠滅になりませんか？」

「そうかもしれないが、ここはそうするしかないんだ」

「今川さん、いったいどうしたんですか？」花沢が呆れたように言った。「さっきまでと全然話が違うじゃないですか。あの後、何かあったんですか？」

「状況が変わったんだ。それだけだ」

今川は嘘をついた。変わったのは状況ではない。俺の気持ちだ。正義よりも大事なもの。

第六章　静かな衝突

1

初日の張り込みが空振りに終わった後、原は自宅に帰らず、署に泊まりこんだ。昼間は署で仕事をこなし、今、張り込み二日目の午後九時半。自ら沼津の現場に行ってみることにしたのだが、他の刑事たちを先行させていたので、自分で車を運転していくしかなかった。これもまた疲れる……それにしても今川は、何を言いたかったのだろう？　真意が分からぬまま、原は運転を続けた。

事故の危険性を感じるぐらいに眠い。どうせ食事もしなければならないのだから、少し休憩していこうと、原は足柄《あしがら》サービスエリアに立ち寄った。かなり大きなサービスエリアだが、この時間になると店はほぼ閉まってしまっている。選択肢は少なく、仕方なく中華料理店に入った。タンメンで手早く食事を終え、自動販売機で眠気覚ましにブラックコーヒーを買ってから、喫煙所で煙草を二本灰にする。

スマートフォンを確認する。着信はなし。先行している刑事たちは既に、張り込みに入っているはずだ。原も何十回となく張り込みを経験しているが、労多くして功は少ない。今回も、「絶対にいる」確証はないわけで、原の気持ちは揺れ動いていた。自分の判断だけで部下を無理に働かせているが、これで空振りでもしたら、課長としての信用はがた落ちだ。

十時四十五分、問題のコンビニエンスストアの前に到着した。一度通り過ぎ、少し離れたところに覆面パトカーを停めてから、歩いて引き返す。今夜は綾子も出動していて——明らかにオーバーワークだ——緊張した面持ちで原を迎えた。

「今のところ、動きはありません」綾子が報告する。

「店への聞き込みは?」

「オーナーにお願いして、アルバイト全員に確認してもらいました。一昨日の夜はやはり十一時ぐらいに顔を出していたんですけど、昨日は来なかった……一昨日、そのまま張り込んでおけばよかったですね」

「ああ……終わったことを言っても仕方がないが」後悔は募《つの》る。もしも一昨日来店した直後に吉岡が異変を察知していたら、とうに逃げ出しているだろう。

駅前とはいえ、地方都市らしく夜は静か……歩いている人はほとんどおらず、時折車が通り過ぎるだけだった。沼津にも繁華街はあるだろうが、この辺にいるだけでは、そういう雰囲気は微塵《みじん》も感じられない。店から溢れ出る煌々とした灯りだけが、人の営みを感じさせた。

「ここは頼む。俺は海苔屋を見てくる」

言い残して、原は一人で歩きだした。コンビニエンスストアから海苔屋までは、歩いて三分ほど。ゆっくり歩いても十一時までには楽に戻れるはずだが、ひどく気が急いて早足になってしまった。

前回来たのは昼――夜になるとまったく雰囲気が違う。閉じたシャッターには店名と電話番号、それにホームページのアドレスまで記載されていた。原は店から少し離れて、建物を見上げた。七階建てで、窓の大きさと配置を見た限り、上階部分のマンションの部屋はワンルームか1LDKだろう。二人で潜むことも不可能ではない。

「部屋をチェックしました」若い刑事が緊張した面持ちで報告する。

「まさか、一軒一軒インターフォンを鳴らしたんじゃないだろうな？」原は眉を吊り上げた。

「中に入って郵便受けを確認しただけです。三部屋だけ名前がありません。二〇三号室、四〇二号室、五〇一号室です」

「分かった……参考になる」大してならないと思いながら、原はうなずいて一応褒めた。「ここをよろしく頼むぞ。空振りになる可能性もあるが、粘ってくれ」

「それともう一つ……近所の聞き込みをして分かったんですが、この海苔屋、もう一つ物件を持っているようです」

「どこだ？」

「ここから歩いて五分ほどです」

若い刑事が住所を教えてくれた。原はスマートフォンの地図アプリに住所を打ちこんで確認した。

「どういう物件だ？」

「小さいワンルームマンション——アパートですね」

「確認したか？」

「すみません、手が足りなくて、まだ直接見ていません」

「分かった」原はうなずいた。チェックポイントが三か所あったら、四人では手が足りない。しかし、これ以上人手を割くのは、現段階では物理的に不可能だ。取り敢えず自分で確認してみよう。一人だと何かあった時に対処できないのだが、無視してもおけない。「俺はそっちのアパートを見てくる。何かあったら連絡してくれ」

原はスマートフォンがマナーモードになっているのを確認してから、背広のポケットにすべりこませた。コートの前をしっかり閉め、背中を丸めて歩き出す。

沼津は——静岡の海辺は基本的に温暖な地域のはずだが、さすがにこのところの寒さで暖気は吹き飛ばされたようだ。トレンチコートでは厳しく、ウールのコート、あるいはダウンジャケットが欲しくなった。体が冷えていると、いざという時に動けないからな……原は基本的に、冬はクソ暑いと感じるぐらいに厚着をする。若い時に悲劇を目の当たりにしたからだ。その時原は、ベテランの先輩刑事と一緒に張り込みをしていたのだが、やはり今と同じような季節——いや、年明けの一月だったか、とにかく顔が凍りつくような寒さの日だった。夜中の一時頃、アジトから出て来た犯人が原たちに気づき、慌てて逃げ始めたのを追って駆け出した瞬間、先輩が悲鳴を上げてその場に倒れこんだ。後で分かったのだが、体が冷え切っていたところでいきなり走りだしたので、アキレス腱断裂の重傷を負ってしまったのだった。「俺に構うな！」という悲痛な叫び声は、今でも耳に残っている。結局、近くで待機していた同僚が手を貸してくれて、無事に犯人は逮捕できたのだが……以来、原は冬の張り込みでも体を冷やさないように十分気をつけてきた。今日は少し油断してしまっただろうか。走って追跡するような羽目にならないことを真剣に祈った。

もう一つの物件は、確かにアパートだった。ささやかな繁華街の近くにある建物で、二階建て。それほど古びた感じではない。どうやら松中は、上手く家業を継いだようだ。本店は七階建てのマンションに建て替え、他に余っていた土地もアパートにして家賃収入を得る。警察官を辞めたのは正解だったな、と皮肉に考えた。

一階にドアが五枚――合計十部屋で、窓に灯りが灯っているのは四部屋だった。まだ帰って来ていない住人もいるだろうし、既に寝てしまった人もいるだろう。この時間にいちいちノックして確かめるわけにはいかない……原は先ほどの若い刑事に倣って、郵便受けを見た。マンションと違ってオートロックではないので一階にまとまっている郵便受けの名前は簡単に確認できる。当然というべきか、「吉岡」も「岩城」もなかった。

アパートを離れて歩きだした瞬間、ふいに気配が変わるのに気づいた。慌てて電柱の陰に姿を隠して振り返る。

かつかつと、金属を打つ音が聞こえてきた――アパートの階段を降りて来る人間がいる。しかも、足音からして二人だ。

「吉岡……」原は思わずつぶやいた。吉岡はラフな私服——当たり前か——姿だった。ジーンズにダウンジャケットという格好で、頭にはフードを被《かぶ》っている。おそらくダウンジャケットの下に、フードつきのパーカーを着こんでいるのだろう。顔はフードに隠れていて、うつむいているからはっきりとは分からないものの、背丈、それに歩き方から吉岡なのは間違いない。

続いて、女が後ろから降りて来る。こちらはフードも帽子も被っておらず、顔ははっきりと見えた。間違いない。何度も写真で見て頭に叩きこんでいた岩城奈緒美だ。先に階段を降りた吉岡が、奈緒美を待つ。奈緒美はゆっくり階段を降り終えると、すぐに吉岡の腕を取った。ごく自然な動きで、二人の親密さを感じる。よく見ると、ダウンジャケットは色違いで同じデザインだ。とんだペアルックだな、と原はかすかな怒りを覚えた。

二人は、原がいるのと反対方向に向かって歩きだした。原は二人が十分離れたと判断したところで電柱の陰から出て尾行を始めた。同時に、先ほど海苔屋の前で張り込んでいた若い刑事に電話を入れる。

「アパートから二人が出て来た」

「マジですか」若い刑事が声を張り上げる。

「ああ。今、そっちに向かっている。動きは逐一知らせるが、顔を見られないように気をつけろ」

「分かりました」

「コンビニの前で張り込んでいる連中にも知らせろ。ただし、動きには十分注意するように。

これは千載一遇《せんざいいちぐう》のチャンスだぞ」

そう、最初で最後のチャンスかもしれない。原は鼓動が高鳴るのを感じた。とにかく慎重に、絶対に気づかれないようにして、安全に捕捉しなければ。

原は、吉岡との間に二十メートルほどの間隔を空けるように気をつけた。しかも道路の反対側。人間、真後ろを尾行する人間には敏感に気づくのだが、斜め後ろは注意が散漫になる。もちろん、刑事として中堅になりつつある吉岡が、そういう尾行のノウハウを知らないわけもないから、彼が警戒していれば、いつでも気づかれる恐れがある。

原は、交代方式で尾行を続けたかった。時折尾行者が入れ替われば、気づかれる恐れは低くなる。しかし、そのためにはある程度の打ち合わせが必要……今は、吉岡たちと正面からぶつからないように注意するしかない。

二人はまるで夜の散歩を楽しむように、寄り添ったままゆっくりと歩いている。繁華街の入口を通り過ぎた時、吉岡は横を向いて酒場に目を向けた。酒を恋しがるような仕草……しかしすぐに、真っ直ぐ前を向いてまた歩き出す。

二人は、特に会話を交わしている様子ではなかった。ただゆっくりと、特に目的もない様子で、ぶらぶらと歩いているだけ……ほどなく、海苔屋の前を通り過ぎる。その直前、原はそこで張っている二人に携帯で警告を発した。身を隠し、二人が通り過ぎた後で、十分距離を置いて俺の背後につけ——行き先はコンビニエンスストアの方だった。やはり、単に煙草を仕入れに行くだけなのだろうか。奈緒美はそれにつき合っているだけかもしれない。窮屈な逃亡生活の中での息抜き……。

　しかし二人は、駅のすぐ北にある駐車場に入った。コイン式ではなく「月極」の看板がかかっている。そこでかなりくたびれた軽自動車に乗りこんだ。原はできるだけ離れてナンバーを確認した。追いついて来た刑事二人が、不安そうな表情を浮かべる。

「コンビニの前で待機している連中に連絡しろ。あいつらはすぐ近くに車を停めているから、取り敢えず尾行は任せるんだ」

　若い刑事が少し離れて、すぐに電話をかけ始めた。その間に、軽自動車が駐車場から出る。原はスマートフォンのカメラを使ってナンバーを撮影した。さすが、最近のスマートフォンのカメラは高性能で、しっかり写っている。沼津ナンバー……地元の車だ。

　吉岡たちは、駅前を東海道線と平行に走る道路を横断し、海へ向かう道路に入った。南側に出ると海が近づく……原は嫌な予感を抱いた。

　若い刑事が、自分たちの車を取りに駆け出す。原は広い道路に出て、軽自動車を確認しようとしたが、既にテールランプも見えなくなっていた。その時、目の前を覆面パトカーが走り去る――助手席に綾子の顔が見えた。間に合ったのだとほっとして、すぐに彼女の番号を呼び出す。

「捕捉しています！」綾子の声は弾んでいた。

「よし、逃すな」原は念のためにナンバーを伝えた。「どこへ行くかは分からないが、分かりやすいポイントを通ったら、連絡を入れてくれ。こちらも後を追う」

「了解です……このまま真っ直ぐ行くと、千本浜公園《せんぼんはまこうえん》というところに出るようです。左へ行けば沼津港です」彼女は道路案内板を読んでいるようだった。

「分かった」

電話を切ったところで、若い刑事が覆面パトカーで近づいて来た。原は後部座席に飛びこみ、もう一人の刑事が助手席に乗りこんだところで、「すぐに出せ！」と鋭く命じた。スマートフォンの地図アプリを呼び出し、行き先を指示する。近くを走る幹線道路は国道四一四号線。南下すれば伊豆中央道の長岡北インターチェンジに近づく。北上していくと沼津バイパス、さらには東名道、伊豆縦貫道にも出られる。しかし南へ行くのではないか、と原は想像した。一番逃亡に適した東名に乗りたいなら、駐車場を出た後で反対方向へ向かったはずだ。

意味が分からない。長岡北《ながおかきた》インターチェンジから伊豆中央道に乗れば、伊豆縦貫道路に接続するが、そこから先、どこへ行くつもりだろう。監視されていることに気づいて、こちらの尾行を巻くためにわざと複雑な動きをしている？　最終的には東京へ戻るか、第二の逃亡先を選ぶか……逃げこむ先の街は、大きければ大きいほどいい。例えば静岡県内なら静岡市や浜松市《はままつ》、もう少し走ることを厭《いと》わなければ名古屋でもいい。二百三十万人以上が住む名古屋市内に紛れこまれたら、捜すのは一苦労だ。

「停めろ」原は鋭く命じた。車がもう一台――自分が乗って来た覆面パトカーがあるのを思い出した。ドアを開けながら、「お前たちは、あの海苔屋――松中を叩き起こして事情を聴いてくれ。あの二人は、彼が持っていた物件に住んでいたんだから、有無を言わさず口を割らせろ」

分かりました、という返事が、ドアが閉まる音にかき消された。車がタイヤを鳴らして急発進する。自分が覆面パトカーを停めた場所からはだいぶ離れてしまったが、仕方ない――原はダッシュした。頭に血が昇っているせいではあるまいが、体も熱く、思い切り走り続けてもアキレス腱が切れる心配はなさそうだった。

車に乗りこみ、「焦るな」と声に出してスマートフォンをハンズフリーにセットする。カーナビの画面を見て、概ねの行き先を確認してから走りだした。駅の南側へ出れば、沼津港も遠くない。十二月の午後十一時過ぎ、人がいるとも思えず、死ぬにはいかにも適した場所ではないか――と想像したものの、二人が死ぬ理由が見つからない。ネタ元と恋愛関係に陥り、家族を裏切ったとしても、その問題は話し合いで解決すればいいことだ。四角四面でクソ真面目な吉岡にすれば、絶対に侵してはいけない戒律を破ってしまったような気分かもしれないが、奈緒美まで同じように考えているのか?

もしかしたら二人の「罪」は、一緒に逃げたことだけではないのか?

ふと、嫌な考えが頭に浮かぶ。

二人が一緒に逃げる動機――それはあっという間に膨れ上がり、頭の中を満たしそうになったが、思い切り首を振って追い出す。これから追跡が始まるのだから、余計なことを考えていると事故を起こす。

スマートフォンが鳴った。綾子が切迫した口調で報告する。

「沼津港の方に向かっています」

「やっぱりそうか」

「はい？」

「いや、何でもない。二人が危険なことをしそうだと思ったら、とにかく止めろ。いちいち報告しないで、そちらの判断でいい」

「危険なことって……」

「心中だ！」

叫んで、原は車を発進させた。交通量は少ないが、サイレンを鳴らして赤信号を無理に突破する。しかしスピードは出せない……駅の南側は昔からの住宅街で、道路が狭く入りくんでいるのだ。とにかく、沼津港を目指そう。

カーナビによると、沼津港は狩野川《かのがわ》の河口にある。駅の南口からは、車で十分もかからないだろう。途中、原はサイレンを停めた。吉岡たちに気づかれたくなかったし、サイレンを鳴らして強引に走らねばならないほど、道路が混んでいるわけでもない。

やがて「沼津港」の交差点に差しかかった。右か、左か……勘で右へ曲がる。すぐ左はもう港だ。スピードを落とし、すぐ先にある道路案内板を確認した。左が「港口公園《みなとぐちこうえん》」。右が「千本浜公園」と「若山牧水《わかやまぼくすい》記念館」。勘で、港口公園の方を目指す。

よし、俺の勘もまだ健在だ——車を見つけた。綾子たちが乗っていた覆面パトカーの前に、吉岡の軽自動車が停まっている。車を停め、急いで覆面パトカーの中を覗きこんだが、無人……ここに車を乗り捨てた吉岡たちを追って、徒歩で尾行を始めたのだろう。

前方には、水路を跨《また》ぐ格好で建てられたコンクリート製の巨大なタワー……左右のタワーは、上部が通路のような構造物でつながれている。その通路、そして二つの塔の最上部はガラス張り——展望台か何かだろう。同時に、水門としての役割も果たしているようだ。塔には、外階段もついている。しかし、こういう展望台は昼間だけ開いているはず……どこへ行けばいいか迷った末、原は料金所らしき建物の脇を通って先へ進んだ。その先は砂利敷きの駐車場になっており、人の背丈ほどのコンクリートフェンスで海と隔てられている。

二人の姿はない。原はフェンスに近寄り、背伸びして周囲を見回した。

いた。

左手にごく短い突堤があり、その先の方に、二つの人影が見える。寄り添うように立って、どこか遠くに視線を投げている。女の長い髪は、風に激しく吹き流されていた。このフェンスをよじ登るのはひと苦労……どうするか迷っていると、小声で「課長」と声をかけられる。綾子ともう一人の刑事が、小走りに近づいて来た。

「見たか?」原は小声で綾子に訊ねた。

「はい」

「よし、行くぞ」

「大丈夫でしょうか?」綾子が心配そうに言った。

「大丈夫じゃないから行くんだ。尋常な様子じゃない」

原は、周囲を見回し、右手の方でコンクリート壁が低くなっているのに気づいた。そこから上に飛び上がり、幅一メートルほどの壁の上を、身を屈めて走り出す。綾子たちも後に続いた。コンクリート壁の端まで来ると、「立ち入り禁止」の看板が立っている。突堤はその向こう……一メートルほど下にあった。

塩気をはらんだ冷たい風が吹きつけ、体を叩く。二つの影がゆらりと揺れた。

「吉岡！」原は叫んだ。

二つの影の動きがぴたりと止まる。抱き合っていたのだと分かった。すぐに、影の間にわずかな隙間ができる。原は少しだけ歩みを緩めたが、なおも接近を続けた。二人の顔をきちんと見ておきたい……突然、背後から強い光が発せられ、二人の顔を直撃した。間違いない。吉岡と奈緒美だ。二人の顔が、光の中で恐怖に歪む。

「やめろ！」後ろを向かずに鋭い声を飛ばすと、すぐにマグライトの光は消えた。

原は思い切って飛び降りた。二人までは五メートルほど。二人の体はくっついてはいないが、手はつないだまま……離したら全て終わりだ、とでも思っているのかもしれない。

「冬の海に飛びこんでもすぐには死ねないぞ」原は忠告した。「辛いだけだ」

「放っておいて下さい」吉岡が反論する。声はかすれていた。

「そういうわけにはいかない。ずっとお前を捜していたんだ」原はわずかに左に顔を向けた。「岩城奈緒美さんですね？　ご家族から行方不明者届が出ていますよ？　心配していますよ？　早く東京へ戻りましょう」

「できません」奈緒美の声は風に消えてしまいそうなぐらい頼りなかった。

「どうしてですか」

「できません」奈緒美がさらに小さな声で繰り返した。

「その辺の話は、後でゆっくり聞きます。とにかく、こんなクソ寒いところじゃ話もできない。車まで戻りませんか？」

原が右足を一歩踏み出すと、吉岡が「来るな！」と声を張り上げた。原は右足だけを前に出した中途半端な姿勢のまま、その場で凍りついた。やはり死ぬつもりか……しかし、絶対に死なせない。とはいえ、二人が危機的状況にあるのは間違いない。突堤には手すりもなにもないのだ。そのまま体重を右側に移せば、二人はあっという間に冬の海に転落する。すぐに死ぬことはないにせよ、救出は極めて困難だ。

「だったらこのまま、少し話をさせてくれ」原は静かな声で話しだした。しかし、風が強いのが気になる……自分の声は二人に届いているだろうか。

「話すことはありません」吉岡は頑《かたく》なだった。

「いや、お前が内偵していた日兼コンサルタントの件について――海外贈賄事件について聞かせてくれ。そちらの岩城さんは、日兼コンサルタントの方ですね？」

二人とも反応しない。それはそうだろうが……あまりにも暗い雰囲気を、原は訝った。これは単に、恋の逃避行をしている二人ではない。何か、もっと深い闇を抱えている。先ほど頭に浮かんだ考えがまた膨れ上がってきたが、それは後回しにしないと。まずは二人をその場に釘づけにしておいて、無事に救出しなければならない。

「お前が持っている情報が必要なんだ」原は吉岡に呼びかけた。「本部の捜査二課も、同じ事件に着手しようとしている。しかし、お前の方が先に内偵を始めていたんじゃないか？　お前が摑んだ情報を本部に流して、連中に恩を売ってやれ」

「そういうわけにはいきません」

「どうして」

「守らなくてはいけないものが——人がいるんです」

「岩城さんか？　大丈夫だ。情報源は、我々もしっかり守る」

「駄目なんです！」吉岡が叫んだ。

「何が駄目なんだ」

「話はできません。彼女を警察に引き渡すわけにはいかないんです」

「馬鹿なことを言うな。ネタ元は徹底して守る——それは捜査二課の常識だ」

「できません」

「勝手なことを言うな！」原が叱責すると、吉岡がびくりと身を震わせる。奈緒美は虚《うつ》ろな表情で動きがない……二人の態度に微妙な違いがあるのを原は素早く見抜いた。「お前は刑事だ。まだ刑事なんだ。自分の義務をきちんと果たせ！」

吉岡が崩れ堕ちた。膝がコンクリートを打つ鈍い音が響く。吉岡だけではなく、奈緒美もその場で膝をついてしまう。その瞬間、背後に控えていた綾子たちがダッシュして原を追い抜き、二人を抱きかかえるようにした。よし、ひとまずは大丈夫……ほっとして、原は二人に歩み寄った。吉岡が絶望的な視線を向けてつぶやく。

「これで終わりです……」

「何言ってるんだ。捜査はこれから本格的に始まるんだぞ？」原は奈緒美にも視線を向け、声をかけた。「あなたも協力して下さい。必ず守りますから」

「いや、終わりです」吉岡が繰り返す。

「何が終わりなんだ？」焦れて、原は声を高くして訊ねた。

「終わりなんです……」吉岡の声はすっかりかすれていた。

二人は抵抗せずに、綾子たちに連れられて車に戻った。覆面パトカーに乗せられ、監視を受ける。もう逃げられないだろう――逃げる気をすっかり失っているように見えた。原はほっとして、スマートフォンを取り出した。先ほど別れた若い刑事に電話をかける。

「吉岡は無事に確保した」

「ああ……あの、松中さんに話を聞きました。二人を匿っていたことを認めました」

「部屋を提供していたんだな？」

「ええ。それだけでなく、いろいろと援助も……軽自動車も、松中さん名義のものです」

「どうしてそんなことを？」

「昔の縁だそうです」

「それだけで匿っていたのか？」原は軽い頭痛を覚えた。「吉岡は、松中さんに対して何と言っていたんだ？」

「彼の説明では、駆け落ちしてきたようなものだから、取り敢えず居場所を提供したと……そのうちゆっくり話して、どうするか決めさせるつもりだったと言っています」

それで一か月も経ってしまったのか——ずいぶんのんびり構えていたものだ、と原は皮肉に思った。松中は全て知っていて、二人を匿っていたのではないか？　綾子はその可能性を指摘していた。

「とにかく、こちらへ来てくれないか。車を回収したいが、人手が足りないんだ」場所を教えてから念押しする。「松中さんは、嘘はついていないか？」

「自分はそう判断しましたが……」

「分かった。明日以降も、松中さんの事情聴取を続けろ。どうしても確認したいことがある。向こうが、経験は浅いが元警察官だということを忘れるなよ。上手くやらないと言い抜けされてしまうからな」

「はい……あの、何が問題なんでしょうか」

原は自分の推測を話した。若い刑事が絶句する。それはそうだろう。経験の少ない刑事には想像もできないことなのだから。

原とて、まだ信じているわけではなかったが。

2

吉岡たちを捕捉したのは午前零時前だったが、二人は、「これから東京へ帰ってもらう」という原の指示を、あっさり受け入れた。二人とも虚無的な表情――単に逃避行から現実に引き戻されて呆然としているだけとは思えなかった。

二人をどう家族に引き渡すかは難しいところだった。特に問題は吉岡の方――彼の場合は不倫の末の逃避行だから、家族との対面にはいろいろ問題がある。今晩は署に泊めて――遅かったから、連絡は朝まで待ったと家族には言い訳できる。奈緒美に関してはそういう訳にはいかず、家族に連絡を入れた。両親が署まで迎えに来ることになった。

車に分乗して、東京へ戻る――原は、綾子がハンドルを握る車に乗った。彼女の運転が安心できることは、これまでの経験から分かっている。

「いったい何だったんでしょうか」高速に乗ったタイミングで、綾子が疑問を漏らした。

「分からん」原としてはそう答えるしかなかった。「事情を聴いてみないと何とも言えない。ただ、それは明日にしよう」

「私は大丈夫ですけど」

「こっちじゃなくて向こうの問題だ。吉岡たちは犯罪者ではないけど、これから事情聴取なんてしたら、後から問題になりかねない。それより俺は、吉岡の家族にどう説明するか、困ってる」原は正直に打ち明けた。

「……ですよね」綾子が声を潜める。「女性と逃げていたなんて聞いたら、奥さん、ショックですよね」

「まったくだ」

吉岡が家族と再会する時には、自分も立ち会う必要がある。所轄の上司として、それぐらいの責任は負わねばならないが、考えただけで気が重かった。

もう一つ、あいつにはどうしても確認しておかねばならないことがある。海外贈賄事件の内偵捜査で、奈緒美さんをネタ元にしていたのか？　入手した情報はどうした？　何故捜査を途中で投げ出した？

明朝まで待てない。

その悩みを、吉岡の方で解決してくれた。

署へ先に着いた吉岡は、刑事課で待っていた。同行してきた刑事たちが何かと話しかけているのだが、一切反応しない。しかし原が刑事課に入っていくと、直立不動の姿勢を取って、

「お話があります」といきなり切り出した。

「ちょっと待て。順番があるんだ……少し待つぐらいはいいだろう。俺はお前を散々捜していたんだから」

「分かりました」

謝罪はないが、それは構わない、と原は思った。まずは奈緒美を両親に引き渡さないと。

両親は既に署に到着していたが、原は取り敢えず奈緒美本人の意思を確認することにした。両親を待たせたまま、彼女と面会する。吉岡と一緒にいない奈緒美はひどく小さく、ひ弱に見えた。

「あなたには、ご両親から行方不明者届が出ています。警察の手続きの問題として、行方不明者が発見された場合、届け出た人に報告する義務があります。今回も同様で——ご両親が今、署に迎えに来ています。お会いになりますか?」

奈緒美がぼんやりとした視線を原に向けた。うなずきも拒否もしない。

「ご両親に面会させるところまでが警察の仕事です。あなたに対しては、家に帰れとも帰るなとも言えません。どうするかは、ご両親と話し合ってもらえますか?」

ようやく奈緒美がうなずいた。原は綾子に目配せし、綾子も軽く目礼した。奈緒美の面倒を見て、家族の再会にも立ち会うように指示しておいたのだが、綾子は嫌がることもなく引き受けていたのだ。疲れているだろうに、大したものだ——この若い女性刑事は将来伸びる、と原は嬉しくなった。

「頼むぞ」綾子に一声かけて刑事課に戻る。

吉岡は自席にぽつんと腰かけていた。一か月ぶりに座る席なのに、何も感じていない様子——そこが自分の席だということを忘れてしまったのかもしれない。

「吉岡」

原が声をかけると、吉岡がのろのろと立ち上がる。疲れてもいるだろうし、精神的なショックもあるだろう。しかしここは、厳しくいかないと。

「本当は、こんな時間から話はするべきじゃない」

「いえ……お話しすることがあります」

「お前が自主的に喋りたい、ということでいいんだな？」

「はい」

「分かった」原は取調室に向かって顎をしゃくった。他の刑事が立ち上がり、後に続こうとする——取調室に一緒に入って事情聴取に立ち会おうとしたのだろうが、二対一で吉岡を緊張させることはない。吉岡が先に取調室に入ると、原は刑事に声をかけた。

「ドアは開けたままにしておく。何かおかしなことが起きない限り、声はかけるな」

「記録はいいんですか」

「これは雑談だ——奴は犯罪者じゃない」

そうだといいのだが、と原は心配になった。いろいろ想像していることはあるのだが、何も根拠はない。

取調室はしんしんと冷えこんでいた。夜にはエアコンを止めるのが決まりで、これから稼働させても取調室が十分温まるまでには時間がかかるだろう。吉岡はダウンジャケットを着たまま……原もまだコートを脱いでいない。取り調べだったらこんな格好は許されないが、今回は構わないだろう。真冬の屋外で会うような格好での対面になった。

「クソ眠いな」

原は気楽な調子で切り出した。吉岡はかすかにうなずいたが、言葉は発しない。

「この一か月、ずっと沼津にいたのか」

「はい」

「お前がいたアパート——あそこの大家は、お前とは警察学校の同期だな？　松中さん」

「そうです」

「彼を頼って行ったのか」

「はい」

「どうして東京を出た？　お前が女と逃げるようなタイプだとは思わなかったぞ」

「違います」吉岡が首を横に振る。

「違う？」

「課長が考えておられるようなことではありません」

「お前は、岩城奈緒美さんと恋愛関係——不倫関係にあった。それは否定できないだろうが。そうじゃなかったら、どうして二人で逃げる？　ずっと一緒にいたんだろう？」

「……はい」

「警察官として、関係者と不倫関係になるのは褒められた話じゃない。処分なしで済むと考えているなら、甘いぞ」

「課長は、そういうことで私を処罰するために捜していたんですか？」

「違う」

吉岡の目に、初めて戸惑いの色が浮かんだ。目が泳ぎ、唇をきつく引き結ぶ。

「二課の刑事が独自に内偵捜査をするのは当然として、誰かと情報を共有していないと駄目だ。日兼コンサルタントの件はどうなってる？」

「係長には話しました」

「しかし、失踪することは言わなかった――誰かに言ったら失踪にならないんだがな」原は皮肉に言った。

ここまでは前半の探り合い――軽くジャブを見舞ったぐらいだ。吉岡は何を言いたいのだろう？　原は一気にラッシュに出ることにした。

「もう一度言う。お前は日兼コンサルタントの海外贈賄事件の情報を摑んで、内偵捜査を始めていた。そのネタ元が岩城奈緒美さんだったんだろう？　最初はネタ元としてつき合っていて、それがいつの間にか恋愛関係になった。違うか？」

「それは……」

「どうなんだ！」

原が声を張り上げると、吉岡は何か言おうとするように唇を薄く開いた。しかし結局、言葉は出てこない。

「吉岡……お前がクソ真面目な人間なのは分かっている。それは、刑事としては一番大事な素質だ。そのお前がどうして彼女と逃げたのか――それについては後で聞く。問題はまず、日兼コンサルタントの海外贈賄の件だ。本部の捜査二課もこの件に目をつけて内偵を始めている。

それは知っているか？」

「いえ……」

「最初からいこうか」原は両手を組み合わせてテーブルに置いた。天板の冷たさがしみじみと手に沁みる。「この件の端緒は何だ？」

「彼女の方から……」

「情報提供があった？　ここにかかってきた電話を、たまたま受けたんです」

「違います。お前を名指しで？」

「なるほど」今川が自分のネタ元になったのと同じ経緯か……これだから、タレこみは馬鹿にできない。「それで彼女と会って、海外贈賄に関する情報を収集するようになった——それはいつ頃だ？」

「半年ぐらい前です」

「で？　お前の手応えとしてはどうだった？　立件できそうなのか？」

「分かりません。賄賂を受け取った相手は海外にいますし、仮に物証があっても、事情聴取するだけで大変です。警視庁が捜査すべきかどうかも分かりません」

「これまで、同じような事件では、地検の特捜部が捜査してきた」

「ええ……でも、うちがやって悪いということはないでしょう？　まず情報をきちんと集めてみないと、立件できるかどうかの判断もできないですからね」

「彼女以外の日兼コンサルタントの関係者に会ったことは？」

「ありません。まず、彼女から十分な情報を引き出さないと……」

「彼女は秘書室勤務だったな……そういうところでは、社内の全ての情報にアクセスできるんじゃないか？」

「日兼コンサルタントの仕事のやり方は、普通の会社とは少し違うようです。案件ごとにプロジェクトチームを作って対応するんです。ですから、秘書室で仕事のデータを全て保存しておくわけではなくて、プロジェクトにかかわった人が個別に保存している――だから、全ての情報をサルベージするのは、結構面倒なんです」

「しかし彼女は、その情報を何とか入手しようとしていた――それは、彼女一人の判断か？」

「さあ」吉岡が目を逸らした。

「吉岡、全部説明するまでは、ここから出さないぞ。だいたい、話があると言ったのはお前の方じゃないか。それはいったい何なんだ？」原は脅しをかけた。

「これは取り調べですか？」吉岡が壁の時計に目をやった。「午前二時半なのに？」

「吉岡……お前、まったく反省していないのか？」原は溜息をついた。「お前は、内偵途中の捜査を放り出して、ネタ元と一緒に失踪した。刑事にあるまじき行為だ。不倫については、俺は何も言わない。しかし、仕事を放り出したことだけは許さない。どういうことか、俺が納得できるような説明をしてみろ」

吉岡がのろのろと視線を泳がせてから、原の目を見た。虚ろな目……何かもっと重大な秘密を隠しているのは間違いない。

「お前は真っ直ぐな男だ」原は泣き落としにかかった。「刑事の仕事を第一に考えている――誇りを持ってやっていることは、俺もよく知っている。だから、お前が失踪した時には頭を抱えた。お前ほどの男が仕事を放り出す理由は何なんだ？」

吉岡がゆっくりと口を開く。言葉は弱く、聞き取りにくい。もともとそれほどはっきりと物を言う男ではないのだが、それでも今回は何を言っているのか分からなかった。

「吉岡、はっきり話せ」原は注意した。「警察学校でも、まずそれを教わるだろう」

「すみません」吉岡がはっきりと言って頭を下げた。

「分かったら、きちんと説明しろ！」

原はすぐに、聞かなければよかったと後悔することになった。これが、吉岡が話したかったこととは……。

署長の橋田は、朝七時に出て来た。普段より一時間ほど早い……出て来るなり、原を呼びつける。今は話したくない、と思った。原は午前四時前に宿直室で横になったのだが、ほとんど眠れなかったのだ。当たり前だ。あんなことを聞いた後では、普通に眠れるはずもない。橋田の目も赤かった。「吉岡を確保」の第一報を入れたのは午前零時過ぎ。その後、吉岡が事情を全て明かした後も報告した。それが午前三時過ぎで、それから寝たとは思えない。もっとも署長は、この庁舎の上階にある官舎に住んでいるから、通勤時間はほぼゼロ、原より疲れは少ないはずだ。

「寝かせましたが、寝られないでしょうね」

「ふざけた話だ……」橋田が歯を食いしばった。「奴は馘《くび》だ。馘だけで済めば御の字だと思ってもらおう」

「それを決めるのは私ではないので……」余計なことを考える余裕もなかった。原は低い声で適当に答えるしかなかった。

「それは俺の方で何とかする。本部にはどう報告する？」

「ありのままでお願いします。吉岡が見つかり、どうして失踪したかについて動機を明かした……しかしまだ裏は取れていないと念押しして下さい」

「今後の捜査はどうする？」

「今日、女の方を呼んで調べます」

「逐一報告してくれ」

「もちろんです」

「まったく……」橋田が溜息をついた。「こんな馬鹿な話があるか？　結局、四角四面のクソ真面目な男が女に狂った——狂わされただけじゃないか」

「仰る通りです」今のところはそうとしか言いようがない。調べていくうちに何か新しい事実が出てくるかもしれないが……吉岡が全て語った確信もまだ持てない。

「刑事たちを、上手く休ませながら使ってくれ。超過勤務はともかく、このままだとぶっ倒れてしまう」

「承知しています。それと、特捜の方はどうしますか？　連中にも一刻も早く事情を知らせないと」

「後にしろ」橋田が低い声でストップをかけた。「こんな話をしたら、連中はすぐに突っこんでくる。この件はあくまで所轄としてまとめて、きちんと熨斗《のし》をつけて進呈するようにしよう」

「……それで、マイナスが少しは相殺《そうさい》されますか？」

「嫌なことを言うな」

渋い顔の橋田を残して、原は署長室を出た。橋田の言う通りで、この問題で品川中央署の幹部は負債を背負いこんでしまった。厳しい処分も受けざるを得ないだろう。定年まで残り五年で署長に上り詰める――そんな夢が一気に萎みつつあった。

副署長の東も、ちょうど出勤したところだった。

「早いですね」

「こんな話を聞いたら寝ていられんよ。報道対策はどうする？」

「今のところはまだ……まず吉岡と岩城奈緒美の取り調べを進めて、その後特捜に相談してからにしましょう。うちの一存では決められません。副署長は、本部の広報との調整をお願いします」

「分かった。ついでに自分の首も洗っておくか」東が首の後ろをピシャリと叩いた。

まだ落ちていない――指一本かもしれないが、崖っぷちに引っかかっているのだ。踏ん張れば何とかなる。

「俺と署長に全責任を負わせるつもりか？」東の顔が蒼くなった。

「そうならないように、何とかします」

「私は遠慮します」

人の手配が難しい。昨日沼津に行っていた四人は、そのまま署に泊まりこみ……本当はこの後、非番にしたいところだが、事情が分かっている人間の方が何かと動かしやすい。原は一度署を出て、目の前にあるコンビニエンスストアで朝食をたっぷり仕入れてきた。戻ってきたところで、起き出してきた綾子と顔が合う。

「もう起きたか」

「はい」眠そうな声だったが、目はしっかり開いている。控えめな化粧も終えたようだった。

「朝飯を買ってきた」原はビニール袋を顔の高さに掲げてみせた。

「すみません……食堂でよかったんですけど」

「君らには申し訳ないが、今日一日頑張ってもらいたいんだ。そのために打ち合わせをしたい。飯を食いながらの方が効率がいいだろう。皆を起こしてきてくれないか？」

「分かりました」

十分後、全員が刑事課に集まった。めいめいが、原の仕入れてきたサンドウィッチや握り飯を遠慮なく手に取る。綾子がコーヒーの用意をした。

「状況は分かっていると思うが、こういう時は一刻も早く全体像を描き出さないといけないから、今日が勝負だ。ポイントは岩城奈緒美——まず彼女を完全に落とす必要がある。木村君、まず岩城奈緒美の自宅に電話をかけて、所在を確認してくれ。ちゃんと自宅にいるようだったら、しっかり見張っておくよう、両親に頼むんだ。それが終わったら、すぐに彼女を迎えに行け」

「どう説明しますか？　容疑者として扱いますか？」綾子が困惑気味に訊ねる。

「いや、最初は穏便に行こう。それと吉岡だが、昨夜は俺と雑談をしただけだ。今日は正式に調書を取る。そこは任せたぞ。岩城奈緒美については俺が調べる——よし、飯を食ったらさっさと動いてくれ」

刑事たちが一斉に動きだした。食べ終えていない——まだ口を動かしているのに、今の檄《げき》が効いたようだった。これでよし……原はコーヒーを啜《すす》り、自分もサンドウィッチを手にした。腹は減っている……しかし一口食べた途端に、急に食欲が失せてしまった。

これから自分はどこへ向かおうとしているのか。その先に何があるのか。

岩城奈緒美は、げっそり疲れた様子だった。午前九時——どれだけ寝たか分からないが、疲れは取れていないだろう。そもそも寝たかどうかも分からない。

あくまで任意の事情聴取ということで呼び出したので、原はまず、穏やかに始めることにした。雰囲気を和らげるために記録係には綾子を指名し、取調室のドアは開け放したままにした。奈緒美の目の前には、淹れたばかりのコーヒー。

「眠れましたか？」

「いえ……あまり……」伏し目がちに奈緒美が言った。

「お疲れのところ申し訳ないですが、事実関係をいくつか確認させて下さい」

「はい」

「あなたは日兼コンサルタントの社員として、海外贈賄事件の事実を摑み、正義感から告発しようとした。その相手がうちの吉岡刑事だった、そういうことですね？」

「はい」

「どういう経緯で、海外贈賄事件について知ることになったんですか？　秘書室にいると、そういう情報も入ってくるんですか？」

「私は直接は知らなかったんですけど、社長が……」

「今川社長？」

「プロジェクトの契約が終わった後で、社長が他の人と話しているのを聞いてしまったんです。この契約には重大な問題がありそうだという話で……それが気になって、自分で調べてみたんです」

「そんなこと、調べられるんですか？」

「本当はやってはいけないことなんですけど、社員のパソコンに侵入して……」

「ハッキングですか?」

奈緒美が無言でうなずいた。顔を上げた時には、目に少し力が戻っていた。元々はっとするような美人なのは、最初に写真で見た時に分かっていたが、昨夜は顔がくすみ、絶望で目が死んでいた。生気を取り戻せば……吉岡が刑事とネタ元という関係を忘れ、夢中になったのも理解できる。

「そんなこと、普通にできるんですか?」

「少しだけシステムにいたので、ある程度のことは分かります。それに、他のスタッフよりもアクセス権限は大きいんです」

そう言えば今川は、彼女は単なる秘書ではないと言っていた。会社の中長期的方針を決める戦略担当……女性で、三十二歳という比較的若い年齢でそういう仕事を任されていたのは、相当期待されていた証拠だ。仕事もできるのだろう。

「それを使ってデータを集めたんですね?」

「はい」

「そして、海外贈賄の事実が明らかになった?」

「はい……それで、これは隠しておけないと思ったんです。証拠はあちこちに散らばっていました。もしも誰かが調べ始めたら、すぐに分かってしまいます。そんなことになるぐらいなら、こちらから手を上げた方が……」

「純粋な正義感から告発を決めたんですね? それでうちの署にご連絡いただいた」原は念入

りに確認した。

「そういうことです」

「よく決断してくれました」原はうなずいた。「あなた、社長とは……普段から話をするような間柄ですか？」

「いえ。秘書室とはいっても、私は今は秘書ではありませんし、社長と話すことはほとんどありません。それが何か？」

「いや、気にしないで下さい」今川の薫陶《くんとう》を直接受けたのかもしれない、と原は想像したのだった。正義感の継承とでも言うべきだろうか。今川が彼女に二十年前の経験を話し、奈緒美はその影響を受けていたとか……考え過ぎだったようだ。

「あなたからの情報提供を受けたのが、吉岡刑事ですね」

「はい」

「あなたは彼に情報を提供した――その後、個人的な関係になったんですね？」

「……はい」

「それは分かりました。分からないのは、どうしてわざわざ二人一緒に東京を出たか、です」

「それは……」奈緒美が唇を噛んだ。

「何から逃げたんですか？　吉岡の家族からですか？」

「それもありますけど……でも、それだけじゃなくて……」急に歯切れが悪くなった。

「何があったんですか？　恋愛関係にある二人が全てを投げ出して逃げるのは理解できますが、

あなたたちの場合、それだけじゃないでしょう」

本当は全て分かっている——もちろん、吉岡が一方的に喋っただけで裏は取れていないのだが……このまま攻めていけば、彼女は吉岡と同じ話をするだろう、という自信があった。じっくり、じっくりだ。敵は目の前にいて、こちらが完全に抑えている。絶対に逃げられない状況だから、焦る必要はないのだ。向こうから話し出すのを待てばいい。こちらはそのきっかけになるよう、会話を転がしていくだけだ。

「いつ頃から、刑事と情報源という関係から、個人的な関係に変わったんですか?」

「三か月ほど前です」

「どうして……どうしてと聞いても、そういうのは答えにくいですよね」原は微笑んだ。

「はい。自分でも理由は分かりません」奈緒美が認めた。「でも、どうしてか……どうしてなんでしょうね」

奈緒美が寂しげな笑みを浮かべる。この先に本当の悲劇が待っていることが分かっていて、原はなおも話を進めた。

「それであなたは、いつ会社のスパイになったんですか? 二重スパイと呼ぶべきかもしれませんが、私は適当な言葉を知りません」

奈緒美がびくりと身を震わせた。当たりだ——吉岡の告白は正しかったのだ。

「あなたが会社で情報を集めて、それを警察に流したことがバレたんじゃないですか? 普通なら馘になってもおかしくない話です。そもそも社内でデータのハッキングをしたら、大問題ですよね？　でも会社側は、あなたを追い出しはしなかった。そんなことをすれば、あなたは持ち前の正義感を発揮して、会社をいきなり苦境に追いこむかもしれませんからね。その代わりに、あなたにスパイの役目を命じた。警察の動きがどこまで進んでいるか探るため、吉岡との交際を続けるように――交際はダミーでもいいんですが、とにかく吉岡から離れず、その動きを逐一報告するように命じられたんですね？　正確には脅されたと言うべきでしょうが」

奈緒美が無言でうなずく。彼女の読みは甘かった――自分の動きが会社にバレるとは想定していなかったのだろうか？　だとしたら甘い。社員は常に会社に監視されている。しかも彼女の場合、会社の秘密を警察に提供してしまったことで、負い目のようなものも感じていただろう。そういう感情は無意識のうちに態度に出るもので、いつも近くにいる上司は、彼女の言動が怪しいと感じ始めたのかもしれない。後は簡単――人の行動を丸裸にするのに、警察的な能力は必要ではないのだ。会社の秘密を警察にタレこみ、しかもその相手の刑事と恋仲になっている……この情報を摑んだ時点では、会社側も困ったはずだ。処分するか、あるいは何らかの形で抑えこむか――会社側が選んだのは後者の方法だった。

この一連の状況を、彼女は「パワハラだ」と家族に訴えていたのだろう。圧力をかけられていたのは間違いないだろうが、真相については家族にも打ち明けられなかったに違いない。

「会社に、警察の動きを伝えていたんですか？」

奈緒美が首を横に振った。顔色は悪く、今にも倒れてしまいそうに見える。

「コーヒーを飲んで下さい。冷めないうちにどうぞ」

言われるままに、奈緒美がコーヒーカップを手にした。一口飲んで、かすかに顔をしかめる。口に合わない味だったのかもしれない。しかし、顔色は少しだけよくなっていた。

「会社のスパイを引き受けたんですか？」

「いえ」

「拒否したんですか？」

「誤魔化しました。そもそも情報なんか流していない、警察の人ともつき合ってないって」

「それは通用しましたか？」

「……いえ」

また首が落ちる。やはりまだ、事態――気持ちの整理もついていないのだろう。自分たちが無理矢理東京へ引き戻してしまったせいで、本格的な危機が来る、と考えているのかもしれない。

実際は、彼女が心配している以上の危機なのだが。

「確認させて下さい。あなたを脅したのは誰ですか」

「どうしてそれがお知りになりたいんですか？」

「脅迫罪が成立するかもしれない」

「それはないと思います」

「どうしてですか？」

「それは――」

奈緒美が喋りかけ、また口を閉じた。先ほどよりも顔色は蒼白くなり、こめかみが汗で光っている。

「その人の名前を、こちらで挙げることもできます。あなたはそれを認めてくれればいい――しかし、あなたの口から直接、全てを聴く方がありがたい」

「そんなことは――」

「言えませんか？」原はぐっと身を乗り出した。

「時間を下さい」

「どれぐらい？」原は左手を突き出して腕時計を覗きこんだ。「これは緊急事態なんです。我我は、一か月以上もこの件にかかわってきた。あなたにすれば相手は悪人かもしれませんが、彼にも家族がいます。一家の中心人物を殺されて犯人が分からないまま、まだ苦しんでいます。私たちは、それを何とかしないといけません。それが警察官の仕事なんです」

奈緒美の目尻に涙が滲む。敏感に気づいた綾子が、箱入りのティッシュペーパーを渡した。奈緒美は小さく頭を下げると、ティッシュペーパーを一枚抜いて左右の目尻に順番に当てる。しかしなおも、涙は溢れてくるのだった。少し待つか――原は腕組みをしたが、思い直して、ここは手を緩めないことにした。間が空くと、気分が変わってしまう人もいる。

「昨夜は、どうして死のうとしたんですか？」

「それは別に……死のうとしたわけでは……」

「十二月の夜中に、港の突堤にいるのは不自然です。散歩じゃないですよね？」

「散歩です」奈緒美が言い張った。

「岩城さん」原は低い声で言った。「私は三十年以上、警察官をやっています。これまで、いろいろな場面に出くわしてきました。目の前にいる人が何を考えているか、何をやろうとしているか、見ただけでだいたい分かるんですよ」

「それで私が——私たちが自殺しようとしていたと言うんですか?」

「そうです」

「それは……死ねませんでしたね」

「それでよかったんですよ」原は微笑みを浮かべた。「目の前で人に死なれるほど辛い事はありませんからね。特に吉岡刑事は私の部下でもありますから——それで、どうして死のうとしたんですか? 死ぬというのはよほどのことですよ。しかもあなたたちは、二人揃って死のうとした。いったい何があったんですか?」

「私が……」

「あなたが?」

「私が吉岡さんを巻きこんでしまったんです。彼は私を庇ってくれただけなんです」

奈緒美が声を上げて泣きだした。果たして彼女は、本当に死にたかったのか? 原たちの介入でその機会を奪われ、方向性の違う絶望に襲われたのではないだろうか。

「あなたは生きています」原は静かに語りかけた。「死んでしまったら、楽になるかもしれない。でもそれでは、多くの人が悲しみます。あなたが実現しようとした正義も埋もれてしまうでしょう。それでいいんですか？　生きていてこそ、できることもあると思います」

「私にはもう、何もできません」震える声で奈緒美が言った。

「いや、あなたの正義は死んでいない。それを実現するために、私たちに手を貸して下さい。どうすればいいか、あなたのアドバイスと力が必要なんだ！」

特捜本部を仕切る係長の三川が、殺意の籠った目で原を睨んだ。

「どうして早く言ってくれなかったんですか？　昨夜のうちに分かっていたんでしょう？　肝心の我々は置き去りですか！」

「そういうつもりじゃない」原は一歩引いて言い訳した。「ある程度まとまった時点で、きちんと話をしようと思っただけだ。逐一報告しても混乱するだけだろう？」

「一刻を争う問題ですよ？　ことは殺しなんだ」

「海外贈賄事件も絡んでいる」

「殺しと汚職《サンズイ》と、どっちが罪が重いと思ってるんですか！」三川が声を荒らげる。

「両者が密接に結びついているんだから……」原は小さい声で言い訳した。

「いい加減にして下さい！」

「まあまあ、三川係長」橋田が間に入ってくれた。「報告が遅れたことは、品川中央署として申し訳ないと思う。しかし、うちの刑事がこの問題に絡んでいたんだから、署としても、きっちり片をつけないといけない——所轄のそういう立場は、あんたにもよく分かるだろう？」

「いや、しかし……」三川はあくまで納得できない様子だった。

「署には署の問題もある。ここはどうか、納めてくれないか?」橋田が頭を下げた。

「署長がそんなことを言うのはずるいですよ」

抗議しながらも、三川が一歩引いた。警部である三川と警視正の橋田――二人の間には絶対に超えられない段差がある。橋田に頭を下げられたら、三川も怒りを引っこめざるを得ないだろう。

「とにかく、連絡が遅れたのは申し訳ない」橋田がさっと一礼した。「今後の調べは特捜に一任する。一刻も早い解決を、よろしく頼むよ」

「まあ……年末も近いですしね」三川が渋々言った。

品川中央署が負わされた宿題は、これで一つ、解決に向かう。もちろん、詳細の捜査はこれからだ。何故あんな住宅建築現場で殺人が行なわれたのかは謎のままである。しかし犯人が手の内にある以上、特捜本部は――捜査一課は瞬《またた》く間に真相を解明するだろう。原はここで、挽回の手段に出た。刑事課に戻ると、すぐに今宮に電話をかける。

「お前……」今宮は絶句した。「今、電話しようと思ってたところだ」

「そうか」原は平然を装った。

「何だかバタバタしてるみたいじゃないか」

「品川中央署始まって以来の混乱だ。そんな中でも、お前に大事な話があって電話したんだ」

「何だ?」探りを入れるように今宮が言った。

「例の日兼コンサルタントの件だけどな……お前らの調べはどこまで進んでるんだ?」

「そんなこと、言えるわけないじゃないか」

「そうか。だったらこの電話も無駄になるかもしれないが、提供したいものがある。海外贈賄事件に関するデータ……そのかなりの部分が俺の手元にあるんだ」

「それは……」

「うちの吉岡が見つかったことは聞いているだろう?」

「ああ」

「奴は間もなく、自由を奪われる。しかし俺たちは、奴が入手していたデータを手に入れた。お前が考えているよりずっと、あいつは優秀だぞ。このデータがあれば、事件は一発で解決するかもしれない」

「どういうことだ? お前、何言ってるんだ?」今宮が訝しげに訊ねた。

「詳しい事情は、会って話そう。その時にデータも引き渡す」

「まとまっているのか?」

「基本は全てデジタルデータで、USBメモリ一本に収まっている。どうする? 俺がそっちへ行こうか?」

「いや、俺が行く。何人か連れて行くから、場所を用意しておいてくれ」

「分かった。すぐ来るんだな?」

「行かざるを得ないだろう」

電話を切って、原は溜息をついた。今宮はこの件をどこまでありがたがるだろう。そして、自分たちの手柄は上層部にしっかり伝わるだろうか。

上手くいけば、これが起死回生の一手になるはずだ。

その後は——今宮と話してデータを引き渡した後に、もう一人話さねばならない人間がいる。一連の事件がどういうことなのか、見解をきちんと聞かねばならなかった。

原は夜まで待った。慌てて話すようなことではない……しかし、電話をかける段になって、どうしても面と向かって話さねばならないと強い思いを抱いた。

「明日、スケジュールを空けられないか?」

3

データ消去の命令を出した翌日の夕方、今川は花沢を呼び出した。またも会社の外……こんなふうに会うのはこれが最後になるだろうと思いながら、待ち合わせ場所の公園に向かう。日兼コンサルタントからは、JR品川駅の構内を抜けて西口に出て、徒歩で十五分ほど。今川は近くに社長車を停めさせ、歩いて公園に入った。途中、ブラックの缶コーヒーを二本仕入れていく。今回の仕事の報酬が缶コーヒー一本だったら、花沢は激怒するだろうな……。

花沢は背中を丸め、池の近くのベンチに腰かけていた。池の中央には噴水があるのだが、今はちょろちょろと水が出ているだけだった。池の近くにはブランコや滑り台などの遊具があるが、子どもたちの姿はない。子どもたちが遊ぶ時間ではない……陽は落ちかけ、寒風が急速に体を冷やしていく。

缶コーヒーを差し出すと、花沢はようやく今川に気づいたようだった。力なくひょこりと頭を下げ、缶を受け取る。今川は、少し距離をおいてベンチに腰かけた。

「データの廃棄は済んだか？」まず、小声で確認する。

「そう聞いています。俺が手を出したわけじゃないので、本当にやったかどうかは分かりませんが」花沢は、既に自棄になったような口調だった。

「そうか」

「まあ、命令に逆らって保存しておく意味はないでしょう……しかし社長、いったいどういうことなんですか？」

花沢が疑問を持つのはもっともだ。しかし簡単には話せない——とはいえ、この件を説明するために呼び出したのだから、いつまでも無駄話を続けるわけにはいかない。

「手がなくなった」

「司法取引も内部告発もなし、ということですか」

「取締役会の中で私を下ろす動きがある——それを教えてくれたのは君だったな」

「ええ。でも実際にはそう簡単にはいかないと思いますが……俺が知る限り、動きは止まっています」

「もう、そこを探る必要はない」

「それで、いきなり後ろからバッサリやられてもいいんですか？　今川さん、諦めたんですか？」

「そういうことではないんだ」

「どうして言い切れるんですか？」花沢が目を見開く。

「私は譲った――取締役会の方針に合わせることにした」

「何もしない、ということですか？　それで本当にいいんですか？　捜査は迫っているんでしょう」花沢が畳みかける。

「本当にそうかどうかは分からない。それに浜本たちは、オリジナルのデータを消去してしまったから、仮に捜査が始まっても、どうしようもないはずだ。客観的な証拠がないんだから」

「消えたのは電子的なデータだけで、手書きのデータもどこかに残っていると思いますよ。そういうものが押収されたら……」

「危ないと思われるものは、既に全部処分されているだろう。海外でどれぐらい情報を収集できているかは分からないが、こちらで客観的な証拠が何もない、誰も証言しないとなれば、立件は無理だ」

「だから、我々のデータを提供できれば――」

「座して待つことにする」今川は花沢の言葉を遮った。「捜査当局は、この件には手をつけない可能性もある。こちらが神経質になり過ぎているだけかもしれないんだぞ。余計なことをすれば、寝た子を起こしてしまうかもしれない」大きな賭け――おそらく捜査当局は動いているはずだが。もしも調べられたら、「証拠がないことは答えようがない」と逃げるしかないだろう。

「社長……保身ですか?」

花沢が呆れたように言った。今川は……答えられない。彼の指摘はまさに正鵠《せいこく》を射《い》ているのだが、認める気にはなれなかった。

「私は単なるサラリーマン社長だ。好き勝手には動けないんだ」つい言い訳してしまう。

「私は社長の正義感に感動して、この仕事を引き受けたんですよ?」花沢がむきになって言い立てた。「プロパーの連中のいい加減なやり方にも腹が立ってましたし、変な話、この事件をきっかけにして、もっと風通しがいい会社に生まれ変わらせることができるかもしれないと思った。私がいつまで日兼コンサルタントにいるかは分かりませんけど、こういう淀んだ空気の中では、もう仕事したくないんですよ」

ああ、こいつは二十年前の俺だ、と今川は悟った。正義感に燃え、会社の暗部を抉り出して立て直すために、危ない橋を渡ろうとしている……俺はこの男の気持ちを折ってしまった。

「申し訳ない。君の気持ちは分かるが、これが私の限界だ。それに、近々本社の方でも大きな動きがある——社長が亡くなった」

「ええ……もしかしたら今川さん、本社に戻るんですか」

「その可能性もある」今川はうなずいた。

「そうですか……日兼コンサルタントを見捨てるわけですね? 本社へ戻れるとなったら、どうでもよくなったんじゃないですか?」花沢が溜息をついた。

「やらなければならない仕事がある——望まれて戻るなら、全力を尽くすだけだ。もちろんその際は、君にも一緒に戻ってもらう」

「それがいいのかどうか、分からなくなりましたよ。結局、自分で自分を守るしかないんですね」

「それがサラリーマンの生き方だ」

「そうですか……」花沢が大きく溜息をつく。「しょうがないんでしょうね。こんなことに巻きこまれるなんて、思ってもいませんでした」

「商社マンの世界は、綺麗事だけじゃ済まされない。昔はこれでよかった——多少法律を捻《ね》じ曲げても、利益が上がればそれで評価された。だけど今は、世間の目がそういうことを許さない」

「それが分かっているなら、今回の件だって何とか……」

花沢がなおも食い下がる。今川の弱腰に呆れているのだろう。

「私たちは、端境期《はざかいき》の時代に生きているのかもしれないな」今川も溜息をついた。「会社で不正があった時にどうすべきか、はっきりしたルールはない。だから手探りでやるしかないわけで……こういうこともあり得る」

「簡単に言わないで下さい!」花沢が声を荒らげた。「社長はそれでいいかもしれない。でも私は、これで将来が危うくなるかもしれないんですよ」

「君がかかわっていたことは、絶対に表沙汰にはならない」今川は必死に保証した。

「こういうのって、いつの間にかどこかから漏れるんじゃないですか?」

花沢は完全に自棄になっているようだ。時間が経てば落ち着くとは思うが、事態がどう動くか分からないから、何とも言えない。彼が懸念する通り、自分たちはこのまま破滅する可能性もあるのだ。

「誰が何をやったか分かっていて、それでもどうしようもない……情けない話ですね。そもそも事件になるかどうかは別にして、会社として浜本さんたちを処分してしまえばいいじゃないですか」

「それは実質的に、捜査当局に告発するのと同じだ。それに、そんなことをされたら、浜本たちがどんな動きに出るか分からない。人間は追い詰められると、とんでもないことをするからな」

「浜本さんが怖いんですか? 社長の方が立場は上なんですよ?」

分からない——それが正直な気持ちだ。浜本に対しては「恐れ」ではなく「嫌悪感」しかないのだが、同時にある種の不気味さも感じている。日兼コンサルタントは日兼物産の子会社とはいえ、独自の企業文化がある。人間関係も、外から来た人間には把握しにくい。下手に手を出して、どこかでトラップに引っかかるかと考えると怖い。浜本と本社とのつながりがはっきりしないのも気味が悪かった。地雷が埋まっている場所に何の対策もなく突っこむのは、単なる愚か者である。

「君に迷惑はかけない。何があっても不利はないようにする」今川はそう繰り返すしかできなかった。

「自分のことは自分で守ります」膝を一つ叩いて花沢が立ち上がった。「まだノーサイドになっていませんよね？　最後のワンプレーまで諦めるべきではないと思いますけど……追いつけないと思ったら素直に負けを認めるのも、ラグビー精神なんですか？　ギブアップなんていうルールはないと思いますけど」

「花沢――」

「失礼します」

花沢が頭を下げ、踵《きびす》を返して立ち去った。早歩き……一刻も早く災難から逃れようとしているようだった。

缶コーヒーは、手つかずのままベンチに残されていた。

自宅へ戻り、今川はぼんやりとテレビを眺めた。ふと思いつき、自分の最後の試合――日本選手権のＤＶＤをセットする。元々ビデオ録画してあったのだが、保存のためにと後にＤＶＤに焼きつけた。しかしこれを観ることは滅多にない。終わったこと……若かった自分を懐かしむだけのような感じがして嫌だったのだ。

「珍しいもの、観てるのね」妻の里江が湯呑みを持って横に座った。

「たまにはね」

「私はこの試合は生で観てないから……」

「当時はつき合ってもいなかったし、君はそもそもラグビーファンでもないじゃないか」

「でも、考えてみればすごいことよね。こうやってNHKで放送された映像が残っているんだから」

「まあね」

この試合は荒れた。荒れたというより、大田製鉄所の猛攻が城南大を潰しかけた。フォワードの平均体重差は十キロ以上。スクラムではまったく勝負にならず、密集でも圧倒された。圧倒というより、「蹂躙《じゅうりん》」という言葉の方が合っている。しかも大田製鉄所はバックスに、当時の日本代表を三人揃えていた。チームとして最盛期で、どう考えても城南大に勝ち目はなかった。

しかし今川は、勝機ありと見ていた。大田製鉄所のフォワードは重さとパワーで押しまくるのが特徴だが、致命的にスピードがない。出足鋭く、こちらが命を賭けてでもタックルに入れば必ず止められるはずだ。どんなに重いフォワードでも、一対二の戦いでは勝てないのだから、こちらが献身的に走り、相手がトップスピードに乗る前にタックルし、攻撃でもスピードで相手を幻惑させればいい。数で相手を上回る局面を何度も作るしかない——そういうチャンスを生かすのが自分の役目だと分かっていた。

それでもじわじわと押しこまれ、試合時間のほとんどが自陣内での戦いになった。その中でも、城南大のフォワードが必死に頑張り、何とか押し返す。ようやくハーフウェイラインを超え、さらにモールから素早い球出しでバックスを動かす。ところがパスが乱れ、外側のセンターが必死に手を伸ばすも届かない。グラウンドを転がった楕円球を、大田製鉄所のセンターが拾い上げた。そこへ、城南大のフルバックが強烈なタックル——一発で相手の動きを殺す教科書通りのタックルだった。すぐにラックになり、両チームのフォワードが殺到したが、ボールが出ない。膠着《こうちゃく》状態になったところでホイッスル。今川は、レフリーの顔を素早く見る自分の姿を画面で確認した。

マイボールでのペナルティ。大田製鉄所のセンターが、タックルで倒されてもボールを離さなかったという判断だった。

チャンス——素早く密集の残骸に駆け寄った今川は、相手センターがダウンしているのを確認した。試合に戻れるかどうか分からない状態。向こうが一人少なくなった状態で、これはチャンスだ——しかし今川は、ボールを奪うとすぐに、タッチラインの外へ蹴り出した。それもほぼ真横の位置へ。

当時のルールでは、ペナルティキックでボールを外へ蹴り出すと、相手チームのラインアウトになった。大田製鉄所のフォワード陣が、のろのろとサイドラインに向かう。城南大のバックス陣が今川に詰め寄ってきた。

馬鹿野郎、と怒鳴られたのを覚えている。後輩たちからも「何やってるんですか」と非難された……そう、これは千載一遇のチャンスだったのだ。大田製鉄所のディフェンスが一人少ない状態で選択できるオプションはいくらでもあった。自分でボールを持って突っこむ、相手デイフェンスの薄いデンジャラスゾーンへ深く蹴りこむ、味方フォワードに勝負をかけさせるハイパントでもいい。

しかし今川は、むざむざ相手を有利にさせるようなキックを選択した。自分なりの理由があってのことなのだが、味方の選手もその真意を読み取ってはくれなかった――。

スマートフォンが鳴る。里江が立ち上がろうとしたが、今川は視線で制して自ら立ち上がり、デスクに置いておいたスマートフォンを手に取った。

原。

こんな時間に何だろう。何か重要な用事なのは勘で分かったが、具体的に何かは分からない。無視すべきか……しかしこの呼び出しを無視したら、二度と彼に会えないかもしれない。

「今川です」

「原です。ちょっといいかな」

「ああ」

「明日、スケジュールを空けられないか？」

「明日？」明日の予定はどうなっていたか……午前中はプロジェクト会議があり、昼は会食、午後には本社の人間を迎えての打ち合わせがある。体が空くのは夕方近くになるのではないだろうか。「四時ぐらいには一段落すると思う」

「申し訳ないが、その後で署まで来てもらえないだろうか」

「どういう意味だ」署まで、という言葉に反応して鼓動が跳ね上がる。俺が容疑者扱いか？

「話したいことがある」

「……何か事件の関係で？」

「ああ」

「それは、取り調べなのか？」

「いや、話したいだけだ」原が繰り返した。「おつきの人が一緒でも構わない。どうだ？」

「どうだも何も、拒否はできないんだろう？」

「いや、できるよ」原があっさり言った。

「それは……」原の言っている意味がよく分からない。

「あくまで任意だ。あんたには協力を頼んでいるだけだ」

「……分かった。明日の朝、改めて調整して連絡する。それでいいか？」

「ああ。これで俺も、今晩はゆっくり眠れるよ」

原はすぐに電話を切ってしまった。何事だ？　今川は何とか自分を安心させようと考え、一つの言葉に思い至った。おつきの人がいても構わない——それはつまり、自分が明日逮捕されるわけではないということだろう。もしも任意で事情を聴き、容疑が固まれば逮捕という段取りなら、誰かを同行させていいとは言わないだろう。

純粋な、参考人としての事情聴取なのだ。しかし、何の件で？　今考えられるのは海外贈賄だけだ。それだったら、のらりくらりで答えを誤魔化すしかない。他に考えられるのは……安西を殺した犯人が見つかった？　いや、それならわざわざ社長の自分を呼び出して報告することもないだろう。

しかし、原が忙しく立ち働いていたのは間違いない。いない。「今晩はゆっくり眠れる」……夕べは、徹夜だったのかもしれない。

やはり意味が分からない。

「何かあったの？」里江が心配そうに訊ねた。

「いや、大したことじゃない」自分に言い聞かせるように今川は言った。まったく安心できなかった。

4

警察署に足を踏み入れるのは、生まれて初めてだった。

二十年前、原と頻繁に接触していた時にも、会うのは常に外だった。知った人間に出くわさないように――それこそ警察関係者に見られないような場所を選び、時には資料を引き渡すだけで一言も喋らずに別れた。まるでスパイだと苦笑したものだが、原にすれば、精一杯の気遣いだったのだろう。実際、今川は社内で一度たりとも疑われることはなかった。本当は疑われていて、誰もそれを指摘しなかっただけだと今では確信しているが。

一階に足を踏み入れた途端に固まってしまう。そもそも誰に話をしていいか分からない。立ち止まったまま、今川は周囲をぐるりと見まわした。それで少しだけほっとする。すぐ目の前は交通課。席についている人たちが制服を着ていることを除いては、普通の役所という感じだった。これなら臆することはあるまい——すぐ近くに受付を見つけて歩み寄る。座っているのは初老の男性。六十歳は過ぎているように見える。もしかしたら定年退職後に、アルバイト的に受付の仕事をしているのかもしれない。

原の名前を告げると、少し待つようにと言われた。電話をかけ、一言二言話すと、二階の刑事課へ向かうよう指示される。言われた通りに階段を上がって二階に行くと、途端に緊張感が蘇ってきた。人がいない。天井の蛍光灯が一つおきに消されているせいもあって薄暗く、冷たい空気が流れている。刑事課はどこだろう……一歩を踏み出した時、原がすっと姿を現した。今川に気づくとうなずきかけ、軽く右手を上げてみせる。いつも通りの気楽な様子で、それを見てまたほっとした。どうも今日の俺は、精神状態が一貫しない——当たり前か。一般人が警察署にいるのは、間違いなく異常事態なのだ。

原のもとに歩み寄ると、彼はもう一度うなずいた。

「部屋を用意してある」

「取調室か？」

「まさか」原が軽く笑った。「そんな失礼な真似はできない」

うなずくと、原が踵を返して大股で歩き始めた。そう言えば彼の方が二センチ、身長が高かったのだと思い出す。むきになって競うようなことではないが……互いに、身長が縮んできてもおかしくはない年齢だ。

通されたのは、小さな会議室、ないし応接室のような部屋だった。二辺が窓なので、弱々しいながらも冬の陽光が室内を照らし出している。エアコンも入っているので、寒さは感じなかった。今川はコートを脱いで、椅子の背に引っかけた。

「すまんな」原がいきなり謝った。

「何が？」

「警察には、コートかけみたいなものもないんだ。それじゃ、高いコートが皺になるだろう」

「そんなに高級品じゃない」今川は苦笑した。「そもそもコートなんて、皺になったり汚れたりが当たり前だろう」

「その辺が気になるのは、俺が貧乏公務員だからだろうな」

ノックの音が軽く響く。原が「はい」と声を張り上げるとすぐにドアが開き、若い女性が顔を見せた。危なっかしい手つきでトレイを持っている。コーヒーカップが二つ……慎重にテーブルに置くと、何か言いたげに原を見た。

「何だ？」原が少し苛だたしげな口調で訊ねる。

「いえ……本当にお一人でいいんですか？」

「これは取り調べじゃない。ただの雑談だ」

「いいんですね？」女性が念押しした。

「もちろんだ。ご苦労さん」原がうなずくと、女性は一礼して引き下がった。一瞬、まだ不満そうな表情を見せたが。

ドアが閉まると、原は「冷めないうちに飲んでくれ」とコーヒーを勧めた。ブラックのまま一口飲んだが、どうにも苦味が強い……舌の感覚が顔に出てしまったようだ。

「不味いだろう」

「不味いと分かって出してるのか？」今川は少しだけむっとして言った。

「今朝からコーヒーメーカーの調子が悪いんだ。ただ、この不味いコーヒーに耐えかねて白状する人間がいるかもしれない」

冗談なのかどうか分からず、今川はうなずくだけにした。原が一つ咳払いして続ける。

「今入って来たのは、うちの最年少の女性刑事なんだ。木村綾子という名前に心当たりは？」

「いや」

「そうか。社長のところまでは話が上がらないのか……」

「何のことだ？」

「あんたのところの女性社員——岩城奈緒美さんの捜索を担当していたのが彼女なんだ。なかなか優秀でね……彼女のおかげで、岩城さんは無事発見された」

「見つかったのか？」今川は身を乗り出した。椅子の脚が床を擦り、耳障りな音が響く。

「ああ。一昨日の夜に、沼津で発見した。死ぬところだった」

「まさか」今川は顔から血の気が引くのを感じた。

「安心しろ。とにかく無事だったんだから」

「そうか……」力を抜いて、椅子にだらしなく腰かけ直す。原の狙いは何だろう？　どうして俺をここへ呼びつけた？　また不安が膨れ上がってくる。「会社の方へは連絡が来てないよな？」

「ああ。行方不明者届を出したのはご両親だから、報告義務もご両親に対してだけ……会社へは伏せておくようにお願いした」

「どうして」

「彼女が、海外贈賄事件の情報を握っているからだ」

「それは――」今川は口をつぐんだ。

「どうして最初からはっきり言ってくれなかったんだ？　あんたが打ち明けてくれれば、いろいろとやりようもあった」

「俺は何も言えない」

「もう遅いんだ」原が深刻な口調で打ち明けた。

「遅い？」顔から血の気が引くのを感じる。「どういう意味だ？」

「海外贈賄の証拠になりそうなデータは、こちらの手の内にある。全部かどうかは分からないし、俺は完全に目を通したわけじゃないから何とも言えないが、専門家が調べれば捜査のとっかかりになる」

「だから？」

「協力して欲しい――二十年前と同じように。あんたも、社長として海外贈賄については把握しているはずだ。教えて欲しいことがたくさんある」

「無茶言うな」

「あんたが逮捕されるとは限らない――俺がこの捜査の責任者だったら、逮捕しない。そもそも責任を問うのは難しいと思うんだ。この件は十年も前から進められていたから、担当者も何人も変わっただろう。社長も交代している……あんたは最後、つまり最終的に契約に判子を押すだけの立場で、途中経過については何も知らなかったはずだ。それとも、申し送りがあったのか？　それが分かっていて決済したのか？」

「俺には何も言えない」今川は繰り返した。

「なあ」原がテーブルの上に身を乗り出した。「あんたの協力があれば、捜査は順調に進む。社内には、正義感から告発しようとした女性もいたんだぞ？　そういう思いを無駄にするのか？　正義感溢れる社員を大事にするのも、社長の仕事じゃないか」

「社員を大事にしても、会社が駄目になったら何の意味もない」

喋りながら、今川は胸が締めつけられるような思いを味わっていた。自分が選択したのは、証拠を隠滅し、捜査の動きを見守るというものだった。正義感を殺し、ただ保身と日兼物産のために……しかしその思惑は、あっという間に崩壊した。警察の捜査が着々と進んでいたわけではなく、身内の裏切りによって一気に情報が流れこんだのだ。

「彼女は間もなく逮捕される予定だ」

「どうして」

「殺人容疑」

「殺人？」今川は思わず声を張り上げた。「どういうことだ？　彼女が人を殺したのか？」

「ああ」

「まさか……そういう娘《こ》じゃないだろう」

「あんたは彼女の何を知っている？　社長と秘書室のスタッフとは言え、普段はそれほど接触はないんだろう？」

「いったい誰を殺したんだ？」

「安西課長」


　立て続けに衝撃的な事実を知らされ、今川は完全に言葉を失ってしまった。奈緒美が安西を殺した——警察へ情報提供したのが安西に漏れ、安西は逆に奈緒美を、警察の情報を探るスパイに仕立てあげようとした。しかし奈緒美はそれを拒否。しかし安西はさらにしつこく迫り、奈緒美を呼び出して説得——脅迫した。奈緒美は念のためにと知り合いの刑事に同行してもらい、結局刑事と共謀して殺してしまった。捜査を撹乱するため、遺体をまったく関係ない建築現場に遺棄したのは、刑事のアイディアだった。さらにその刑事と一緒に逃走——どうやら奈緒美が先に失踪し、刑事の方が後から追いかけていったらしい。

「吉岡の車と同一車種——シエンタが、現場近くの防犯カメラに映っていた。ナンバーは確認できなかったが、この車を犯行に使ったと二人は供述している。今、車を調べているから、何か具体的な証拠が出てくるかもしれない。いずれにせよ、どこでどうやって殺したのか、何故遺体をあんな場所に遺棄したのか、全ての調査はこれからだ」

「信じられない……」今川は辛うじて言った。

「二人は、情報提供者と刑事の関係を超えた間柄だったようだ——つまり、恋愛関係にあった。これについては謝罪するしかない。うちの刑事が、岩城さんに迷惑をかけたことになる」原が頭を下げた。

「それについては、俺は何も言えないが……」辛うじて返事したものの、声がかすれてしまう。一連の事件の裏で何が動いていたのか、自分は何も知らなかったのだ。

安西も、海外贈賄事件の「肝《きも》」の一人だったのだろう。もっとも、本人が絡んでいたわけではなく、上から命じられて裏で動いていただけだろうが。その警戒網に奈緒美がひっかかり、処遇に困って警察に対するスパイに仕立て上げようとした——そして起きてしまった殺人事件。社員が殺されただけでもショックなのに、犯人もまた社員だったとは……今川は目を閉じ、静かに息を吐いた。海外贈賄事件が表沙汰になるかどうかは分からない。そういう捜査は難しいものだと原から散々聞かされていたが、殺人事件となるとまた別だろう。

「彼女は逮捕されるんだな？」

「ああ」原が腕時計を見た。「もうすぐだろう。特捜本部からはそう聞いている」

「そうか……」

「なあ、この殺人事件については、岩城さんを逮捕したら、すぐに公表せざるを得ない。そうなったら動機が問題になるわけで、海外贈賄事件についても明るみに出る——出さざるを得ない。警察としては『捜査中』で押し通すしかないんだが、マスコミの連中も馬鹿じゃない。必ず海外贈賄の事実を探り出して、殺しの動機として書くだろう。そうなったら、警察としては抑えられない。こちらの捜査が進まないうちに世間に知られて、海外贈賄は立件できずに事件は潰れるかもしれない。うちは、それは絶対に避けたい。そこに犯罪があるんだから、立件しないわけにはいかないんだ」

「それは分かるが……」

「データはこちらの手元にある。後はきっちりした証言があれば何とかなるんだ。一刻も早く本格的な捜査を始めたい」

「お前が指揮を執るのか？」

「いや、殺人事件にも海外贈賄事件にも、それぞれ担当責任者がいる。しかし日兼コンサルタントが事件の中心にくるわけだから、俺がハブになるだろうな」

「そうか……」

「俺は、あんたの正義感に賭けたい」原がにわかに表情を引き締める。「二十年前、あんたは会社の裏切り者になる危険を冒してまで、我々に協力してくれた。今は立場が違うだろうが、そういう気持ちに変わりはないと思いたい」

「俺は日兼コンサルタントの社長だ。会社と社員を守るのが一番の仕事だ」

「守るために、何かしたのか？」

今川は答えられなかった。俺が証拠隠滅を指示したことを、何らかの方法で嗅ぎつけたのか？　原のことだから、それぐらいはやりそうだ。

「経営者としての責任感が正義感を上回る――そういうこともあるだろう。あれから二十年も経っているんだから、立場も気持ちも変わるのは当然だ。しかし、基本的に正義感はいつまで経っても同じだと、俺は信じている」

「俺は……変わったんだよ。変わらざるを得なかった」今川は小声で打ち明けた。「二十年前の一件で、俺はいわゆる出世街道に乗った。上に行けば行くほど、昔とは違う……単純な正義感だけでは動けなくなってきた」

「だけど、人間の本質はそう簡単には変わらないはずだ」原が今川の目を真っ直ぐ見た。「二十年前、俺がどうしてあんたを信じたか分かるか？　警察へ情報提供してくれる人はたくさんいる。だけど、いい加減な人間も少なくないんだ。気に食わないライバルを蹴落とすために、警察を利用しようとする人間もいる。それを見極めて、誰か特定の人間の得にならないように気をつける――でも俺は、あんたなら――今川直樹という人間なら、信じられると思った」

「俺のことを知っていたから？」

「あんたという人間の本質を知っていたからだ」

「俺の本質？」

「フェアプレーの精神」原がうなずいた。ふいに相好を崩すと、ずっと組んでいた両手を解く。掌を天板に当てると、すっと背筋を伸ばした。「前から聞こうと思ってたんだが……日本選手権決勝のことだ」

「ああ」まさか、その話題が出てくるとは——今川は偶然に驚いた。昨夜、原から電話がかかってきたのは、まさにそのDVDを観ていた時なのだ。

「前半、攻めこんでペナルティを貰っただろう？　ハイパントか、深い位置へのタッチキックを狙う位置だった。でもあんたは、ほぼ真横に蹴り出した。当時のルールだと、むざむざ相手にラインアウトのボールを与えるようなものだったじゃないか。どうしてあんな真似をした？」

「お返しだ」この件は、誰にも話したことはない。試合中にはチームメートから激しく責められたが、逆転勝利の後では、そんな文句は吹っ飛んでしまった。試合後の取材でも、勝った瞬間のプレーこそ話題になれ、あのペナルティキックが話題になることもなかった。

「お返し？」

「あのプレーの少し前——二分か三分ほど前だったけど、大田製鉄所がペナルティキックを得たんだ」

「確かにあったな」原がうなずく。

「これが微妙な判定だったんだよ。ラックでうちの選手が手を使ったというペナルティだったんだけど、実際には大田製鉄所の選手も手を出していたかもしれない。ラックの中だと、審判から見えないことも多いじゃないか」

「ああ」

「その時、大田製鉄所のスタンドオフの五十嵐さんがラックに巻きこまれていた。ボールの一番近くで見ていたから、うちじゃなくて大田製鉄所の反則だって分かったんじゃないかな。でも、審判の判定は絶対だ。しかも自分たちに有利な判定を覆すように手を上げる選手なんかいない。大田の五十嵐さんはそれをよしとしなかったんだろうな。直後のペナルティキックをタッチに蹴り出したんだけど、ほとんど真横になった——ミスキックだと思ったのか、スタンド中に溜息とブーイングが起きたのを覚えてるよ。でも俺は、それがわざとだとすぐに分かった。五十嵐さんは、当時の日本代表の中心メンバーだぜ？　あんな単純なミスキックをするわけがない。目が合ったら、ニヤリとされたよ。審判に抗議するわけにもいかない、でも自分の中では納得できない——だから実質的に、こっちにボールをくれたようなものだった。でも俺は、そういうやり方は納得できない……」

「だからお返しで、大田製鉄所にボールを渡すようなタッチキックを蹴った——そういうことだな？」

「ああ」

「俺が思ってた通りだ」原が満足そうに微笑んだ。

「知ってたのか？」誰にも話していないのに。

「あのな、俺はプレーヤーとしてはあんたに遠く及ばないけど、観る能力はあるんだよ。そうだろうとずっと思ってたけど、確認できてよかった——あれが、あんたという人間の本質だと思う」

今川は黙りこんだ。あれは当然のこと——ラグビーの本質にかかわることなのだ。最も危険で乱暴なスポーツであるが故に、選手は紳士的でなければならない。身に染みついたその考えは、簡単には抜けない。実際、仕事で悩んだ時も、しばしばラグビーの場面になぞらえて、次のプレーを選択したものだった。その背景には、常に自らの「誇り」と相手に対する「敬意」があった。逆に、敬意を持てない相手——社会に出るとそういう相手によく会う——とは仕事ができないと、切り捨てることもあった。

今の自分は、そういう誇りや敬意を持っているか？　別のもの——それこそ社長の立場や会社の利益だけを考えて、本当の正義感をどこかへ忘れていたのではないか？　何もない時なら、それでいいかもしれない。しかし今、日兼コンサルタントは激震の中にある。自陣深くボールを蹴りこまれ、たった一人で拾いにいかねばならないような状況——しばしば絶望的になるが、それでも信じなければやっていけない。信じるべきは仲間。会社の人間は誰も当てにならないかもしれないが、目の前には信用できる人間がいる。どんなに敵に追い詰められても、原がフォローに回ってくれるだろう。

危ないところだった。

俺は長年自分を支えてきた、誇りや正義感を捨て去るところだった。そうすることで会社を守り、本社の社長の椅子を手に入れて、一時的には満足できたかもしれないが、残りの人生を後悔しながら暮らすことになっただろう。

「俺にはやることがある」今川は宣言した。

「それは？」

「岩城奈緒美が逮捕されたら、会社として手を打たなければならない。安西が殺された時以上に――それとは比較にならないぐらいの取材が殺到するだろう。その時に、こちらから事情を話してしまおうと思う」

「いや、それは――」原の顔が曇る。

「正直に言う。俺は今、会社の中で孤立している。海外贈賄事件に対する対処方法で、取締役会と真っ向から対立しているんだ。俺一人が追いこまれていると言っていい。それに、日兼本社の社長が急に亡くなって、本社へ戻る――今後の出世の道も開けてきた。だから俺も揺れた。でも、この件は絶対に隠しておけない。報道陣への説明が必要になると思う」

「それは好ましくない」原の顔が暗くなった。「捜査が本格的に始まる前にマスコミに報道されると、事件が潰れてしまう」

「証拠はあるんだろう？　データがあるなら、何とでもなるじゃないか」

「まあな……しかし、ある程度事実関係を立証できるまでは穏便にいきたい、というのが本音だよ」

「これは、会社を立て直すチャンスなんだ」今川は訴えた。「贈賄事件を隠蔽しようとしている人間を追い出せば、日兼コンサルタントはまだ立ち直れるかもしれない」

「それが社長としての正義か？」

「人としての正義を生かしつつ、社長としての義務も果たすということだ」

「分かった」

原が立ち上がる。窓辺に立ち、ブラインドを指先で押し下げて外をちらりと見た。振り返った時には、その顔に満面の笑みが浮かんでいた。

「あんたは、今でも俺のヒーローなんだ。あんたほど勇気のある人には会ったことがない」

「そんなことはない」

「俺がそうだと言ってるんだから、そうなんだ……この件は大変だとは思う。でも俺たちも、あと何年かで現役引退だ。そうしたら純粋にラグビーだけのつき合いになるな」

「ああ」逮捕されるようなことなく、無事に現役生活を終えられれば——不安はある。しかし今川は、自分の誇りに賭けよう、と思った。

解説

大矢博子

堂場瞬一が二〇〇〇年にデビューしてから今年で二十二年。多くのシリーズを持ち、著書の数は百六十作に届き、いまやまごうかたなき、日本を代表するエンタメ小説界のトップランナーのひとりだ。

彼の小説には、メジャーリーグに挑戦する日本人を描いたデビュー作『8年』（集英社文庫）に始まるスポーツ小説と、デビュー二作目の『雪虫　刑事・鳴沢了』（中公文庫）に始まる警察小説の、ふたつの軸がある。まったく異なるジャンルであり、それぞれにファンがいて、その両方で常に新たなチャレンジを見せてくれる。実に稀有《けう》なスタイルを持つ作家なのだ。

この二ジャンルを両輪として走ってきた堂場に、途中からもうひとつの軸が加わり始めた。『虚報』（文春文庫）で初めて自らの前職でもあった新聞記者を主人公に据えて以降、『警察回りの夏』『蛮政の秋』『社長室の冬』（いずれも集英社文庫）を経て『沈黙の終わり』（角川春樹事務所）へとつながるジャーナリズムの世界を描いたもの。あるいは、事故を起こした鉄道会社を描く『暗転』（朝日文庫）、製薬会社の不祥事を巡る『誤断』（中公文庫）、自動車メーカーの事故隠しを俎上《そじょう》に載せた『犬の報酬』（同）、大手総合商社の脅迫事件がテーマの『黒い紙』（角川文庫）などなど。ざっくりした表現で恐縮だが、これらをまとめて、企業小説と呼ばせていただく。

これら企業小説の一群は刑事事件に発展することも多いため、警察の捜査が並行して描かれるものが目立つ。そういう意味では「警察小説」と「企業小説」という二輪の融合と言っていい。一方、ドーピング問題を扱った『標なき道』（『キング』を改題／中公文庫）はスポーツ選手の裏側を抉《えぐ》った業界ものの要素を持つし、手術をしたプロ野球選手が執刀医を告発する『傷』（講談社文庫）はスポーツを題材にした警察捜査小説の側面がある。また、『ルール』（実業之日本社文庫）は、クロスカントリースキー選手の違反疑惑を新聞記者が追う物語だ。つまり、堂場瞬一の三つの軸は、これまでも時にクロスしていたことがわかる。

これらの作品群は実に読み応えがある。スペシャリティが集まるのだから当たり前だ。そして本書『決断の刻《とき》』は、警察小説・スポーツ小説・企業小説という三つの輪が集結した、いわば堂場ワールドの集大成なのである。


品川中央署刑事課の刑事課長、原俊哉のもとに他殺死体発見の連絡が入った場面から物語が動き出す。建築中の住宅の中で発見されたその死体は、日兼コンサルタントというコンサルティング会社の総務課長・安西と判明。とりあえず会社側の窓口として総務部長が来庁したが、社内で殺人に結びつくような心当たりはないと言う。

ところがその数日後、同じ会社の女性社員・岩城奈緒美が失踪したという届出が家族からなされた。彼女はパワハラで悩んでおり、自殺の恐れもあるらしい。殺された安西とは部署も違い、事件に関係があるとは考えられないが、放っておくわけにもいかず、特捜本部の一部は岩城探しに手を割くことになる。

　事件はそこで止まらない。殺人事件から五日目、品川中央署の知能犯係の刑事・吉岡が出勤してきていないことに原は気づく。家族のもとにも前夜から帰っておらず、連絡もつかない。そしてなんと吉岡が、日兼コンサルタントの海外贈賄問題を内偵していたことが判明する。殺人事件と、二件の行方不明――これらに何か関係はあるのか？

　というのが物語の導入部だ。原の視点で進む警察パートは著者お得意の警察捜査小説である。その一方、本書にはもうひとりの主人公が登場する。日兼コンサルタントの社長・今川直樹だ。社員が殺されたという連絡を受け、遺族のケアも含めてすぐさま対応を取る今川社長はとても誠実なやり手に見える。だがその合い間に、片腕である社員との会話の中に「こちらの件には関係ない」だの「疑惑が全て解明されたら（略）自分の責任も問われることになるはずだ」など、何かを抱えているような描写が顔《ぞうわい》を出す。

　つまりそれが、吉岡が追っていた贈賄事件だ。自身が社長に就任する前から行われていた贈賄について彼は最近知ったところであり、その対応を考えていることが読者にも次第にわかってくる。つまりこちらのパートは、社内の犯罪をどう処理するかに社長が悩む企業小説の構造を持っているのである。

　この警察小説と企業小説が殺人・失踪事件を通じてつながるのだが、ここにもうひとつの要素が入ってくるのがポイント。今川はかつて大学ラグビーの花形選手であり、原はラグビーファン。そして二十年前、日兼コンサルタントの親会社である日兼物産に今川が勤務していたとき、粉飾決算の内部告発者とその捜査担当として、今川と原は顔を合わせた。以来、ラグビーを通じた友情を育んできたのである。

紳士のスポーツであるラグビー、その中でもフェアプレイを重んじる今川。そんな今川をよく知っている原。作中に登場する試合の場面は、さすがの堂場節だ。日本でのワールドカップで盛り上がったとはいえ、ラグビーのルールは決してわかりやすいとはいえない。にもかかわらず、その試合描写はストレートに読者の胸に届く。臨場感たっぷりで絵が浮かぶ。知っていれば尚更だ。転がるボール、崩れるスクラム、敵チームをかいくぐって駆ける選手、そしてゴールバーの上をすれすれで飛んでいく楕円のボール……。試合のとあるシーンが、今川という人物の人間性を色濃く示していたくだりなど、上手《うま》い、と唸《うな》ってしまった。

警察小説、企業小説、スポーツ小説。堂場瞬一のスペシャリティがすべてにつながり、ひとつの流れになる。なんと贅沢な作品だろう。

なぜそんなことが可能なのか。ジャンルは違っていても、堂場瞬一というのは〈闘い〉を描く作家だからだ。スポーツ小説では対戦相手との、警察小説では犯罪者との、企業小説では権力との戦いがある。それだけではない。そこには自分との闘いもある。過去の自分を乗り越える闘いあり、自分の正義と保身との間で繰り広げられる闘いあり。本書でも、原と今川それぞれに闘いがある。それは別の闘いなのだけれど、ふたりのベースにはラグビーというスポーツの戦いで培《つちか》ったものがあり、それが彼らを支えるのだ。個々の闘いがひとつの流れになる終盤は胸が熱くなること請け合い。自分の場所で、時には折れそうになりながらも闘い続ける人にぜひ読んでいただきたい。

そうそう、堂場瞬一のすべての作品に共通する得意技についても触れておこう。コーヒーや煙草といった嗜好品、あるいは食事に何を食べるか、乗っている車などなど、そういった生活のディテールを堂場瞬一は常につぶさに描写する。それによって登場人物の生活と性格が浮かび上がる。場面がくっきりと可視化される。本書も然《しか》りだ。堂場ワールドの集大成と書いた意味がおわかりいただけることと思う。

そしてもうひとつ、ここ十年の堂場小説に見られる特徴なのだが、主人公が中堅からベテランで、部下を育てる、あるいは守る立場にあることが多い。これは著者が年齢を重ねたがゆえの変化だろう。本書でも自らの闘いだけでなく、原は部下をどう育てるか、今川は社員をどう守るかが描かれる。

上に立つものの責任――それが本書のもうひとつのテーマだ。原は、事件は大詰めでも部下たちに無理をさせたくないと考え、朝食を差し入れたり強制的に休ませたりする。部下ひとりひとりの特性を見て、任せる仕事を考える。今川は社内調査のために引き込んだメンバーたちが不利にならないよう苦慮する。すべてが巧《うま》くいくわけではないが、自分自身の正義や納得のためだけに動くのではなく、責任を背負っている立場で動くとはどういうことかを、本書は明確に描いているのだ。

これは中年以上の読者には間違いなく「刺さる」話である。同時に若い読者にとっては、上に立つ者の視点と重荷をリアルに感じることができるだろう。人は年代によって背負うものが変わる。自分の問題だけで動けていた時代から、自分以外の者やその未来を考える時代へ。堂場小説を通読すると、そんな変化も見えてくるのだ。

二〇一五年に刊行された『十字の記憶』（角川文庫）は刑事と新聞記者の友情を描いた事件小説で、モチーフとしては本書に通じるものがある。しかし『十字の記憶』は主要人物が三十代で、過去に遡《さかのぼ》って彼らの関係を描いた青春小説の趣《おもむき》が強かったのに対し、本書は主人公たちが自分の社会的立場をどう考えるかといった点が中心にある。そういう目で読み比べてみると、また新たな発見があるはずだ。

スペシャリティの融合、生活のディテールという得意技の発揮、そして作風の変化。集大成、という言葉を使ったが、もしかしたらこれは堂場瞬一自身なのかもしれない。堂場瞬一という作家の「これまで」と「今」がまるごと詰まった一冊。ファンなら読み逃してはならないし、これが堂場初体験という読者にとっては各ジャンルへの格好の入り口になるに違いない。

間違いなく、堂場瞬一の里程標《りていひょう》たる作品である。

〔・本作品はフィクションであり、実在する個人、団体とは一切関係がありません。
・本書は二〇一九年に小社から刊行された書き下ろし作品の文庫化です。〕

検印
廃止

著者紹介　1963年茨城県生まれ。青山学院大学国際政治経済学部卒業。2000年、『8年』で第13回小説すばる新人賞を受賞しデビュー。警察小説、スポーツ小説等を数多く手がける。『0 ZERO』、『小さき王たち』他多数。

決断の刻《とき》

2022年5月20日　初版

著者　堂《どう》　場《ば》　瞬《しゅん》　一《いち》

発行所　(株)　東京創元社
代表者　渋谷健太郎

162-0814/東京都新宿区新小川町1-5
電　話　03･3268･8231-営業部
03･3268･8204-編集部
URL　http://www.tsogen.co.jp
萩原印刷・本間製本

乱丁・落丁本は、ご面倒ですが小社までご送付ください。送料小社負担にてお取替えいたします。

ISBN978-4-488-45412-8　C0193